방향을 버리면 바다가 열린다

방향을 버리면 바다가 열린다

차미란 에세이

도서출판 북인

환상이며 리얼리티인 여행 이야기

주변에서 누군가 여행을 다녀왔다고 하면 나는 그의 여행 에피소드나 모험담이 궁금해서 귀를 쫑긋 세운다. 그가 낯선 세계를 경험하며 느꼈을 미세한 떨림까지 놓치지 않으려고 바짝 다가앉는다. 그리고 방금 열하에 다녀온 연암 선생이라도 만난 듯 신명나고 재미있는 이야기를 기대한다. 하지만 사람들은 대부분 본인이 어느 나라에 여행을 다녀왔다는 것 외에는 말이나 글로 에피소드를 잘 풀어내지 못했다. 여행에는 참 많은 이야기가 담겨 있을 것 같은데 말이다.

나는 사람들이 여행하며 무엇을 보는지, 무엇을 느끼는지, 무슨 생각을 하는지, 어떤 에피소드가 있었는지 궁금하다. 그래서 여행 관련 유튜브를 자주 시청한다. 유튜브 영상은 여행하고자 하는 지역에 대한 정보를 얻을 수 있어 유익하다. 하지만 거기에선 내가 궁금해하는 것에 대한 답은 찾을 수 없었다. 예를 들면 영상에는 낯선 곳에서 느끼는 감정이나 에피소드는 담을 수 없다는 한계가 있다. 그것들은 결국 내가 발로 뛰어야 얻을 수 있는 느낌이며 여행의 가치이고 의미라는 걸 알게 되었다. 그걸 깨달은 후 나는 여행의 경험과 느낌 그리고 에피소드를 직접 기록해보기로 했다.

이 에세이는 스토리텔링이다. 자전적 이야기이고, 환상이면서 리얼리티다. 나는 동아시아의 여러 나라를 여행하며 얻은 것들을 소재로 이야기하듯 에세이를 써내려갔다. 모든 에피소드는 내가 실제 경험한 것을 바탕으로 한다. 이야기를 흥미롭게 하기 위해 약간의 상상력을 동원했으나 그것은 양념일 뿐이다. 사소한 감정으로 얽힌 것들은 함축하고자 했지만 중언부언 늘어놓은 이야기들도 있다. 또한 각각의 이야기에 가장 나다운 모습을 담고자 못난 나의 치부를 드러내기도 했다. 그것은 여행과 글쓰기를 통해 나를 알아가는 일련의 과정이기 때문이다.

내 삶의 사소한 일탈과 감정 그리고 생각들이 모여 나를 이루고 나를 만들어 간다. 나는 그것들을 놓치지 않으려고 부단히 신경을 썼다. 그러함에도 내 상상력과 묘사가 부족해서 놓친 이야깃거리들이 아직 머릿속에서 맴돈다. 나를 이루는 세포들이 항상 분열하듯, 나의 이야기들은 다시 만들어지고 또 분열할 것이다. 삶이 곧 이야기이기 때문이다. 내 삶을 관통하며 만들어진 이야기를 받아 적으며 나는 어제와 다른 나를 만들어 가고 있다.

책을 내면서, 물심양면으로 여행을 지지해준 내 옆지기에게 고마운 마음을 전한다. 우리는 종종 함께 여행을 다녔다. 내가 혼자 여행을 떠날 때 그는 공항까지 따라와 배웅해주었고, 귀국할 때 공항으로 마중을 나오곤 했다. 나의 경험이 책이 되어 나오기까지 그의 조언 또한 큰 힘이 되었다. 그리고 함께 글쓰기에 정진하는 문우들에게 고개 숙여 감사의 인사를 드린다. 그들의 어깨가 있어서 아직 버티고 있음을 잘 알기에 그 소속감이 더욱 감사하다. 마지막으로 글쓰기에 늦은 나이는 없다고 늘 격려해주시는 동국대 장영우 교수님께 깊이 감사드립니다.

2024년 6월 막바지

초록 그늘 밑에서 차미란

차례

작가의 말 | 환상이며 리얼리티인 여행 이야기 · 5

제1장 라오스

시간이 느리게 흐르는 곳…15

금잔화 향기를 품은 도시 비엔티안…20

탓 루앙의 위대한 빛…26

팍세는 빡세다…30

귀신의 덫…35

무당이 되다…40

생존 시간 카드…47

여행은 함께 춤추는 것이다…54

우리가 잃어버린 것…60

나쁜 말…64

노을이 아름다운 나라…68

제2장 좌충우돌 대만

스탕달 신드롬…73

사기를 치더라도 장소는 가려야…78

돌고 돌아 비빔밥…83

여왕에게 경의를 표하라…89

잘 쓰지 말고 그냥 쓰자…93

바퀴벌레와 겸상…98

시절인연…105

불광사의 탑돌이…110

제3장 북인도

강이 다 마를 때까지 기다릴 수 없다…117

인도에서 김 서방 찾기…124

녹야원 사르나트…128

죽음을 기다리는 도시…132

갠지스강의 새벽…137

카주라호…142

자기 연민의 깡통을 들고…146

가장 성스러운 약속…154
구걸이라는 직업…161
내 동화적 상상을 물어뜯은 코브라…167
빗자루 몽둥이로 얻어맞은 꼴…172
배우고 실천하라는 가르침…176
뉴델리를 떠나며…182

제4장 태국

2023. 1. 31. (화)…189
부처를 일으킨 보리수…193
치앙마이 가는 길…197
형벌의 딜레마…201
총부리 제치고 커피 한 잔…207
골든 트라이앵글…212
피는 달고 맛있어…218
또깨또깨뜻깨~~…224
끄라비 해변의 요가…231
연장과 취소는 뭐가 다를까?…236

제5장 북해도

삶이 비록 권태로울지라도…245

머위잎 아래 살던 사람들…248

천국과 지옥은 경계가 없다…252

방향을 버리면 바다가 열린다…257

해설 여행, 기록, 소설 쓰기 / 장영우 · 263

제1장
라오스

시간이 느리게 흐르는 곳

금잔화 향기를 품은 도시 비엔티안

탓 루앙의 위대한 빛

팍세는 빡세다

귀신의 덫

무당이 되다

생존 시간 카드

여행은 함께 춤추는 것이다

우리가 잃어버린 것

나쁜 말

노을이 아름다운 나라

시간이 느리게 흐르는 곳

비행기에 구멍이 생기면 어떻게 수리할까? 땜질할까? 이 낡은 비행기가 13,000피트 이상의 상공을 날아 무사히 라오스에 도착할 수 있을까? 라오항공 기내에서 창밖을 바라보던 나는 하늘을 나는 비행기에서 껍데기가 벗겨지는 이상한 상상을 했다. 창밖으로 비행기 동체와 날개 곳곳에 함석판(?)을 붙여 땜질한 바느질 자국이 선명했기 때문이다. 선진국에서 오래오래 사용하던 낡은 비행기는 싼값에 후진국으로 팔려간다는 말을 들은 적이 있다. 후진국에선 그 항공기를 수리해서 다시 사용한다는 것이다. 근거 없는 소문인 줄 알았는데 라오스로 가는 비행기를 보며 그럴 수도 있겠다는 생각이 들었다. 소문이 사실이라면 이 비행기는 도대체 몇 살일까?

라오스 여행은 출발부터 과거로 가는 듯했다. 낡은 타임머신을 타고 1세기 전으로 날아간 느낌이랄까. 출발에 앞서 비행기 좌석을 발권하려니 창구 여직원이 좌석을 창가나 복도 중 어느 쪽을 원하느지 물었다. 나는 의아한 표정으로 그녀의 질문을 되물었다. "좌석이요? 아, 창가로 주세요. 가능하면 최대한 앞자리로요." 이게 무슨 횡재냐? 비행기 좌석을 내 마음대로 고를 수 있다니. 항상 기본 등급 좌석만 구매하는 내게 좌석 선택권은 흔한 일이 아니었다. 컴퓨터가 다 알아서 하는 시대에 내가 원하는 좌석을 고를 수 있다니 이거 어느 시대 이야기냐?

비행기 좌석은 내가 말한 대로 창가였고, 앞쪽이었다. 옆좌석은 라오스로 골프 여행을 떠나는 남자 네 분이 차지하고 있었다. 그들은 모두 은퇴한 인하대 동기들이라고 했다. 아저씨라기엔 조금 늙었고, 노인이라 하기엔 너무 젊은 사람들이었다. 라오스로 2주간 골프 치러 간다며 들떠 있는 그들에게서 시간적 경제적 여유와 건강한 삶이 엿보였다. 나는 혼자 여행 중이며 비엔티안에 도착하면 여행사에서 조인된 일행들과 합류할 거라고 말했다.

혼자 라오스로 여행 간다는 말에 그들은 저마다 고개를 갸웃거렸다. 친구는? 가족은? 너는 아는 사람도 없니? 그런 표정들이었다. 어쨌거나 낯선 사람들과 수다를 떨다보니 땜질한 비행기가 목적지인 비엔티안에 도착했다. 수월한 비행이었다. 낡은 비행기는 흔들림이 적었고 이착륙 시 요동을 치지도 않았다. 하늘길이 모두 구름바다와 구름밭이어서 비행기도 동심으로 날았기 때문일까. 아니면 베테랑 비행기의 숙련된 기술이었거나.

인도차이나반도의 내륙을 남북으로 길게 뻗어 있는 나라, 반도의 국가 중 유일하게 바다가 없는 나라, 라오스는 인구 약 750만의 작은 나라다. 국토의 지형은 안남산맥을 중심으로 완만한 구릉으로 이루어져 있고 사람들은 메콩강의 지류를 따라 펼쳐진 평야에 기대 농사를 지으며 살아간다. 기후는 대다수 지역이 열대 몬순기후로 여름과 겨울의 기온 차가 크다.

라오스의 역사는 중국 남부에서 살던 라오족이 지금의 라오스 영토로 이주해 온 것에서 시작한다. 공식적인 역사는 13세기에 세워진 통일국가 란쌍왕국부터 시작된다. 라오족은 메콩강 유역에 자리잡았으며, 특히 비엔티안, 루앙프라방, 참빠삭 지역을 중심으로 발전했다. 17세기 중반 술리나봉사 왕 때 나라가 크게 번영했지만, 왕은 후계자를 남기지 못했다. 18세기 란쌍왕국은 3개국으로 분열되었고, 친 태국 세력과 친 베트남 세력 등으로 나라가 어지러워졌다. 비엔티안, 루앙프라방, 참빠삭 등으로 분열되었던 라오스는 1893년 프랑스의 보호국이 되면서 다시 연합되었다.

1945년 3월 일본군의 점령 이후 잠시 독립을 했으나, 2차 세계대전이 끝나면서 다시 프랑스의 통치를 받았다. 1946년 프랑스는 루앙프라방 왕의 통치 하에 통일된 라오스의 독립을 승인하였다. 독립 후에도 국내의 좌파 중립파 우파가 대립했고, 인도차이나 전쟁을 둘러싸고 열강이 개입하여 내전이 계속되었다. 1975년 라오애국전선(파텟 라오)은 공산혁명에 성공하여 같은 해 12월 왕정을 폐지하고 '라오인민민주공화국'을 수립하였다.

라오스의 국기는 빨간 바탕 위에 파란 줄이 있고, 파란 줄 위에 둥근 원이 있다. 빨강은 투쟁에서 흘린 피를, 파랑은 풍요와 번영을, 하얀 동그라미는 메콩강 위에 뜬 보름달을 상징한다. 피 흘리지 않은 역사가 어디 있으랴만 이 나라의 역사 또한 굴곡이 심하다. 그런가 하면 최근까지 공산주의였다가 사회주의로 전환하여 과도기 상태다. 경제적으로도 1980년, 태국과 국경분쟁을 겪었고, 태국과 미국의 경제봉쇄로 라오스 경제는 악화 일로를 걸었다. 1986년 개혁으로 개방노선에 의하여 최초로 시장경제 체제를 도입하였다.

라오스에선 그룹 여행이 불가피했다. 교통인프라가 부족하여 이동이 불편하기 때문이다. 무엇보다 도시와 도시를 연결하는 버스 사정이 열악했다. 사정이 이러니 평소 자유여행을 즐기는 젊은이들도 패키지에 참여한다. 또 특이한 점은 라오스에선 여행 시 반드시 라오스인 가이드를 고용해야 한다. 라오스 가이드는 지정된 자기 구역을 벗어나지 않는다. 다시 말하면 비엔티안에서는 비엔티안 가이드와 여행하고, 참빠삭이나 루앙프라방으로 이동하면 그 지역의 가이드를 새로 고용해야 한다. 도시를 이동할 때마다 가이드가 바뀌는 불편함이 있었다.

여행사에서는 전체 여행 일정을 관리할 라오스 거주 한국인 가이드를 별도로 고용했다. 인턴 가이드도 한 명 따라붙었다. 그러니까

라오스인 가이드와 한국인 오 가이드, 인턴 등 가이드가 세 명이다. 이만하면 낭비(?) 아니고, 철벽경호를 받으며 라오스를 여행한 셈이다.

금잔화 향기를 품은 도시 비엔티안

탈탈거리는 비행기를 타고 라오스의 수도 비엔티안에 무사히 도착했다. 하지만 무섭게 쏟아지는 스콜로 인해 공항에서 발이 묶였다. 10월 우기의 끝자락인데, 비는 큰 양동이로 물을 쏟아붓듯이 내렸다. 공항은 우리처럼 비긋기하는 관광객으로 인산인해였다. 비는 꽤 오래 내렸다. 오후에 비엔티안 시내를 돌아볼 예정이었으나 거칠게 쏟아지는 스콜로 인해 계획이 취소될 지경이었다. 마침내 오가이드가 결정을 내렸다. 시내 관광을 접고 호텔로 가자는 것이다.

호텔은 공항에서 그리 멀지 않았다. 호텔에 도착하여 체크인하고 각자 방을 배정받았다. 배정받은 11층 숙소에 들어가 창문의 커튼을 젖히니 멋진 광경이 펼쳐졌다. 바로 눈앞에 메콩강의 어마어마한 강물이 도시를 위협하듯 넘실댔다. 진회색 하늘은 강과 맞닿을 듯 낮게 드리워져 있었다. 뇌우가 칠 때마다 쩍 갈라진 하늘에서 구름 덩어리가 쪼개져 강으로 떨어질 듯했다. 큰 강 위로 스콜은 세상을 뒤흔들며 요란하게 쏟아졌다. 오늘 밤 저 강이 넘치지 않으려나 공연한 걱정이 들었다. 비를 맞아 축축해진 몸을 씻고 나니 피로가 풀렸다. 다행히 오후부터는 비가 소강상태에 접어들었다. 비가 잦아들면서 서서히 시야가 밝아왔다. 비구름에 가려 있던 강 위에 조그마한 고기잡이배들이 보였다. 스콜 속에선 보이지 않던 배들이었다. 어부들은 세찬 비를 맞으면서 메콩강에 그물을 던지고 있었다.

비가 그치자, 일행과 버스를 타고 비엔티안 시내로 향했다. 비엔티안은 대도시의 모습은 없고 큰 읍내를 돌아다니는 느낌이었다. 명색이 한 나라의 수도인데, 고급 호텔인 듯한 건물 서너 채만 메콩강 강변을 따라 서 있을 뿐 마천루는 한 곳도 없었다. 마트도 병원도 학교도 모두 옛 건물이고, 하물며 대통령궁도 수수한 3층 건물이었다. 한 나라의 수도라기보다 오래 전에 시간이 멈춰버린 소도시에 와 있는 듯했다. 그런 이유로 이 도시는 관광객들에게 '스쳐가는 도시'라는 별명을 얻었다고 한다.

라오스의 수도 비엔티안은 큰 나무가 많은 전원도시로 이름은 '향나무의 도시'라는 뜻이다. 이름에서도 도시가 품고 있는 오래된 향기를 짐작할 수 있다. 라오스 최대의 평야인 비엔티안 평야에서는 쌀과 사탕수수 잎담배 등이 재배되며 견직물과 세공품이 많이 생산된다. 고도古都인 비엔티안에는 옛 왕국과 파고다 등 다양한 문화유적이 있다. 과거엔 약 80개의 사원이 있었으나 전쟁으로 파괴되어 현재는 20개의 사원이 남아 있다.

우리는 각자 자유시간을 갖되 2시간 뒤 다시 카페에서 모이기로 했다. 일행들이 모두 흩어졌다. 어떤 이들은 메콩강 쪽으로 갔고, 어떤 이들은 공방이나 상점이 몰려 있는 유로피언 거리로 방향을 잡았다. 나는 우거진 가로수길을 선택했다. 목적지 없이 낯선 도시의 거리를 걸어보는 것이 즐거웠다. 비가 막 그친 뒤여서 도시의 거리는 적막했다. 인적이 드물고 도로를 달리는 자동차마저 조심조심 다녔다. 비에 흠뻑 젖은 나무의 축 늘어진 잎사귀들이 을씨년스러웠다. 비 온 뒤의 서늘함 때문인지 조금 추웠다. 발길에 쓸쓸함이 채일 무렵 나의 오감이 열리는 걸 느꼈다.

거리엔 비를 잔뜩 먹은 나무들이 서늘한 향기를 뿌렸다. 다른 대도시에서는 느껴보지 못한 향긋함이었다. 가로수의 수령을 알 수 없지만, 나무들은 저마다 백 살을 넘겼을 듯한 위엄을 풍겼다. 나이 들어야 가질 수 있는 우아함이랄까. 나무가 내뿜는 향긋함에 낯선 곳에서의 긴장이 사라지고 여유로움이 느껴졌다. 검푸른 나뭇잎이 우거진 길을 따라갈수록 진한 향기가 났다. 그 향기는 달콤하고 짙은, 그리고 꽤 익숙한 냄새였다. 이 향기 익숙하다. 뭐였더라? 고개를 들어 주변을 살펴보았다. 거리엔 드문드문 플루메리아가 피어 있지만 숫자로 봐도 향기의 주인은 아니었다. 깊고 차갑고 묵직한

이 향기, 메리골드인가? 나는 향기에 코가 꿰어 도시 한복판으로 끌려갔다.

나는 이 향기를 기억한다. 그건 분명히 '이별의 향기'였다. 몇 해 전 네팔을 여행할 때 카트만두의 한 호텔에서 환영 목걸이를 내 목에 걸어주었다. 주황색 금잔화를 엮어 만든 꽃목걸이였다. 싱싱한 꽃에서 나는 진하고 달콤한 금잔화 향기에 금세 머리가 맑아졌다. 다음날 나는 그 꽃목걸이를 목에 걸고 네팔의 국내선 비행기를 타기 위해 공항으로 갔다. 포카라로 가는 길이었다. 엑스레이 검색대를 통과하고 탑승장으로 나가려는데, 검색대에서 보안요원이 나를 불러세웠다. 그녀는 내게 금잔화 목걸이를 벗으라고 명령했다.

"이 목걸이는 선물받은 거야, 그리고 이건 꽃이잖아. 절대 위험하지 않아." 나는 뻣뻣하게 서서 대답했다. 보안요원이 재차 명령했다. 나는 쭈뼛쭈뼛 목걸이 벗어 그녀에게 건넸다. 꽃목걸이를 받아 든 그녀가 내게 설명했다. 이 꽃은 이별이나 죽음을 상징한다. 그래서 네가 꽃을 목에 걸고 있으면 다른 승객들이 꽃을 보고 죽음을 떠올릴 것이다. 이 꽃은 다른 승객들에게 공포감을 줄 수 있다고 말했다. 설명을 마친 그녀는 인정 없이 꽃목걸이를 쓰레기통에 던졌다. 네팔에선 반가운 손님을 환영할 때만이 아니라, 망자와 이별할 때 바치는 꽃도 금잔화라는 걸 나중에 알았다.

기억에 각인된 향기를 따라가니 사원 입구에 금잔화를 가득 실은 수레들이 나타났다. 수레마다 금잔화가 가득가득 황금빛 꽃불을 켜고 있었다. 마침 주말이라 왓 시므앙 사원에 예배드리러 온 사람들의 발길이 이어지고 있었다. 왓 시므앙은 1563년 세타티랏 왕이 세운 불교사원이다. 규모는 작지만 비엔티안에서 방문객과 신도가 가장 많은 사찰이다. 왓 시므앙은 1828년 태국의 침공으로 부서진 후 방치되었다가 1915년에 재건을 시도했다. 절을 재건할 당시 '시므앙'이라는 임산부가 재건 현장에 몸을 던져 부처님께 소신공양으로 성불했다. 재건을 마친 사원에서 사찰의 이름을 '왓 시므앙'이라 짓고 그녀의 뜻을 기리고 있다.

사찰의 법당에는 석가모니도 보살도 아닌 특이한 불상이 하나 서 있다. 평범한 여성 동상이다. 사람들은 그녀에게 헌화하고 인사를 올렸다. 그 모습을 보고 나는 그녀가 나라를 구한 의인인가보다 생각했다. 사원의 뒤뜰로 나오자 낡은 표지석에 그 동상의 주인이 '시므앙'이라고 적혀 있었다. 왓 시므앙은 현재는 비엔티안 중심 사원이며 사람들의 정신적 기둥으로 자리매김하고 있다.

사람들은 부처님께 예배를 마치고, 스님께 건강과 안정을 축원받기 위해 줄을 섰다. 나도 긴 줄에 끼어들었다. 그들의 문화를 잘 모르지만 뭐든 해보려는 중이다. 한참을 기다린 끝에 내 차례가 되었다. 부처님께 삼 배를 하고 자리에 앉아 스님의 축원을 기다렸다. 스님 앞에선 왼손을 귀 뒤에 두어야 하는데 이는 스님에 대한 존경의 표시다. 스님은 내 오른쪽 손목에 바우시칸 실을 묶어주었다. 그리고 내 어깨에 손을 얹고 안전한 여행을 하라고 축원해주었다. 행복한 여행이 될 것 같다.

사원의 마당에서는 사람들이 새를 방생하고 있었다. 새장 문이 열릴 때마다 갇혀 있던 참새들이 기다렸다는 듯 포르르 포르르 날아갔다. 라오스 사람들은 방생을 큰 공덕으로 생각한다. 방생하는 사람들의 진지함에서 생명을 소중히 여기는 영적 깊이가 느껴졌다. 어떤 이는 큰 새장을 가져와 여러 마리를 방생하고 어떤 사람은 한 마리를 방생했다. 자유롭게 날아가는 새들을 바라보니 마음이 편해졌다. 뭔지 모를 불안에서 벗어나 해방감이 느껴졌다.

자유 몸이 되어 날아간 참새들의 반전은 나중에 가이드에게 들었다. 방생으로 풀려난 참새들은 귀소본능 때문에 자기가 태어나고 자란 곳으로 돌아간다고 한다. 그곳은 사육장이다. 방생용으로 참새를 부화시키고 키우는 공장으로 날아가서 다시 방생용으로 팔리기를 반복한다는 것이다. 참, 참새답다는 생각이 들었다. 그래도 인간에게 잠시 덕을 쌓게 하고 위안을 주는 참새가 고맙다.

탓 루앙의 위대한 빛

비엔티안의 아침은 플루메리아 향기로 은은했다. 어제 내 머리를 어질어질하게 했던 금잔화의 진한 향기 대신 플루메리아의 가만가만한 향기가 나그네의 발걸음을 더디게 했다. 얼굴에 미소를 지닌 비엔티안 사람들을 닮은 향기였다. 계절의 끝을 알리는 거리, 이곳저곳에 송이째 떨어진 하얀 플루메리아가 나뒹굴었다. 동백꽃처럼 플루메리아도 꽃잎이 아니라 꽃송이째로 떨어진다. 몇 날 며칠의 폭우를 견디고도 싱싱하던 꽃송이가 결연히 떨어지는 모습, 생에 한 점 미련 없다는 듯 꽃받침을 끊어내는 단호함이 가엽다고 할까. 아프면 아프다고 말을 하지 아픈 살을 도려내는 꽃의 비장한 마음을 알 길이 없다.

아침 식사를 마치고 빠뚜싸이Patuxai 공원으로 산책을 나섰다. 비엔티안 도심은 일터로 향하는 사람들로 북적였다. 라오스의 상징

적 건물인 빠뚜싸이는 프랑스로부터 독립을 기념하여 세운 독립기념탑이다. 라오어로 빠뚜는 문, 싸이는 승리를 뜻한다. 빠뚜싸이는 1957년 건축하여 1968년에 완성했다. 라오스는 1883년부터 1953년까지 약 60년간 프랑스의 지배를 받았다. 1953년 프랑스와의 독립전쟁에서 사망한 민간인과 군인들을 추모하기 위해 빠뚜사이 탑을 세웠다. 빠뚜싸이는 비엔티안 공항 활주로를 건설하기 위해 미국에서 지원받은 시멘트로 건축했다고 한다. 라오스의 경제상황이 얼마나 열악한지 설명해주는 대목이다.

프랑스로부터 독립한 후 라오스 사람들은 프랑스 지우기에 여념이 없다. 반면에 프랑스 사람들은 라오스를 제2의 고향으로 생각한다고 한다. 실제로 라오스에는 프랑스인들이 많이 거주한다. 독립 후 많은 프랑스인이 본국으로 돌아가지 않고 라오스에 정착했기 때문이다. 도시에는 식민지배국의 잔재가 많이 남아 있었다. 라오스 사람들은 아직도 '비엔티안'을 프랑스 식민지 시절의 발음인 '위앙짠'이라고 부른다. 그들이 프랑스어에 유창한 것도 장기간 식민통치를 받은 영향이다. 화려한 '유로피언 거리' 곳곳에 프랑스어 간판들, 노천카페에서 여유롭게 담소를 나누는 프랑스인들을 흔히 볼 수 있다. 그들은 식민지배국의 잔재처럼 남아 비엔티안에서 오후의 차를 마시고 있었다.

저녁 무렵 비엔티안의 탓 루앙That Luang으로 이동했다. 탓 루앙은 라오스의 상징으로 여겨지고 있는 불탑과 사찰이다. 탓 루앙은 라오스의 국장과 지폐에도 사용되고 있으며, 라오스에서 가장 중요하고 신성시하는 국가기념물이다. 라오어로 탓은 '불탑'을 말하며, 루앙은 '위대한'의 뜻이다. 그러므로 탓 루앙은 '위대한 불탑'이라는 의미이다.

탓 루앙는 3세기에 마우리아 왕조의 아소카가 파견한 불교 선교사들이 처음 자리잡은 곳이다. 이후 13세기에 크메르 형식의 불교 사원으로 세워졌다. 이후 16세기에 세타티랏 왕의 시대에 현재의 모습과 같은 불탑과 사찰이 세웠는데 이는 13세기 건물을 바탕으로 지었다고 한다. 1828년 태국의 침략으로 소실되었지만, 1935년 현재의 모습으로 재건되었다. 탓 루앙의 44m 크기의 황금 사리탑에는 부처님의 유발과 가슴뼈가 안장되어 있다. 사찰의 안뜰에는 부처님이 돌아가실 때 모습을 재현해놓은 큰 와불상이 모셔져 있다. 나라가 번창했던 시절 황금 불탑이었던 탓 루앙은 태국의 시암군이 황금을 모두 약탈해가고 현재는 도금된 탑으로 남아 있다. 사람은 옷을 잘 입어야 빛이 나고 불상은 금을 입혀야 기도의 효험이 있다고 했던가. 약탈당한 역사를 증언하듯 탓 루앙의 빛이 어둠 속에서 더욱 멀리까지 그 빛을 발하는 듯했다.

비엔티안 사람들은 일찍 잠자리에 든다. 초저녁에 전기가 일제히 소등되기 때문이다. 나라의 경제사정으로 인해 전등조차 마음껏 결 수 없는 형편에도 사람들은 소박한 미소를 잃지 않는다. 도시의 밤은 조는 듯한 가로등이 몇 깜박일 뿐 고요하기만 했다. 인공적인 불빛이 없으니 밤하늘의 별빛이 눈부시다. 비엔티안에는 네온사인의 화려함도 마천루도 없다. 그러나 도시의 품에 안겨보니 도시의 체취와 같은 향기를 느낄 수 있었다. 비엔티안에서 숨을 깊숙히 들이 마셔보라, 향나무 도시가 품고 있는 향기에 흠뻑 젖을 것이다. 비엔티안은 향기롭고 고풍스러우며 다정한 미소를 지닌 도시였다.

팍세는 빡세다

수도 비엔티안에서 남부 도시 팍세로 가는 길, 프로펠러 비행기를 타야 한다니 좀 오싹했다. 프로펠러 비행기는 소음이 심하다. 하늘을 나는데도 울퉁불퉁한 도로를 달리는 것처럼 덜커덕거린다. 버스로 비엔티안에서 남부 도시 팍세까지 가려면 슬리핑 버스를 14시간 타야 한다. 긴 여행을 위해 시간과 체력을 아끼려면 무리해서라도 비행기를 타야 했다. 이른 아침인데 공항에는 비행기를 이용하려는 사람들로 북적였다.

비행기가 연발되었다. 비행기 출발이 지연된다는 방송을 듣고 나는 내 귀를 의심했다. 비행기를 이용하는 승객이 많다는 게 이유였다. 내가 뭘 잘못 들은 건가? 얼른 이해가 가지 않았다. 한 시간을 기다린 뒤 비행기가 프로펠러가 아닌 빅원으로 교체됐다는 소식에 체증이 쑥 내려간 듯했다. 탑승객이 많아 프로펠러 비행기를 일반 여객기로 교체하느라 출발이 늦어진 것이다. 탑승 한 시간 전에 비행기 교체가 가능한 나라가 라오스다. 덕분에 편하고 안전하게 팍세까지 내려올 수 있었다.

팍세는 모든 것이 빡세다. 팍세에 도착하자 나를 마중나온 건 한여름의 지글지글 끓어오르는 열기였다. 라오스 남부의 팍세는 참빠삭 주의 중심도시이다. 참빠삭 왕국의 수도였던 팍세는 오늘날 대도시로 발전한 바 없지만, 라오스에선 두 번째로 많은 문화유산과 유적을 품고 있다. 과거 우리나라도 고구려, 백제, 신라 삼국으로 나뉘었던 시대가 있듯이 라오스도 비엔티안, 루앙프라방, 참빠삭 세 왕국으로 나뉜 역사를 갖고 있다. 삼국 중 하나였던 참빠삭 왕국은 13세기 크메르문화의 전성기를 이뤘던 곳이다. 우리 역사로 보면 삼국 중 신라와 비슷하다는 생각이 든다. 최근에 더 많은 유적이 발견되고, 유네스코 세계문화유산으로 지정되면서 팍세를 다녀가는 여행자들이 부쩍 늘었다고 한다.

팍세 시내에 들어선 우리는 먼저 재래시장에 들러 이곳 사람들이 먹고사는 모습을 구경했다. 점심 식사를 마치고 왓 푸 사원에 올라갔다. 왓 푸 사원은 팍세의 외곽에 있는 푸카오산 기슭에 자리잡은 크메르시대의 사원이다. 크메르제국은 802년에서 1431년까지 약 500여 년 동안 동남아 일대를 평정했다. 왓 푸 사원은 불교의 유적지로 2001년에 유네스코 세계문화유산에 등재되었다. 13세기 이전

힌두국가였던 라오스가 처음 불교를 받아들였던 곳이며 불상을 모셨던 사원으로도 유명하다. 현재 라오스 국민 대다수가 불지인 걸 보더라도 라오스 불교의 발상지로 의미가 깊다. 불심이 깊은 라오스 사람들은 멀리서도 이 사원에 기도하러 온다고 한다.

사원을 올라가는 길, 한바탕 극심한 소나기가 내린 뒤 곧 강렬한 태양이 내리쬐었다. 비 온 뒤 찌는 무더위와 높은 습도로 인해 온몸에 땀이 비 오듯 쏟아졌다. 한낮의 태양은 나를 찜쪄 먹으려는 듯했다. 찜솥에서 나는 정수리부터 익어가고 있었다. 작은 분지를 지날 때는 바람이 들지 않아 숨이 막혔고 산길은 질퍽질퍽했다. 사원에 올라가니 고생한 보람도 없이 훼손된 돌담 사이로 휑한 바람만 드나들었다.

이곳이 그 유명한 사원이었다고? 여기저기 무너지고 부서진 돌담 사이로 크메르 시대의 벽돌과 이끼낀 주춧돌이 나뒹굴었다. 세월에 깎이고 깎여 뭉툭해진 돌담과 크메르식 문양의 벽돌 조각이 여기가 옛 사원의 터라는 걸 말하고 있었다. 라오스 최초로 불교를 받아들여 불상을 모셨던 곳이고, 한때 세상을 호령하던 왕의 사원이었다는 가이드의 설명이 없었더라면 나는 하마터면 주춧돌에 걸터앉아 돌담에다가 신발에 묻은 흙을 털 뻔했다.

옛 사원의 빈터에 앉아 드나드는 바람을 구경했다. 가난한 라오스를 대신해 독일과 일본이 사원을 복구하는 작업에 착수했다고 한다. 사원을 재건하여 세월이 지워버린 흔적을 복구한들 그 아름다운 시절이 다시 돌아올까. 바람에 묻어오는 생각과 피로에 혼몽한 나를 깨운 건 가이드의 재촉이었다. 사원은 사라지고 없지만 13세기 불상이 남아 있다고 한다. 불상을 보려면 산을 좀 더 올라가야 한다. 불상이 있는 산 중턱까지 수직 계단으로 올라가야 했다. 땀은 비오듯 줄줄 흘러내렸다. 아무도 돌보지 않은 돌계단은 아귀가 틀어져 수평이 맞지 않았다. 돌계단을 붙들고 암벽을 타듯 산을 올랐다.

그곳에 낡고 찌들고 그을린 채 노란 망토를 쓴 불상 하나가 앉아 있었다. 긴 세월 비바람에 깎여 위엄은 사라지고, 버려진 창고 같은 곳에 모셔진 불상이었다. 불상은 검게 그을렀고 세월의 먼지가 두껍게 내려앉았다. 가느다란 눈매와 특이한 인중을 보면 13세기 라오스 불상이 맞다. 그렇다면 보물이나 다름없다. 지붕도 없는 바위굴 같은 곳에 보물급 불상을 방치한다는 게 믿어지지 않았다. 사원 입구의 벽에 조각된 수문장이 좌우를 지키고 있을 뿐 관리인 하나 없었다. 사람들은 불상 앞에서 함부로 불을 피웠다. 그들의 불심이 깊어 그러하다지만, 켜켜이 쌓인 촛농 위에 다시 초를 놓고 불을 붙이는 게 위험해 보였다. 저러다 불상에 불이 옮겨붙으면 어쩌나 나 혼자 걱정을 했다.

오후에는 팍세의 푸 살라오 사원으로 이동했다. 메콩강 강변의 언덕에 높이 23m 너비 13m의 푸 살라오 황금 불상이 온화한 얼굴로 메콩강을 바라보고 있었다. 라오스의 불상들은 대개 메콩강을 향하고 있다. 이는 강의 범람을 막고 주민들의 인진을 지켜달라는 의미로 사찰과 불상을 가람배치하기 때문이다. 이곳 사람들은 비가 오나 맑은 날에도 자신들이 무사한 것은 모두 부처님의 가피라고 믿는다.

푸 살라오 사원에는 수백 개의 작은 불상들이 모여 화려한 볼거리를 제공했다. 불상들은 모두 주민들이 제작해 사찰에 봉헌한 것이다. 라오스 사람들의 소원은 단 하나라고 한다. 생전에 열심히 돈을 벌어서 사찰에다 불상을 봉헌하는 것이다. 불상에 기도를 담아 봉헌하는 것이 삶의 최대 성취이고 기쁨이다. 불상을 모셔놓고 대대손손 가족의 건강과 안녕을 빈다. 그만큼 간절하고 소중한 소원이 또 있을까. 푸 살라오 사원의 불상들을 바라보니 라오스인들의 불심이 얼마나 깊은지 짐작이 갔다.

귀신의 덫

시판돈 주 돈콘 섬에 있는 리피Li Phi 폭포를 찾아나섰다. 썽태우(트럭 택시)를 타고 돈콘 섬의 심장부까지 들어가니 드문드문 민가가 보였다. 이 지역에 자주 내리는 스콜을 어떻게 견뎌내는지 의아할 정도로 낡은 집이었다. 녹이 슨 양철지붕 위로 우기를 막 물리친 햇살이 개선장군처럼 강하게 내리쬐고 있었다. 햇볕이 드는 곳마다 말려놓은 빨래는 누군가 살고 있다는 흔적이었다. 비가 그쳤으니 구멍난 양철지붕 틈새로 햇살이 들까. 잠시 그러기를 바라는 마음이다.

썽태우 기사가 더이상 들어갈 수 없다며 섬의 한 지점에 우리를 내려놓았다. 길이 너무 질어 택시가 진흙에 빠지면 곤란하다는 것이다. 택시에서 내리니 방향을 알 수 없었다. 우거진 대나무 숲에서 개천을 건너는 다리만이 그쪽이 길이라는 걸 안내하고 있었다. 이곳은 작은 개천도 물살이 폭포처럼 거셌다. 우리는 드센 물살 위에 놓은 나무다리를 건넜다. 대나무가 우거진 섬은 고요하고 적막했다. 라오스에서 어디서나 흔히 볼 수 있는 개 한 마리도 어슬렁거리지 않았다. 어둑어둑한 대나무 사잇길을 걷다보면 섬 주민인 듯한 사람이 홀연 나타났다가 숲속으로 사라지곤 했다. 이 섬에서 우리를 반기는 건 이름 모를 야생화뿐이었다.

폭포를 찾아가는 동안 두 개의 다리를 건넜다. 섬은 크고 작은 지류가 모여드는 곳이라 물이 많아 가는 곳마다 질펵질펵했다. 섬으로 깊이 들어갈수록 인적이 드물고 사방이 고요했다. 한참 걷다보니 힌두교 사당 하나가 눈에 들어왔다. 사당에는 누군가 막 다녀간 듯 빨대를 꽂아둔 음료와 과자들이 놓여 있었다. 바람 한 점 없는데, 음료병의 빨대는 저 혼자 흔들렸다. 천천히 사당을 돌아보고 몇 걸음 나아가니 눈이 휘둥그레지는 광경이 펼쳐졌다. 넓은 강폭에 큰 바위 사이로 흐르는 폭포였다. 거센 물살이 으르렁거리는 소리를 내며 거칠게 내달렸다. 나는 폭포의 넓이와 크기에 놀라 입을 다물지 못했다.

아! 물길이 장엄하다고 하면 그 표현이 맞을까. 나는 잠시 넋을 잃고 폭포의 거친 물결을 바라보았다. 자세히 보니 어딘지 낯익은 폭포였다. 특히 강둑에서 폭포 한가운데 큰 바위까지 연결된 밧줄이 낯익었다. 사람들이 밧줄을 타고 폭포를 건너고 있었다. 저 사람들 위험천만한 폭포 위에서 뭘 하는 걸까. 내 시선이 밧줄을 타는 사람들을 따라갔다. 그들은 폭포 가운데 있는 바위까지 건너갔다. 바위 이곳저곳에서 투망을 던지는 사람들이 거친 물살 사이로 나타났다 사라지곤 했다. 폭포 한가운데서 투망질은 위험하고 아슬아슬해 보였다. 난폭한 물살에 사람도 그물도 끌려가버릴 것 같았다. 그런데 저 모습 어디서 봤더라.

아, 언젠가 TV 다큐멘터리에서 본 적 있는 폭포였다. 인간의 극한 삶을 다룬 다큐였던 것 같다. 그때는 폭포의 이름을 몰랐다. TV에서 거친 폭포에 투망 던지는 걸 보면서 저게 가능하다고? 연출이겠지 생각했다. 거센 물살 속에 물고기가 산다는 것도 믿기 어려웠다. 힘찬 폭포에다 그물을 던지는 사람들의 모습을 보면서도 비현실적이라는 생각이 들었다. 믿기 어렵지만, 그것이 현실이라고 받아들였을 때 그제야 폭포의 거친 물살에 그물을 던지는 어부들의 고된 삶이 눈에 들어왔다. 저 바위에 뿌리를 심고 폭포에서 삶을 건지는 어부들의 모습은 강인한 인상을 주었다. 인간은 정말 강하다.

리피 폭포의 원래 이름은 솜파밋Somphamit이다. 구글 지도에서 리피 폭포를 검색하면 솜파밋 폭포가 나온다. 하지만 현재는 리피Li Phi라는 이름으로 불린다. 현지어로 리Li는 '덫'이고, 피Phi는 '귀신'이라는 뜻이다. 다시 말하면 '귀신의 덫'이라는 의미이다. 그런 이름이 붙은 데는 여러 이유가 있다. 라오스 남부 지역인 시판돈은 여러 개의 섬으로 이루어졌다. 섬 주변으로 큰 강의 지류가 모여든다. 드센 강물이 흘러 이곳 바위들과 만나며 폭포수의 장관을 이룬다. 지형적으로 물살이 거친 곳이라 급류에 배가 파손되거나 인명 피해가 자주 발생한다. 강 상류에서 자살하거나 사고로 죽은 사람들의 시신이 떠내려와 이곳에서 걸린다. 마치 귀신이 놓은 덫에 걸린 것처럼 물에 빠져 죽은 시신이 모두 모여든다고 한다.

사람들은 가족이 강에서 죽으면 이곳으로 시신을 찾으러 온다. 그래서 붙여진 이름이 '귀신의 덫'이다. 이야기를 듣고 나니 폭포의 이름이 잘 어울린다는 생각이 들었다. 귀신이 놓은 덫에 걸린 시신은 말할 수 없이 많은 숫자라고 한다. 그제야 나는 섬 주변의 음산하고 서늘한 기운을 이해할 수 있었다. 폭포 입구의 힌두 사당에 놓인 과자도 누군가의 영혼을 달래기 위함이었을 것이다. 바람 한 점 없는데 음료병에 꽂아둔 빨대가 저 혼자 움직이는 건 거기 슬픈 영혼이 머물기 때문이었다.

폭포 주위를 돌아다니는 동안 눈에 띄는 게 있었다. 폭포 근처에 흔하게 피어 있는 붉은 야생화다. 그루마다 셋씩 넷씩 줄기를 올리고 붉은 솜사탕처럼 핀 꽃들이 눈에 들어왔다. 야생화를 밟아 짓이겨놓을까 조심조심 발걸음을 세며 걸었다. 이름 없는 들꽃을 무심히 지나쳤다. 조심조심, 썽태우가 기다리는 정거장(?)까지 걸어나왔다. 낡은 트럭 택시에는 먼저 온 일행들이 기다리고 있었다. 일행 중 한 분이 말하길, 참 보기 드문 꽃인데 이곳에는 흔하더라며 찍어온 사진을 보여주었다. 사람들이 호기심을 갖고 하나둘 사진 앞으로 모여들었다. 나도 그들 속으로 고개를 밀어넣었다. 아, 아까 발밑에 지천으로 깔려 있던 그 꽃 미모사란다. 이름을 알았더라면 달리 보였을까. 본 듯 만 듯 지나쳐버렸던 야생화였다.

썽태우를 타고 덜커덕덜커덕 섬을 빠져나오는 길, 개천에 논두렁에 지천으로 핀 미모사가 보였다. 섬에 들어올 때는 그냥 야생화였던 꽃이 이름을 알고 나니 잘 가꿔진 정원에 핀 꽃처럼 보였다. 돈콘 섬의 사람들, 그들도 그랬다. 대나무 숲에서 불쑥 나타났다가 홀연히 사라지는 그들은 그저 평범한 사람이었다. 자그마한 체구에 야위고 까만 얼굴, 외지인을 어려워하는 듯한 순박한 사람들. 그들은 섬에서 그럭저럭 논밭을 일구며 살아가는 사람들인 줄 알았다.

하지만 그들은 나의 상상을 뛰어넘는 에너지를 가진 사람들이었다. 폭포 위에서 밧줄을 타려면 몸이 가벼워야 했을 것이다. 그 작은 체구로 우렁찬 폭포에다 그물을 던지는 사람들의 강인함, 그 모습을 본 후 그들에게선 생의 무게를 묵묵히 견디는 큰 힘이 느껴졌다. 존재의 의미를 잘 모를 때는 그림자처럼 조용히 살아가는 사람들인 줄 알았다. 하지만 밧줄 하나에 의지해 폭포에서 고기를 잡는 그들의 생존 방식을 알고 나니 문득 강인한 삶의 의지가 느껴졌다. 그들의 삶이 숭고해 보였다. 야생화인 줄 알았던 미모사도, 그저 게으른 듯 살아가는 섬사람들도 존재 의미를 알고 나니 저절로 고개가 숙여졌다. 의미 없는 삶은 없다던 말, 정말 틀리지 않은 것 같다.

무당이 되다

나는 여행할 때 숙소를 혼자 쓴다. 친구나 가족을 동반한 경우가 아니면 낯선 사람과 숙소를 공유하지 않는다. 여행에서 모르는 사람과 숙소를 공유하면 비용을 줄이는 효과가 있다. 비용을 아끼면 여행할 기회를 더 자주 가질 수도 있다. 하지만 내겐 여행지에서 그날 분량의 글쓰기에 집중해야 할 시간과 공간이 필요하다. 글이란 게 떠오를 때 써두지 않으면 순식간에 사라지기 때문이다. 쓰지 않으면 여행의 이유도 없다. 넉넉지 않은 형편이어도 비용을 감수할 수밖에 없는 이유는 이 밖에도 여러 가지다. 라오스 여행에서 만난 일행 한 분이 혼자 자는 게 무섭지 않냐고 내게 물었다. 언니와 같이 왔다는 그녀는 낯선 곳에 혼자 있으면 무섭다고 했다. 나는 그 질문을 두 갈래로 의미로 받아들였다. 그리고 가끔 이상한 기운을 느낄 때가 있다고 대답했다. 눈에 보이지 않는 무엇이 있다 해도 그것이 내게 시비를 걸지는 않더라는 농담도 덧붙였다.

나는 촉이 밝은 편이다. 낯선 환경에서는 촉이 더 곤두선다. 시판돈 돈콘Don khone 섬에서 밤을 맞았다. 돈콘은 사방이 강이고 조용한 섬이다. 귀를 기울이면 나지막이 흐르는 강물 소리가 들리는 듯했다. 어둠을 타고 흐르는 그 소리는 밤하늘의 구름 속에서 울리는 소리 같기도 했다. 라오스는 경제사정이 좋지 않아 어디서나 전기를 제한한다. 더구나 시판돈 섬에서는 전기사정이 더욱 열악했다. 오후 여섯 시가 되자 마을 전체가 일시에 소등되었다. 섬은 불빛 하나 없이 적막했다.

불을 밝힌 곳은 오직 우리가 머무는 호텔뿐이었다. 호텔에서는 자가 발전기를 돌려 전기를 얻는다고 한다. 전기가 없으니 인터넷이 안 되는 건 너무 당연하다. 전 세계를 연결하는 인터넷이라는 거미줄 위에서 널뛰기하듯 살아가는 우리에겐 상상이 안 되는 세계다. 인터넷 없는 세상이라니, 갑자기 거미줄에서 떨어진 거미처럼 무엇을 해야 할지 몰라 갈팡질팡했다. 밤이 되자 시간이 더 느리게 흐르는 듯했다.

혼자라는 적막을 견디기 위해 켜놓은 TV에서 치지직치지직 뭔가 타들어가는 소리가 났다. 잠깐씩 흑백 화면이 나타났다 사라졌다. 그 화면이라도 붙잡으려고 채널을 여기저기 돌려봤지만 소용없었다. 일본 유명회사에서 생산된 컬러 TV는 초록이나 노랑 등 한 가지 색만 나온다. 그마저도 오래 버티지 못하고 곧 흑백으로 바뀌다가 이내 소리만 나온다. 전력 부족으로 TV가 오디오(?)로 변하는 건 순식간이었다. 불빛이 있는 호텔의 뒷마당에서 동네 아이들이 늦은 시간까지 놀았다. 아이들 노는 소리에 귀 기울이니 적막이 사라지고 정겨운 마음이 들었다.

낯선 곳에서 혼자 밤을 지내다보면 바깥의 여러 소리에 예민해진다. 낯선 나라에선 가는 곳마다 공기가 다르고 기운이 다르다는 게 느껴졌다. 돈콘 섬의 밤은 다른 도시보다 어둠이 깊었다. 밤이 되어 다시 비가 시작되었다. 무섭게 내리는 폭우였다. 나는 방의 불을 끄고 강으로 쏟아져 내리는 비를 바라보았다. 강 언저리는 물론이고 강 건너 어디에도 불빛이 없다. 밤은 서늘하고 음산한 기운이 들었다. 비가 일시적으로 무섭게 쏟아지다가 소강상태에 들곤 했다. 초저녁에 강변의 수영장에서 놀다온 탓에 피로가 몰려왔다. 눈꺼풀이 내려앉고, 쏟아지는 잠을 주체할 수 없었다. 일찍 잠자리에 들었다. 베개에 머리를 대는 순간 깊은 잠에 떨어졌다. 잠은 심연에 가 닿을 만큼 깊었다.

얼마나 잤을까. 잠결에 누군가 흐느끼는 소리가 들렸다. 나의 의식이 누군가 우는 소리에 화들짝 놀라 잠에서 깨었다. 고요한 어둠의 틈새로 스며드는 흐느낌이었다. 개들이 무언가를 발견한 듯 컹컹 짖었다. 흐느낌은 물 흐르는 소리와 뒤섞여 잔잔하게 들려왔다. 소리는 어둠의 결을 타고 움직이듯 커졌다가 작아지곤 했다. 점점 가까워지듯 뚜렷하고 선명하게 들렸다. 처음엔 흐느끼는 소리가 둔중한 통곡처럼 점점 크게 들렸다. 호텔 뒷마당에서 누군가 곡을 하는 것 같았다. 한밤중의 곡소리는 기괴하고 온몸에 소름이 돋았다. 초저녁 뒷마당에서 놀던 아이들은 모두 돌아갔을까. 아이들의 놀이는 무엇이었더라. 사방치기였나. 기괴한 소리에 밀려드는 공포를 피하려고 애써 다른 생각들을 깨웠다. 소용없는 짓이었다.

이 시간에 누굴까? 왜 우는 걸까? 이 밤중에 실연을 당했나? 마을에서 무슨 의식을 치르는 걸까? 가위눌려 뻣뻣해진 고개를 돌려 시계를 보니 새벽 1시 53분이었다. 나는 몸을 뒤척이며 곡소리에 귀를 기울였다. 소리에서 우는 이유를 찾아보려 했다. 조용히 들어보니 곡소리에는 슬픔이 있지만 메마르고 건조함이 느껴졌다. 가성이라고 할까. 울음 속에 분노나 애절함이 느껴지지 않았다. 빗소리인가. 바람이 내는 소리일까. 아니면 내가 모르면 어떤 사물이 내는 소리일까.

하지만 특이한 점은 하울링이었다. 어둠 속에서 울리는 소리여서 그랬을까. 바람이 지나가는 소리, 비가 그친 듯 베란다에 떨어지는 낙숫물 소리, 강이 우는 듯 구르는 듯 내는 소리, 여인의 흐느끼는 소리는 번갈아가며 들렸다. 낮게 울리는 소리였고, 구름 속에서 들리는 듯한 소리였다. 백색소음 속에서 여인의 곡소리만 유난히 크게 들렸다. 10분가량 흐느낌과 통곡을 반복하던 소리가 강 아래쪽으로 옮겨갔다. 소리가 조금씩 줄어들었다. 마을의 개들이 소리의 주인을 따라가며 짖어댔다.

다음날 아침, 잠을 설친 나는 일찍 식당으로 내려갔다. 가이드와 일행에게 밤중에 곡소리 들었냐고 물었다. 다들 고개를 갸웃하며 모르겠다는 반응이었다. 일행 중 한 명은 1시쯤 별을 보러 나갔는데 비구름이 지나간 뒤여서 밤하늘에 별이 총총하더라고 했다. 낯선 섬의 강변에서 나는 무슨 소리를 들었던 걸까. 어제 귀신의 덫에 걸린 사람들의 이야기를 들은 까닭에 미몽을 꾼 것일까. 미몽이라 하기엔 그 소리는 너무 사실적이었다.

그때부터 오 가이드가 나를 피하는 느낌이 들었다. 그동안 잘 지냈고, 내 질문에 대답도 잘해주던 가이드의 급변한 태도에 당황했다. 나중에 인턴 가이드가 내게 물었다.

"저, 손님은 무슨 일을 하세요?"

"제 직업이요? 백수인데…, 왜요?"

"아니요. 그냥 궁금해서요."

"갑자기 제 직업이 왜 궁금하신데요?"

"아, 농담이지만, 오 선배가 필시 손님은 영매인 것 같다고 해서요."

"무당이요? 하하하하, 저 그렇게 명민하지 못해요."

그러자 인턴이 말했다. "선배가 그러는데 어제 리피 폭포에 갔을 때 손님이 귀신이 있는 자리를 척척 알아맞혀서 놀라셨대요. 그런데다 밤에 하울링 소리를 들었다길래 선배는 저 손님은 분명 무당일 거라고 하더라고요" 하는 것이다.

아하, 오 가이드가 나를 피한(?) 이유를 알 것 같다. 내가 어제 리피 폭포에서 귀신 있다는 자리를 알아본 것은 사실이었다. 그곳에 진짜 귀신이 있는지도 모른다. 하지만 그건 내 눈에 귀신이 보여서가 아니다. 동남아 여러 나라를 다니며 얄팍하게 그 지역의 풍습을 익혔기 때문이다. 동남아 나라들을 여행하다보면 미신에 취약한 그들의 풍습을 쉽게 알 수 있다. 동남아 사람들은 기운이 음하고 습한 지역에 삼색천을 묶어놓는다. 그곳에 귀신이 있다고 믿기 때문이다. 그들은 귀신이 자리를 벗어나 사람들에게 해코지하지 않도록 삼색천에다 귀신을 잡아두는 풍습이 있다. 그러므로 빨강 노랑 초록 등 삼색천이 묶여 있는 곳은 귀신이 있다는 표시이다. 또는 그곳에서 사람이 죽었거나 시신이 발견된 곳 등을 표시한 곳이기도 하다.

리피 폭포에서 내가 본 것은 귀신의 민낯이 아니라 그들의 풍습이었다. 내가 오 가이드에게 "여기 귀신 있는 것 맞죠?" 물었던 것은 폭포 주변의 암벽이나 나무에 묶여 있는 삼색천을 보고 한 말이었다. 그는 내가 의심스럽다는 듯 바라보았다. 그러다 간밤에 여인의 흐느낌 소리를 들었다니 분명 무당인 것 같다고 했단다. 하하하, 해프닝은 그렇게 일단락됐다.

나중에 오 가이드에게 들은 이야기는 더 섬뜩했다. 우리가 묵었던 호텔에서 여인의 흐느낌을 들었다는 손님이 종종 있다는 것이다. 그들은 한결같이 새벽 2시 전후로 소리를 들었으며, 흐느끼는 소리였다가 곡소리로 바뀌다가 사라진다는 것이다. 오 가이드의 말에 내 뒤통수가 서늘해졌다.

생존 시간 카드

프랑스 작가 마르셀 에메(1902~1967)는 기상천외한 발상으로 환상과 현실을 버무려 세태를 재치 있게 풍자하는 소설가로 잘 알려져 있다. 그의 소설은 이상한 생물들이 정상적인 존재들과 어깨를 나란히 하고, 정상적인 존재들이 오히려 불합리한 행동으로 독자를 당황하게 만든다. 그리하여 가장 불합리한 사고를 하는 사람이 독자 자신임을 깨닫게 만든다.

에메의 소설 『생존 시간 카드』에는 가난한 사람들은 삶에 더 인색하고 부자들은 삶에 더 욕심을 부린다는 글이 있다. 소설 속 주인공인 작가 쥘 플레그몽은 생존 카드를 받기 위해 파리 18구청 앞 사람들 속에 서 있다. 그는 아무리 생각해도 이 새로운 배급제가 불합리하다. 새 법령은 식량과 생필품 부족에 대처하고 노동계급 향상을 도모하기 위해 비생산적인 소비자들 이를테면 노인, 퇴직자, 부유한 금리생활자, 실업자, 부랑자, 매춘녀 등 기타 군입들의 생존을 제한하는 것이다. 법이 정한 '쓸모없는' 사람들의 무리에는 놀랍게도 예술가와 작가가 포함되어 있다.

법령의 취지는 비생산적인 사람들을 죽이자는 것이 아니라 그들의 생존 시간을 줄이자는 것이다. 이를테면 한 달 31일 중 쓸모없는 사람으로 분류된 '비생산자 그룹'은 16일만 생존한다. 나머지 15일은 상대적 죽음 속으로 사라진다. 상대적 죽음이란 생존 카드 유효기간이 지나면 스위치가 꺼지듯 자연스럽게 사라졌다가 다음 달 1일에 다시 살아난다. 그러니까 비생산자 집단은 한 달 15일만 살 수 있다. 새 법령이 발효되자 사람들은 저마다 어떤 일거리라도 찾아보려고 안간힘을 썼다. 일이 있어야 완전 생존 자격 보유자로 분류될 수 있기 때문이다. 다급해진 플레그몽은 미술관의 문지기 자리라도 구해보려고 동분서주했지만 이미 늦었다. 어디에도 일자리는 없다. 그는 상대적 죽음이 두렵고 막막하다.

새 법령이 발효된 후 예상하지 못한 현상이 발생했다. 행색이 초라하고 몸이 부실한 남자가 그의 생존 시간 배급표를 팔기 위해 플레그몽을 찾아온다. 그는 몸이 허약해 더 이상 노동을 할 수 없다. 아내마저 병이 들어 죽음보다 못한 삶을 살고 있다며 그의 배급표를 팔겠다고 한다. 플레그몽은 타인의 목숨을 돈으로 산다는 게 내키지 않는다. 부유한 금리생활자들이 생존 제한에 많이 걸린 탓에 생존 카드 배급표는 암시장에서 고가에 팔린다는 소문이 돈다. 플레그몽은 사람의 목숨이 천한 상품으로 거래되는 것을 용인하지 않겠다고 다짐한다.

다짐도 잠시, 그는 가난한 남자에게 배급표 열 장을 샀다. 앙투안 삼촌이 배급표 아홉 장을 플레그몽에게 보내왔다. 가엾은 삼촌은 류머티즘의 고통에 시달리느니 일시적 죽음 상태에서 병이 호전되기를 기다리겠다고 한다. 플레그몽은 생존 카드 열여섯 장에다 열아홉 장의 배급표로 6월을 35일까지 살았다. 불법 생존 시간인 6월 32일에 그는 평소 짝사랑하던 엘리자와 만나 황홀한 며칠을 보냈다. 다음 달이 되어 절대적 생존 시간에 엘리자를 만나지만, 엘리자는 그들의 황홀한 시간을 전혀 기억하지 못한다. 불법적인 생존을 연장했던 사람들을 만나 이야기를 나눠보니 금리생활자인 부자는 6월을 66일까지 살았다고 자랑한다.

상상력의 천재, 프랑스문학의 희귀한 보석으로 평가받는 마르셀 에메의 기발한 상상은 언제나 독자를 놀라게 만든다. 그의 소설은 엉뚱한 상상으로 현실과 비현실을 넘나드는 솜씨가 일품이다. 소설『생존 시간 카드』는 환상적인 요소를 현실에 접목하여 독자가 스스로 어떻게 살 것인가에 대해 고민하고 생각하게 만든다.

나도 마르셀 에메의 질문을 피할 수 없었다. 나는 오랫동안 하고 싶은 일이 무엇인지 알지 못했다. 그래서 불안했다. 여러 목표가 있었지만 나는 어디에도 안착하지 못했다. 중년의 나이가 되어 비로소 삶에 정도가 없다는 걸 알았다. 나는 한 사람의 생활인이다. 집

주변을 종종거리는 그곳이 내 소속이다. 그럼에도 나는 생활에 매몰되지 않으려고 부단히 몸부림을 쳤다. 삶이 불안하고 흔들릴 때마다 심장 발작을 일으킬 것처럼 한 바구니씩 글을 토해놓곤 했다. 무언가 써놓고 나면 백 년 묵은 아기를 낳은 것처럼 후련했다.

시판돈의 돈콘 섬을 나오는 길, 우리는 배를 타기 위해 선착장에 도착했다. 시판돈에는 수백 개의 섬이 있지만 섬과 섬을 연결하는 여객선이 없다. 다른 섬으로 이동할 때마다 선착장에서 배를 구해야 했다. 선착장에는 출항하는 고기잡이배와 오고 가는 관광객들로 인해 떠들썩했다. 오 가이드가 선착장 근처의 작은 식당에 우리를 남겨두고 배를 구하러 갔다. 식사를 할 것도 아닌데 좁은 식당에 그늘만 얻어 앉아 있기가 무안했다. 나는 커피를 주문하고 땅바닥에서 소꿉놀이하는 여자아이들을 바라보았다. 흙먼지로 범벅된 아이들의 팔다리가 눈에 띄게 야위었다.

아이들의 아빠는 젊었다. 젊은 남자는 강을 하염없이 바라보고 있었다. 이방인들이 식당에 들어와도 눈짓도 주지 않았다. 젊은이답지 않게 푹 패인 볼과 야윈 얼굴엔 근심이 가득했다. 그는 이따금 아이들에게 눈길을 주고 한숨을 내쉬었다. 그리고 다시 영혼 없는 텅빈 얼굴로 강을 바라보는 것이다. 식당의 손님이라곤 낡은 플라스틱 테이블마다 담소를 나누는 파리가 전부였다. 윙윙대는 파리들의 수다는 오후의 나른함과 무더위를 불러왔다. 테이블 위엔 간

장소스 그릇과 양념통들이 두서없이 굴러다녔다. 언제 손님이 앉았는지 모를 테이블에 찐득한 양념 흔적이 남아 있었다. 이곳 사람들은 여력이 안 돼서 굶을지언정 식당에서 돈을 쓰지 않고, 관광객들은 좁고 불결한 식당에서 식사하기를 꺼린다. 식당이 좁아 도로변에 내놓은 설거지통에는 접시들이 담겨 있었다. 틀어놓은 수도꼭지에서 졸졸 새는 생의 시간, 젊은 아빠의 얼굴 위로는 오직 강이 흐르고 있었다.

식당에 손님이 끊어지면 젊은 아빠는 공사장으로 일을 나간다고 한다. 공사장에서 하루 일하면 우리 돈 육천 원 정도의 일당을 받는다. 도무지 믿어지지 않는 적은 금액이었다. 그런 일이라도 있다면 아이들 밥을 굶기지는 않을 텐데, 라오스 경제가 무너지면서 건설현장도 멈춰 섰고 아빠의 일자리도 사라졌다. 어쩌다 공사장 일자리를 얻으면, 아빠는 공사장에서 받은 하루 품삯 육천 원 중 삼천 원은 먼저 오토바이에 기름을 넣는다. 오토바이가 없으면 일터에도 갈 수 없기 때문이다. 나머지 삼천 원으로 아이들의 저녁을 사들고 집으로 온다. 믿을 수 없는 일이지만 젊은 아빠는 돈이 없어서 굶고 일을 한다고 한다. 아열대 무더위에 흘린 땀으로 얻은 밥 한 끼, 아빠의 땀이 아이들의 삶 속으로 흘러들어간다.

배가 있는 사람들은 형편이 조금 낫다. 코로나가 끝나고 시판돈을 드나드는 관광객이 늘어나면서 배를 가진 사람들은 더 분주해졌다. 젊은 아빠가 하염없이 바라본 것은 강이 아니었다. 강 위를 달리는 배였다. 배가 있다면 아이들을 굶기지 않을 텐데…, 아빠는 그런 생각을 했던 걸까. 젊은 아빠의 형편을 듣고 나니 마음이 답답했다. 그것은 단지 젊은 아빠만이 아니라 라오스 사람들 형편이 대부분 그렇다고 한다. 일하고 싶어도 일자리가 없고, 삶이 나아질 가능성은 보이지 않는다.

내가 소설 속의 파리 18구에 살았더라면 나는 분명 법이 정한 쓸모없는 '비생산자' 그룹에 들어간다. 내게 생존 시간 카드가 있다면 저 젊은 아빠에게 주고 싶다. 그런 카드가 있다면 그를 잠시 상대적 시간 속으로 들어가 쉬게 하고 싶었다.

우리를 싣고 갈 배가 선착장에 도착했다. 서쪽으로 기우는 해를 등지고 바지선에 올랐다. 개천도 아니고, 저 큰 강을 바지선으로 건넌다니 좀 경악스럽다. 뗏목에 가까운 배가 강의 급류를 헤치고 저쪽 섬에 도착할 수 있을까. 의문이 들었다. 바지선은 너른 목선 위에다 철판을 깔고 승객을 실었다. 철판 위에는 난간도 구명조끼도 없다. 뚜껑도 거푸집도 없는 경운기 엔진은 앙상한 뼈대를 드러낸 채 강 위에서 탈탈거렸다. 철판 아래 목선에서는 금이 간 나무 사이로 스며드는 물을 퍼내느라 소년이 연신 땀을 흘렸다. 나는 낡은 바지선이 가라앉는 상상을 하며 두려움에 식은땀을 흘렸다.

무사히 강을 건너니 젊은 아낙이 강둑에서 훠이훠이 소를 몰고 있었다. 해가 질 무렵이라 소들을 집으로 몰아가려는 듯했다. 강가에서 멱감던 소들이 아낙의 소리를 알아듣는 듯 둑 위로 올라갔다. 그 풍경이 멀지 않은 우리의 과거로 온 듯한 착각에 들게 했다. 우리에게도 그런 시절이 있었지만 낯설게 느껴지는 광경이었다. 땀을 식히고 강을 돌아보니, 강물은 볼일이 있다는 서쪽으로 급히 흐르고 있었다.

여행은 함께 춤추는 것이다

파세에서 돈콘 돈솜 등의 섬을 오가며 사흘을 보내고 짐을 쌌다. 다시 북쪽으로 올라가기 위해 팍세공항으로 나섰다. 라오스 최남단 도시 팍세에서 북부 루앙프라방까지는 프로펠러 비행기로 1시간 20분을 날아가야 한다. 낡은 비행기가 겁이 나긴 하지만, 주저하면 아무것도 할 수 없다. 아무것도 하지 않으면 아무 일도 일어나지 않는다. 막상 팍세를 떠나려니 이곳에서 보고 들은 일들이 마음을 아리게 했다. 돈콘 섬의 서늘한 기운과 젊은 아빠의 어려운 형편은 한동안 잊을 수 없을 것 같다. 하지만 마음 아프다고 대신 울어줄 수도 없고 곁을 지켜줄 수도 없다. 나는 그냥 지나가는 나그네일 뿐이다. 공항에서 비행기를 기다리며 이런저런 생각에 잠겼다. 루앙프라방행 비행기 탑승을 시작한다는 방송이 들렸다. 루앙프라방에 간다는 기대감에 팍세를 떠나야 한다는 아쉬움이 순식간에 사라졌다.

"안녕, 루앙프라방!"

루앙프라방은 14세기 라오스 란쌍LanXang왕국의 수도였다. 이후 1975년 왕정이 폐지될 때까지 왕이 머물렀던 유서 깊은 도시다. 라오스가 국가로 성립된 후에도 수도이자 종교, 문화, 상업의 중심지로 번성했다. 도시의 번영과 발전 속에서도 상처 많은 역사의 흔적 또한 곳곳에 깔려 있다. 특히 19~20세기에 프랑스 식민지 지배를 받았던 역사의 상흔을 도시 곳곳에서 볼 수 있었다. 란쌍왕국의 분열로 인해 세워진 루앙프라방왕국은 주변 강국인 태국, 미얀마, 베트남에 시대를 달리하면서 공물을 바쳐야 했다. 이후 반복되는 시암(태국)군의 공격을 피하기 위해 루앙프라방왕국은 프랑스의 보호를 받아들였다. 루앙프라방은 라오스의 수도를 비엔티안으로 옮기기 전까지 나라의 중심지 역할을 했다. 루앙프라방은 도시가 박물관이라 할 만큼 많은 전통 건축물과 유적들이 있다. 이를 토대로 1995년에는 도시 전체가 유네스코 문화유산으로 지정되었다.

루앙프라방, 루앙은 '위대한'을 프라방은 '수호신'을 의미한다. 이름만으로도 매력적이다. 이곳에 여행 오기 전 루앙프라방이 어떤 곳인지 검색을 했다. 라오스 북부에 있는 도시이고 매우 아름다운 곳으로 유튜버나 블로거들은 루앙프라방을 최고 관광지로 꼽았다. 여행 버킷리스트를 가진 사람은 누구나 가고 싶은 곳으로 루앙프라방 앓이를 한다. 또한 서양인들이 가장 가고 싶은 도시 1위라고 한다. 그중 프랑스인들이 선호하는 도시가 루앙프라방이다. 라오스는 약 60여 년간 프랑스의 식민 지배를 받았다. 프랑스는 식민지를 지배하는 동안 자신들의 취향에 맞게 도시를 변화시키고 문화와 정신까지 점령했다. 라오스의 심장에 깊숙이 심어놓은 서양 문화, 그리하여 프랑스인들은 그들이 머물기에 안전하고 편하다는 이유로 이 도시를 고향처럼 여긴다.

그런 역사를 말하듯 루앙프라방은 동양과 서양이 교묘히 섞여 있는 이국적인 풍경이었다. 동양의 도시를 채우고 있는 유럽식 건축물들이 매우 인상적이었다. 루앙프라방의 유럽인 거리에 늘어선 찻집에선 커피 볶는 냄새가 진동했다. 노천카페에서 여유롭게 담소를 나누는 서양인들이 눈에 들어왔다. 그들의 문화인 '오후의 티' 타임인 듯했다. 이 땅의 주인은 시중을 들고, 손님은 주인 노릇을 하는 아이러니한 모습이었다. 그걸 아는지 모르는지, 도심을 가로지르는 메콩강 위로 시간은 묵묵히 흐르고 있다.

숙소에 짐을 내려놓고 시내 산책을 나섰다. 루앙프라방 가이드가 유명한 커피집이 있다길래 따라나선 길이다. 저녁 무렵이라 한낮의 무더위가 꺾인데다 북쪽 지방이어서 그런지 약간 서늘했다. 10월은 어느 곳이나 멋진 계절이다. 가이드의 안내를 받으며 유서 깊은 도시의 골목들을 돌아다녔다. 아픈 역사의 흔적을 품고 도시는 말이 없다.

어느 도시든 풍기는 인상과 냄새가 있다. 이 도시에서는 뜻밖에도 타는 냄새가 났다. 좁은 골목에선 매캐한 연기가 나기도 했다. 돌아보니 누군가 불을 피우는지, 아니면 저녁 안개인지 연무 현상이 심했다. 궁금한 건 못 참는 내가 가이드에게 물었다. 그녀는 내 질문이 뚱딴지같다는 표정이었다. 누구나 아는 걸 왜 묻냐는 듯했다. 사람들이 불을 피워 저녁 식사를 준비하기 때문이라고 대답했다. 불을 피워 저녁을 짓는다고요. 내 반문에 그녀는 웃으며 대답했다. 저녁은 먹어야 하니까요.

가이드가 말한 유명한 커피는 '조마'라는 커피회사에서 운영하는 카페였다. 라오스 남부 팍세의 볼라웬고원에서 가져온 아라비아 커피를 바로 볶아서 제공하는 유럽식 카페였다. 팍세에 머물 때 들렀던 볼라웬고원의 커피를 북부 루앙프라방에 와서 맛보았다. 곳곳에 유명한 커피들이 많지만, 볼라웬 지역에서 나는 아라비카 커피도 세계적으로 유명하다. 볼라웬 커피는 진한 향기에 있어서 무엇에도 뒤지지 않는다. 그 진한 향기는 싱싱한 커피콩을 즉석에서 볶기 때문이 아닐까 생각했다.

저녁 식사를 마치고 숙소로 돌아왔다. 낮에 찍은 사진을 정리하고, 글을 끄적이느라 낑낑대는데 누군가 방문을 두드렸다. 낮에 만난 루앙프라방 가이드 덩샤이였다. 그녀는 이곳 소수민족 아가씨들이 모여서 춤추고 노는 데 초대하고 싶다고 했다. 춤이라고요? 나는 잠시 망설였다. 춤추고 노는 게 싫지는 않았다. 하지만 나는 세상에 둘째가라면 서러워할 몸치 아닌가. 오래 전 탄자니아 친구에게서 춤 때문에 핀잔을 들은 적이 있다. 그가 내게 춤추는 걸 좋아하느냐고 물었다. 나는 춤을 출지 모른다고 대답했다. 그러자 그 친구가 말하길 춤을 안 추는 거겠지. 리듬에 맞춰 몸을 움직이는 게 뭐가 어렵냐며 퉁을 놨다. 그 친구는 한국 사람들은 유난히 허그를 싫어하고 춤추는 걸 부끄러워하더라며 그럴 필요 없다 그냥 즐기면 되는 거라고 말했다. 그 친구의 말이 순수 토종 한국인인 내게는 딱 맞는 말이다. 나는 남들 앞에서 춤추기를 쑥스러워하고, 타인과의 포옹을 어려워한다.

초대받아 간 곳은 마을의 커뮤니티센터 같은 곳이었다. 소수민족 아가씨(아마 몽족)들이 모여 춤을 추고 있었다. 그들 중 일부는 전통복을 입었고, 일부는 일터에서 갓 돌아온 듯 일상복을 입고 있었다. 밤마다 모여 춤추는 것이 이곳 소수민족에게는 일상이라고 한다. 어린 시절부터 어른들에게 춤을 익히고, 춤을 통해 민족의 일원으로 소속감과 자긍심을 갖는다. 춤은 마을의 화합이고, 사교이며, 젊은 남녀가 만나는 방법이다. 수줍음이 많은 그들은 언어보다는 춤을 통해 자신과 잘 맞는 이성을 찾아낸다고 한다.

음악은 자진모리장단처럼 반복적인 네 박자로 큰 통을 두드리는 소리였다. 단조로운 리듬에 맞춰 원을 따라 돌며 파트너를 바꾸는

춤사위가 그리 어렵지 않았다. 나는 그들의 춤을 따라하며 어울려 놀았다. 춤을 배우느라 둘레둘레거리는 내 모습이 참 우스꽝스러웠다. 어쭙잖은 동작이 어색하기 짝이 없었다. 내 어설픈 춤에 그녀들은 웃음을 참느라 어쩔 줄 몰랐다. 우스워죽을 지경인데, 손님에게 결례여서 마음껏 웃지도 못하는 그녀들이 안쓰러울 지경이었다. 밤이 깊어가고, 밖에선 이름 모를 곤충들이 시끄럽다고 잠 좀 자자고 항의하듯 울어댔다. 평소 춤을 배우고 싶다는 생각을 자주 했는데…, 라오스의 민속춤을 배워보니 내 춤도 그럴싸했다. 춤바람이 나는 건 순식간이다. 음 그래! 뭐든 배우면 나도 할 수 있어. 나의 끼를 감추려들지 말자. 나는 아직 배우고 싶은 것들이 많다.

우리가 잃어버린 것

라오스의 도시들을 여행하며 느낀 건 사람들이 순수하고 악의가 없다는 것이다. 라오스 사람들은 95%가 불교를 믿는 불자이다. 그 사실을 방증하듯 그들은 무념무상 살아가는 것 같다. 세상이 어찌 돌아가든 상관없다는 듯, 더 채우려고 하지 않고 관조하듯 살아가는 모습이 순수하다. 그들의 미소가 낯설지 않았다. 낯선 이에게도 활짝 웃어보이는 표정이 부처님의 미소를 닮았다고 할까. 얼굴은 그 사람의 마음을 드러낸다고 한다. 그들의 미소가 평화롭고 아름다운 건 불심佛心으로 가득한 마음 안에 부처님이 계시는 까닭이다.

불교국가인 라오스의 아침은 스님들의 탁발로 시작된다. 탁발은 라오스 불교의 중요한 수행의식이다. 새벽 다섯 시가 되면 도시 곳곳에서 둥둥둥 북소리가 울린다. 도시의 크고 작은 사찰에서 스님의 탁발이 시작된다는 것을 알리는 소리다. 탁발은 스님들이 걸식을 통해 하루 식사를 해결하는 의식을 말한다. 스님은 생산, 상업활동에 종사할 수 없기에 대중의 공양으로 식사를 해결한다. 탁발은 시주와는 반대되는 의미다. 시주는 신도들이 자발적으로 음식이나 재물을 수행자에게 기부하는 행위를 말하며, 탁발은 스님들이 직접 음식을 구하는 행위이다. 탁발은 수행자의 자만과 아집을 버리고 대중의 자비에 의존하는 수행 방식의 하나이다.

탁발의식은 과거 우리나라에서도 일반적이었고 흔한 일이었다. 하지만 오늘날 한국에서는 탁발 스님을 만나기 어렵다. 우리나라 불교계는 1962년에 스님의 탁발을 금지했다. 한때 사이비 승려들이 탁발을 이용해 대중의 재물을 갈취하는 행위가 빈번해서 사회문제가 되었다. 염불보다 잿밥에만 관심을 둔 일부 스님들로 인해 불교와 승려에 대한 인식이 나빠지자 불교계는 공식적으로 탁발의식을 폐지했다.

내가 어렸을 때, 어머니가 탁발온 스님들에게 큰 바가지로 쌀을 퍼주시던 모습이 눈에 선하다. 어머니가 스님에게 합장하는 모습을 보며 나는 마음에 부처를 품었다. 그 시절부터 바랑을 짊어진 스님을 만나면 두 손을 모아 합장하곤 했다. 하지만 이제는 거리에서 탁발하는 스님을 만나는 것이 전설의 고향에나 나오는 먼 이야기가 되었다.

루앙프라방에서도 매일 새벽 탁발의식이 열린다. 새벽에 몇몇 일행들과 탁발의식을 보러갔다. 가이드 덩샤이는 우리가 시주할 찰밥과 간식이 든 바구니를 미리 준비해주었다. 북소리가 울리면 전국의 스님들은 일제히 탁발을 나선다. 탁발하는 스님은 묵언수행을 해야 한다. 그러므로 대중은 정결한 마음으로 음식을 공양하되 스님에게 함부로 말을 걸어선 안 된다. 스님의 얼굴을 정면으로 바라봐서도 안 된다. 라오스 어디서나 탁발수행을 볼 수 있으나 루앙프라방 스님들의 탁발 행사는 더 활발하다. 북이 울리자 승려들이 사원에서 줄지어 나왔다. 주황색 가사를 입고, 어깨에 바구니를 멘 스님들의 행렬은 어디서도 보기 힘든 광경이었다. 탁발의 순서도 큰스님이 앞장서고 서열을 따라 맨 뒤에 동자승들이 꼬리를 물고 길을 나섰다.

도심 사이로 흐르는 메콩강 위로 안개가 피어오르는 새벽녘, 사람들이 바구니를 메고 하나둘 모여들었다. 스님은 새벽 5시부터 7시까지만 탁발을 할 수 있다. 그 시간을 놓치면 하루를 굶어야 한다. 규정된 시간이 지나면 탁발을 할 수 없기 때문이다. 시주받은 스님들은 당일 그 음식을 모두 소화해야 한다. 스님은 음식을 사분율로 나눈다. 먼저 스님이 드시고, 주변의 가난한 사람들에게 나눠주고, 길거리 동물과 새들에게도 일일이 먹인다. 때론 의도치 않은 육식을 해야 할 때도 있다. 주는 대로 먹어야 하는 것이 수행이니 탁발 음식에서 고기를 걸러낼 수 없기 때문이라고 한다.

탁발 장소에 가면 곳곳에 바구니를 든 아이들이 스님을 따라다니는 모습을 볼 수 있다. 이들은 동자승이 아니라 스님이 시주받은 음식을 얻어가기 위해 산동네에서 내려온 가난한 아이들이다. 신발조차 신지 않은 아이들이었다. 맨발로 어떻게 산을 오가는지 염려되었다. 정중하게 탁발하는 스님들을 한참 동안 바라보았다. 부정한 방법으로 재물을 갈취하여 탁발수행 의식조차 없애버린 우리와 달리 오랜 전통을 잘 지켜 하나의 문화로 꽃피운 사람들, 긴 탁발 행렬 속에서 나는 그들의 순수한 마음과 고품격 정서가 한없이 부러웠다.

나쁜 말

탁발 스님들께 시주를 마치고 새벽시장에 가기로 했다. 집 나온 김에 장 본다고 새벽시장에 달려가는 아줌마처럼. 아침잠이 더 필요한 일행은 호텔로 돌아가고 나와 몇몇 일행은 시장으로 향했다. 가이드 덩샤이가 길을 앞섰다. 야시장 상인들은 밤에는 주로 옷과 생활용품을 판매하고 이른 아침에는 음식을 판매한다. 라오스 사람들은 무더운 기후 탓에 한낮의 움직임을 줄이기 위해 새벽에 하루 장보기를 마친다고 한다. 초가을이라 이른 아침은 선선했다. 날이 밝아오면서 차츰 안개가 걷히고 신선한 공기에 기분 좋은 아침이었다.

함께 여행하는 일행은 여러 부류의 사람들이었다. 최연소는 엄마를 따라온 초등학생이고, 최고령은 71세 어르신이었다. 연령층이 다양했지만, 나처럼 혼자 온 여성들도 여럿이어서 끼리끼리 말

동무가 되었다. 우리는 가이드 덩샤이의 진두지휘에 따라 신호등도 없는 건널목을 무단횡단(?)하며 새벽시장으로 갔다. 시장의 규모는 크지 않았지만, 신기한 음식들이 산더미처럼 쌓여 있었다. 상인들이 밤새워 준비한 음식을 막 내놓은 듯 김이 모락모락 올라오는 음식들이 맛있어 보였다. 가는 곳마다 몸을 사리듯 조심스럽던 라오스 사람들이 시장에선 흥정으로 열기를 뿜었다. 시장 골목은 무척 좁아서 앞서가는 사람이 물건을 흥정하느라 진행을 멈추면 뒤에 오는 사람들은 기다려야 했다. 상주하는 시장이 아닌 반짝 시장이라 그런지 통로가 좁고 복잡했다.

가이드 덩샤이는 시장에서 우리를 밀착하며 부지런히 따라다녔다. 복잡한 골목에서 한 사람이라도 잃어버릴까봐 발을 동동거리는 그녀와 달리 우리는 각자가 보고 싶은 방향으로 시선을 보냈다. 식전이라 배가 고픈 우리는 갓 나온 따끈한 음식에서 눈을 떼지 못했고, 덩샤이는 우리에게서 눈을 떼지 못했다.

라오스에선 가이드 자격증 따기가 매우 어렵다고 한다. 현지에 거주하는 한국인들이 등록만 하고 가이드를 하는 것과 달리 라오스인들은 어려운 시험을 통과해야 한다. 대신 나라에서는 각 지역을 여행하는 외국인들이 라오스 가이드를 반드시 고용하도록 하여 그들의 일자리와 위상을 높여준다고 한다. 교육을 잘 받은 그녀는 빈틈없이 움직이고 싹싹하게 우리를 이끌었다.

덩샤이는 30대 중반이고, 두 아이 엄마라고 했다. 콧등에 큰 점이 있고, 쌍꺼풀이 있는 눈과 약간 그을린 검은 피부의 여성이었다. 그녀는 주로 한국인 가이드를 맡기 때문에 한국말을 배우고 있다고 했다. 덩샤이가 쓰는 한국말이 한국인인 나를 좀 헷갈리게 했다. 복잡한 시장통에서 그녀가 앞서가던 일행 중 71세 어르신에게 "오빠" 하고 부르더니 앞으로 나아가도록 유도했다. 어르신이 버럭 화를 냈다. 그녀가 그 어르신을 볼 때마다 비음으로 "오빠!"라고 부르니 어르신도 당황했던 것 같다.

"오빠라고? 내가 어떻게 네 오빠야?"

그러자 덩샤이의 얼굴이 빨개졌다. 어르신이 왜 화내는지 모르겠다는 표정이었다. 그 상황을 지켜보는 나와 일행들도 당황했다. 호칭으로 결례를 범한 것을 알아차린 덩샤이의 표정이 울상이었다. 골목을 빠져나온 뒤 나는 젊은 여성이 나이 많은 남자에게 '오빠'라고 부르는 건 연인 사이이거나 특별한 관계일 때만 사용하는 은어라고 설명했다. 설명을 듣고 그녀도 몹시 당혹해했다. 덩샤이는 앞서 다녀간 남자들이 한국에선 '남자는 다 오빠'라고 가르쳐줬다고 한다. 짐작건대 누군가 오빠라는 호칭을 짓궂은 말로 가르친 것 같다. 다문화가 보편화되면서 한국어를 배우고자 하는 외국 여성들이 많아졌다. 라오스에는 외국어학원이 없다. 평소 한국 드라마를 자주 본다는 그녀는 한국 관광객을 만나면서 한국어 한마디를 더 배우기 위해 노력한다고 말했다. 덩샤이는 한국어를 배워 더 전

문적인 가이드가 되고 싶었을 것이다.

누군가 이처럼 잘못된 방식으로 외국인에게 비속어를 가르치면 그 언어를 받는 사람은 누구일까. 결국은 한국말을 사용하는 한국인이 받는다. 덩샤이가 정확한 의미를 모르고 사용하는 말은 결국 그 말을 가르친 우리에게 불편한 방식으로 돌아온다. 나라 밖에서 젊은 여성에게 듣는 '오빠'라는 호칭이 불편했던 어르신처럼, 잘못된 언어를 가르친 그들도 어디선가 불쾌한 경험을 할 수 있다. 이상한 한국말을 알아듣는 것은 한국인밖에 없기 때문이다.

노을이 아름다운 나라

동서양 문화가 교묘히 뒤섞여 더 아름다운 도시, 루앙프라방에서 머문 짧은 시간이 못내 아쉬웠다. 다음 기회엔 루앙프라방에 한 달 살기를 하러 오리라 생각했다. 아무도 모르는 곳에서 익명으로 살아보는 것도 즐거운 일일 것이다. 누구의 엄마도 아내도 아닌 오직 나를 위해 살아보기. 그런 다짐으로 아쉬움을 달래며 방비엥으로 향했다.

아침 일찍 루앙프라방을 떠나 정오 무렵 방비엥에 도착했다. 방비엥은 비엔티안과 루앙프라방의 중간 지점에 있는 인구 25,000명의 작은 도시다. 이 한적한 숲속 마을에 놀랍게도 외국 여행자들이 연간 15만 명이 찾아온다고 한다. 이 작은 마을이 배낭여행자들의 천국이 된 것은 몇 해 전 중국의 한 기업이 고속철도를 건설하여 비엔티안과 방비엥을 연결했기 때문이다. 비엔티안 공항에서 한 시간이면 방비엥에 도착할 수 있다. 게다가 방비엥의 한적한 강 풍경과 석회암으로 이루어진 카르스트 지형의 수려한 경관은 중국의 계림이나 베트남의 하롱베이와 견준다. 천혜의 자연과 어우러진 다양한 액티비티가 여행자들에게 즐거움과 안식을 주는 휴양지가 된 것이다.

오후에는 읍내 리조트에 짐을 맡기고 방비엥 고산족 마을까지 트레킹을 했다. 왕복 네 시간 거리의 짧은 트레킹이었다. 트레킹이 힘들기는 하지만, 내 발로 직접 걸으며 방비엥의 속살을 느껴보는 즐거움이 있다. 비는 오락가락하는데, 풀을 뜯는 소들은 한가로웠다. 목적지인 고산족 마을에 도착했다. 이곳 고산족 주민들은 산꼭대기에서 모든 걸 해결한다고 한다. 우리가 높은 산에 올라가면 고산증을 겪듯이 고산족 사람들은 산에서 내려오면 현기증을 겪는다고 한다. 그들은 산에다 벼를 심고 화전을 일구며, 아이들은 절벽을 놀이터 삼아 뛰어논다. 고산족 주민이 끓여준 흑생강차는 쌉싸름한 맛이었다. 자연이 만든, 가공된 것이라곤 아무것도 들어가지 않은 생강차에선 사포닌 맛이 났다. 생강차 한 잔에 오래 전에 죽은 나의 세포들이 되살아나는 느낌이었다. 고산족 마을에서 산다면 저절로 건강해질 것 같다.

다음날 비엔티안으로 돌아가기 위해 방비엥역으로 갔다. 라오스의 고속철도는 방비엥과 비엔티안을 연결한 이 노선이 유일하다.

중국 기업이 이 고속철도를 놓아주고 30년간 수익금을 가져간다고 한다. 라오스인들은 기차 삯이 비싸서 이용하지 못하고 주로 외국 여행자들이 이용한다. 고속기차를 타고 비엔티안으로 향하는 길, 루앙프라방도 방비엥도 잠깐의 행복한 기억이었던 듯 멀어져갔다.

태국 사람은 벼를 베는 소리에 귀를 기울이고, 미얀마 사람은 벼를 심는 소리에 귀를 기울이고, 라오스 사람은 벼가 익어가는 소리에 귀를 기울인다고 한다. 라오스 사람들의 조용하고 순박한 기질을 드러낸 말이 아닐까 생각한다. 물부자 나라인데 상수도 시설이 없어서 식수가 부족한 나라, 지천이 강인데 관개시설이 없어서 이모작을 하는 나라, 전기가 부족해 전등을 켜지 않는 나라, 불을 피워 밥해 먹고, 바나나 잎을 밥상으로 쓰는 나라….

형편이 그러함에도 라오스 사람들은 지금이 가장 좋다고 한다. 모든 사람이 부처인 나라가 라오스다. 천혜의 자원으로 둘러싸여 강산이 아름다운 나라, 무엇보다 라오스는 서쪽으로 지는 노을이 아름다운 나라였다.

제2장

좌충우돌 대만

스탕달 신드롬
사기를 치더라도 장소는 가려야
돌고 돌아 비빔밥
여왕에게 경의를 표하라
잘 쓰지 말고 그냥 쓰자
바퀴벌레와 겸상
시절인연
불광사의 탑돌이

스탕달 신드롬

나는 다 읽은 책을 기부하거나 버리지 않고 모아두는 저장증후군이 있다. 특히 소설책은 더 아끼고 쌓아둔다. 다 읽은 소설책은 알라딘 중고서점에 팔면 절반 값은 받을 텐데 뭐하러 쌓아두느냐고 동료들이 핀잔이다. 누군가에게 얻거나 사서 모은 책들이 방에 가득 찼다. 그것들 위로 시간의 먼지가 쌓여 방이 깨끗할 리 없다. 내 방에선 쿰쿰한 책 냄새가 난다.

다 읽어서, 내용을 알아버려서, 궁금할 게 없는 책을 버리지 않은 이유는 딱 한 가지다. 책을 읽으면서 좋은 문장이나 묘사, 낯선 단어, 신박한 아이디어에 줄을 긋는 습성 때문이다. 책을 읽으며 다시 그 책을 펼쳐볼 때 쉽게 눈에 띄도록 정성스럽게 줄을 그어놓는다. 하지만 이미 읽은 책을 다시 펼쳐보기란 쉽지 않다. 책이 아니어도 눈으로 보고 즐길 거리가 넘쳐나는 세상 아닌가.

글을 쓰다가 막힐 때 나는 책장 앞에 앉아 이런저런 책들을 펼쳐 본다. 근래에는 산문을 쓰는 중이어서 에세이가 손에 잡혔다. 정지돈 작가의『당신을 위한 것이나 당신의 것은 아닌』이라는 산문집이다. 책을 스르륵 넘기자 이곳저곳에 그어진 밑줄들이 눈에 들어왔다. 왜 줄을 그어놓았는지 기억조차 없는 곳들이 많다. 그래도 그어진 밑줄을 따라 책을 훑으며 읽는 재미가 있다. 짧은 시간에 책 한 권을 다시 읽은 느낌이다. 책을 뒤적거리다가 눈에 띄는 밑줄을 하나 발견했다. "그러니 파리에서 스탕달 신드롬을 겪는 건 필연이다"라는 문장이다. 엥? 나는 파리에 가본 적 없다. 분명 멋진 곳이겠지. 이 문장은 분명히 '스탕달 신드롬'이 궁금해서 밑줄을 그었을 것이다.

스탕달 신드롬Stendhal Syndrome은 뛰어난 예술 작품을 감상하면서 심장이 빨리 뛰고, 의식 혼란, 어지럼증, 환각 등 현기증을 경험하는 현상이다. 스탕달 신드롬은 작가 스탕달이 1817년 이탈리아의 피렌체를 방문하여 귀도 레니의 그림 〈베아트리체 첸치〉를 감상하다가 무릎에 힘이 빠지고 심장이 빠르게 뛰는 것을 여러 차례 경험한 데서 비롯되었다. 스탕달은 자신이 겪은 현상을 그의 여행 에세이『나폴리와 피렌체 : 밀라노에서 레기오까지의 여행』에 묘사했다. 여기서 질문이 생긴다.

"우리는 스탕달 신드롬을 경험한 적 있는가?"

어쩌면 그것은 매우 어려운 질문이다. 예술 작품을 관람할 때는 '안목眼目'이 필요하기 때문이다. 안목은 신의 은총이다. 전생에 나라를 서너 번은 구해야 주어지는 보물이다. 〈베아트리체 첸치〉를 보고 현기증을 일으킨 것은 스탕달의 안목이어서 가능했다.

예술 작품을 관람하는 건 작품 속 사물이나 현상 뒤에 숨어 있는 본질을 파악하고 알아차리는 일이다. 우리가 그걸 간파하려면 작품에 대한 배경지식이 있어야 하고 사물을 이해하는 '안목'이 필요하다. 이 같은 안목은 거저 얻어지는 재능이 아니니다. 안목은 후천적 교육이나 문화자본에 꾸준히 노출되어 몸에 체화된 기능이며 시선과 관점을 의도적으로 확장하여 익힌 소양이다. 그러므로 안목을 갖기 위해선 긴 시간의 노력과 훈련이 필요하다.

그러함에도 우리에게 안목이 필요한 이유는 예술만이 아니라 세상의 모든 사물은 우리가 부여하는 만큼의 가치만을 갖기 때문이다. 대만은 내게 그런 여행지였다. 내게 세상을 바라보는 안목이 있었더라면 사물들이 건네는 경이로운 인사를 알아차렸을 텐데. 그들의 손짓이 인사였다는 걸 뒤늦게 깨달은 여행이었다.

대만台灣은 동아시아에 있는 타이완섬을 중심으로 주변의 여러 섬을 통합해 부르는 명칭이다. 대만의 별칭은 포르투갈어로 '아름다운 섬'이란 뜻인 포르모사Formosa다. 지리적으로 대만은 일본 류큐 열도와 중국 본토, 필리핀의 가운데 위치하여 중요한 해양교통 요충지이다. 대만에서 일본 류큐 열도까지의 거리는 약 75㎞, 중국 본토까지는 약 150㎞, 필리핀까지는 약 300㎞이다. 대만 인구는 약 2,300만 명으로 작은 섬나라다.

대만의 지형은 산이 많아, 전체 면적의 64%가 산지이다. 중앙 산맥이 섬의 동부에서 남북으로 가로지르며, 봉우리들의 평균 고도는 3,000m를 넘는다. 대만섬에서 가장 높은 위산玉山(옥산)은 표고가 3,997m에 이른다. 산맥의 동쪽으로 평야가 적고, 태평양 연안에서는 수직에 가까운 각도로 솟는 병풍 같은 절벽이 있다. 서쪽은 비옥한 평야가 완만하게 대만해협을 향해 펼쳐진다. 강의 지류는 대부분 타이완산맥에서 발원하며 강이 모두 짧고 험난하다. 기후는 온난하고 섬 전체의 연평균 기온은 23°C이다. 타이완산맥과 계절풍은 대만 기후에 결정적인 영향을 준다. 섬 전체 연간 강수량은 약 2,500㎜로, 평지보다 산지가, 서해안보다 동해안 쪽이 비가 많이 내린다. 또 6월부터 10월까지는 많은 태풍이 지나가는 길목이어서 큰 피해를 입기도 한다.

타이완이 역사 기록에 본격적으로 등장하는 시기는 1624년 네덜란드 상인들이 대만섬에 진출하면서다. 물론 기록된 역사보다 훨씬 이전부터 대만섬에는 원주민들이 살고 있었다. 대만섬에 처음 도달한 민족 집단은 말레이 폴리네시아계의 고산족이다. 이들은 부족마다 따로 떨어져 생활하였고 국가를 형성하지 않았다. 게다가 문자가 없어서 역사 기록을 남기지 않았다.

이후 중국의 명·청대에 점차 한족이 대만으로 이주하여 살기 시작하였다. 13세기 후반 원나라가 펑후제도에 행정기관을 설치했다는 기록은 있지만 대만섬을 통치했다는 기록은 사라지고 없다. 대만의 역사는 크게 여섯 시기로 나뉜다. 선사시대(~1624년), 네덜란드 통치(1624~1662), 반청 항쟁기(1662~1683), 청나라 통치(1683~1895), 일본 통치(1895~1945), 중화민국 타이완(1945~현재)이다. 중화민국 타이완의 현대사는 카이로선언에 따라 일본의 식민통치가 끝난 1945년부터 오늘날까지로 규정하고 있다.

대만의 영공에서 섬을 내려다보니 타이완섬이 마치 바다에서 막 솟구쳐오르는 고래의 형상을 닮아 있었다. 고래는 머리를 동쪽에다 두고, 꼬리로 서쪽 바다를 힘껏 차고 올라서는 형상이다. 마치 머리의 분수 구멍으로 숨을 고르는 듯 그 모습이 신기했다. 어느 시인의 말처럼, 고래가 꼬리지느러미를 하늘 높이 드는 것은 더 깊이 잠수하기 위함이라고. 섬이 그토록 힘차게 바다 위로 솟구쳐오르는 모습은 그 안에 사는 사람들의 고된 역사와 강인한 생명력의 표출이 아닐까. 고래를 닮은 섬나라에서 나는 무슨 꿈을 꿀 것인가. 대만으로 향하는 길, 나는 더 높이 오르고 더 깊이 잠수하는 고래와 같은 꿈을 품었으리라.

사기를 치더라도 장소는 가려야

배낭에 약간의 두려움을 담고, 마음에 용기를 장착하고 타오위안행 비행기에 몸을 실었다. 비행기 바퀴가 대한민국 땅에서 떨어지는 순간 내 안의 타성이 되살아난다. 그것은 낯선 곳에서 두리번거리는 나의 나약한 습성이다. 대만은 가이드도 동행도 없이 홀로 떠난 자유여행이었다. 자유에는 무거운 책임이 따른다. 그러니 그 책임을 나눠가질 비슷한 처지의 누군가를 찾아 두리번거리는 것이다. 혹시 좋은 동행을 만날지도.

새벽 비행이라 아침을 먹지 못했다. 기내 조식이 당연히 제공되는 줄 알고 기내식 여부를 확인하지 않았다. 짧은 비행거리라 항공사에선 물과 커피만 판매한다고 한다. 이른 아침 쓰디쓴 커피를 주문해서 빈속에 들이부었다. 식사 체크를 하지 않은 제 탓을 해야지, 배곯은 걸 남 탓할 수 없었다.

타오위안공항에 도착하니 낯선 나라에 혼자라는 두려움과 긴장으로 세포들이 곤두섰다. 공항에서 이지카드를 사기 위해 두리번거렸다. 대만은 대중교통 요금과 공공장소 입장료 등을 이지카드로 결제해야 한다. 이지카드는 편의점에서 체크카드로 이용할 수 있다는 장점도 있다. 공항에서 MRT로 이동하는 통로에 이지카드 판매 부스가 줄지어 있었다. 대부분 공항을 이용하는 외국인을 상대로 이지카드와 유심카드 등을 판매하는 곳이다. 나는 비슷비슷한 광고판이 줄지어 있는 부스 중 한 곳을 골라 안으로 들어갔다. 그곳에 세 명의 여직원이 있었다. 이지카드를 주문하자 한 여성이 능숙한 한국말로 여러 종류의 카드를 보여주었다. 카드보다는 그녀의 한국어 실력이 더 신기했다. 한국말을 저렇게 정확하게 구사하다니, 화교인가. 이상하게도 외국에서 내 모국어를 잘하는 사람을 만나면 그 사람을 더 신뢰하게 된다.

그녀는 내게 교통비와 입장료를 지불할 때 사용하는 카드를 추천해주었다. 카드는 용도가 다양할수록 더 비싸다고 한다. 기본요금 150대만달러부터 여러 금액대 카드가 있었다. 나는 445달러짜리 패키지카드를 선택했다. 그녀는 내 여권번호를 입력하고 서랍에서 새 이지카드를 꺼내주었다. 나는 인천공항에서 환전해온 대만 신권 500달러를 주고 잔돈을 55달러를 돌려받았다. 그녀는 내게 영수증 대신 MRT 노선표를 쥐여주며 메트로 탈 때 도움이 될 거라고 말했다. 여자의 친절에 감동하고 부스를 나왔다.

공항에서 타이베이 시내까지 공항전철로 이동했다. 타이베이 시내에 도착하니 열기가 훅훅 느껴졌다. 이 도시는 동남아시아권에 속하지 않지만 아열대 기후여서 6월에도 후끈했다. 지열로 달궈진 찜통 속 도로를 달리는 오토바이들이 신기했다. 대만에서는 오토바이가 개인 자가용이라는 말은 들었지만, 오토바이 이용자가 이렇게 많을 줄은 상상하지 못했다. 무더위에 숨이 턱턱 막히고 가만히 있어도 땀이 줄줄 흐르는데, 그들은 머리에 헬멧을 쓰고 찜질방 같은 도시를 누볐다.

시내에 도착하자마자 두통약을 사기 위해 편의점에 들렀다. 빈속의 비행과 무더위에 지쳐 탈진할 지경이었다. 탈수 방지를 위해 이온음료를 사려고 편의점 냉장고의 문을 열었다. 여러 종류의 술과 음료수와 생수 등이 진열되어 있었다. 하지만 친절치 못하게 상표가 한글도 영어도 아닌 전부 한자였다. 제멋대로 그려진 한자 상표들이 어지럽다. 어느 게 물이고 어느 게 쥐약인지도 구분이 안 된다. 할아버지가 한학자였다며, 평소 할아버지 한문 실력을 자기 실력인 양 자랑하던 남편이 생각났다. 그가 있다면 도움이 됐을까.

편의점 냉장고 앞에서 나는 꿀 먹은 벙어리였다. 이온음료를 한자로 뭐라 부름? 혼자 당황한 마음을 숨기며 위로했다. '괜찮아, 물을 사면 돼.' 눈을 질끈 감고 물병처럼 생긴 걸 아무거나 집었다. 무더운 날씨엔 제일 맛있는 게 물이다. 게다가 앙증맞게 포장된 과자들이 며칠 굶은 사자가 들어앉아 으르렁거리는 빈속을 유혹했다.

두통약과 생수, 바나나, 과자 등을 계산대에 올려놓고 이지카드를 내밀었다. 점원이 카드의 바코드를 찍더니 잔액이 부족하다고 말했다. 엥? 나 그 카드 방금 샀어. 내가 반박하자 점원은 내가 고른 물건값이 150달러가 넘는다고 말했다. 그건 아는데, 이지카드에 445달러가 있어. 점원은 내게 이지카드를 돌려주며 150달러짜리라고 말했다. 헉! 순간 친절했던 이지카드 판매 부스의 여직원이 생각났다. 불과 한 시간 전에 빳빳한 신권 500달러짜리 주고 잔돈 55달러도 돌려받았는데. 계산대 앞에서 얼떨떨한 표정을 짓고 서 있자 점원이 딱하다는 듯 영수증을 가지고 가서 환불받으라고 했다. 주머니를 뒤적거리자 영수증 대신 전철 노선표가 나왔다. 내가 영수증이 없다고 하자 점원이 말했다. 그녀는 너를 속인 거야. 타이완에선 물건 팔고 영수증을 주지 않으면 불법이야. 넌 어디서든 반드시 영수증을 받아야 해.

결론은 그랬다. 공항에서 친절을 베풀던 그 여직원은 445달러를 받고 내 손에는 150달러짜리 카드를 쥐여준 것이다. 나는 이지카드의 종류를 구분할 줄 몰랐고 주는 대로 받아왔다. 그녀는 영수증 대신 내 손에 MRT 노선표를 쥐여줬다. 그녀가 내게 영수증을 주지 않은 이유는 여러 가지였다. 대만의 모든 영수증에는 복권 기능이 있다. 세금탈루를 방지하기 위해서라고 한다. 편의점 직원이 돌려준이지카드를 살펴보니 표면에는 카드 액면가가 적혀 있지 않았다. 뒷면을 찬찬히 살펴보니 충전하여 재사용할 수 있다는 설명과 함께 깨알만 한 글씨로 150달러 금액이 적혀 있었다.

대만에 도착하자마자 공항에서 속은 걸 알고 나니 몹시 불쾌했다. 이 여행에서 내가 얼마나 더 당할지 조바심이 났다. 당장 가서 따지고 싶었다. 하지만 카드를 판매하는 부스가 여러 개였고, 어느 부스였는지 모르겠다. 신용카드가 아닌 현금을 지불했고, 받은 영수증도 없다. 따지려 해도 내세울 증거가 없었다. 나는 그들에게 참 쉬운 먹잇감이었다. '다른 곳도 아니고 나라의 얼굴인 공항에서 사기를 치다니, 참 치사하다.' 나는 소심하게 중얼거렸다.

돌고 돌아 비빔밥

대만에는 '배가 고프면 여행을 중단하라'는 속담이 있다. 대만 어디에나 먹을거리가 풍부하니 배고픈 여행은 하지 말라는 뜻이다. 우리 속담의 '금강산도 식후경'과 비슷한 맥락이다. 나라의 역사가 깊을수록 음식의 맛도 깊다. 대만의 다양한 먹거리는 그런 역사와도 다르지 않다. 섬나라인 대만에 싱싱한 해산물이 풍부한 것은 두말하면 잔소리이다.

호텔에다 짐을 맡기고 시내를 구경하러 나섰다. 우선 뭔가를 먹어야 했다. 기왕이면 맛있는 걸 먹겠다고 다짐했다. 음식을 생각하니 잠자코 있던 배가 꼬르륵거렸다. 구글로 타이베이 중심가의 식당을 검색하자 난양로를 가리켰다. 도시의 화려한 빌딩 숲을 지나 난양로에 들어서니 구도심이었다. 거기 정말 많은 식당이, 극한(?)

삶의 현장이 있었다. 고작 한두 평 될 듯한 작은 식당들이 끝도 없이 다닥다닥 붙어 있었다. 구도심이어서 그런지, 저마다 낡고 오래된 건물들이었다. 건물은 한결같이 외관이 낡고 허술했다. 대부분 도시의 빌딩에서 일하는 직장인들의 점심을 책임지는 곳인 듯했다. 간판이나 메뉴, 안내문 등이 모두 한자로만 되어 있었다. 한자를 모르는 외국인에게는 친절하지 않은 모양새였다.

식당 점포의 처마에는 비슷비슷한 음식 그림들이 걸려 있었다. 우육면이나 만두, 볶음밥, 해물튀김, 모닝글로리볶음 등 종류도 다양하다. 무엇을 먹을까. 글자를 모르니 그림만으로 결정하기도 어려웠다. 뭔지 모르고 주문했다가 실란초가 잔뜩 들어간 음식이 나온다던가, 기름이 둥둥 떠 있는 스튜가 나온다면 맛있는 한 끼 먹겠다는 희망도 실패할 가능성이 크다. 메뉴를 결정하는 것보다도 문제는 더 큰 브레이크타임이었다. 오후 3시, 대부분 식당이 휴식에 들어갔다. 브레이크타임에 식사하겠다는 게 좀 염치없는 행동이기도 했다. 식당에서 일하는 분들도 쉬는 시간이 필요할 테니까. 그런 줄 알지만, 나의 배고픔은 이미 염치를 따질 형편이 아니었다.

영업 중인 몇몇 식당 앞에는 사람들이 긴 줄로 서 있었다. 나 혼자 두리번거리는 걸 줄을 선 사람들이 구경거리처럼 쳐다봤다. 키가 커서 눈에 띄는 편이라 나는 그들의 시선을 피하지 못했고, 줄에 끼어들지도 못했다. 식당은 주문을 접수하고 계산하는 카운터와 조리실만 있는 구조이고 홀이 없다. 그러니까 음식을 받은 사람들은 길거리나 도로변에 앉거나 서서 식사를 해결했다. 음식을 받는다고 해도 차마 길거리에서 쪼그리고 앉아 식사할 용기가 나지 않았다.

그런저런 생각으로 식당 거리를 서성거렸다. 배가 몹시 고프지만, 용기가 부족했다. 식당 거리를 배회하던 나는 난양로를 빠져나와 구도심 쪽으로 걸어갔다. 공원이 나타났다. 잎이 무성한 나무 아래 벤치에 앉았다. 그늘진 곳에서도 무더위와 높은 습도로 끈적끈적한 피로감이 몸을 휘감았다. 더위에 지치고 배고픔에 무기력해진 나는 영혼이 탈락해버린 얼굴로 지나가는 사람들을 바라보았다. 분주히 지나가는 사람들이 그림자처럼 느껴졌다. 그들의 눈에는 내가 보이지 않는 그림자인지도 모른다.

생각이 꼬리를 물다가 크누트 함순(1859~1952)의 소설「굶주림」이 생각났다. 지금 내가 함순의 소설 속에 딱 들어앉은 느낌이었다. 함순의 굶주림이 이런 것이었을까. 나는 함순의 소설 속 화자가 배고픔에 의식이 까무룩해지는 지경에 이입되어 축 늘어진 채 생각에 잠겼다.

노르웨이 작가 크누트 함순은 노르웨이 중부 시골 마을 구즈프란스다르의 작은 농장에서 빈농의 아들로 태어났다. 함순은 15세 때부터 농장을 벗어나 떠돌이생활을 시작했다. 그는 17세 때 소설「수수께끼에 찬 것」을 발표했으나 실패했고, 24세에 미국으로 건너가 30세에 그가 미국에서 겪은 경험을 토대로 「현대 미국의 생활문화」를 발표하여 문단에 데뷔했다. 31세 때 노숙생활의 경험을 바탕으로 한 소설 「굶주림」을 발표하여 큰 반향을 일으켰다. 이후 노르웨이로 돌아가 정착했고, 30년 후 그 유명한 소설 「땅의 혜택」으로 노벨문학상을 수상했다.

굶주림을 극단적으로 묘사한 소설을 제대로 감상하려면 보름쯤 굶어봐야 한다. 그의 소설을 이해하려면 배고픔으로 눈앞에 헛것이 보이고 사물이 둥둥 떠다니는 현기증을 겪어봐야 한다. 소설의 묘사는 함순이 직접 경험했던 것이라 더욱 생생하다. 바로 눈앞에서 구걸하는 주인공을 보듯 문장으로 펼쳐놓은 시각적 이미지의 효과가 탁월하다. 소설은 1인칭 주인공 시점이라, 때론 독자가 직접 구걸하고 있는 느낌이 들 때도 있다. 함순의 필력에 그저 감탄할 따름이다. 함순은 소설을 통해 극단적인 굶주림에도 빛나는 인간의 본능적인 순수함과 정직함을 퍼올린다. 가장 밑바닥의 삶에서도 추구해야 할 인간의 가치가 무엇인지 말해준다.

함순이 그랬던 것처럼 극단적(?)으로 배가 고픈 나를 들여다보았다. "배고픔 때문에 고통이 무뎌졌다. 오히려 나를 둘러싸고 있는 것들과 동떨어진 채로 나 자신이 텅 빈 것이 달콤하게 느껴졌고, 아무도 나를 보지 않는다는 것이 다행스럽게 느껴졌다. 벤치 위에 두 다리를 뻗고서 누웠다. 그랬더니 더욱 온몸이 홀가분해진 기분이었다. 내 영혼에는 구름 한 점 없었고 불편한 기분도 전혀 없었다.

내 생각이 멀리 갈 수 있는 한, 내게는 욕망도, 충족되지 않은 욕구도 없었다. 나는 그 야릇한 상태로 두 눈을 뜬 채로 누워 있었다. 나는 나 스스로에게서 일탈되어 있었다. 나 자신이 달콤하게도 멀리 있는 것처럼 느껴졌다."(크누트 함순, 「굶주림」, 우종길 역, 도서출판 창, 2011년 93면.)

물로 배고픔을 달래며 북쪽인지 남쪽인지 모른 채 걸었다. 한참을 혼자 정처 없이 걸었다. 마음에 고독감이 스며들었다. 나쁘지 않은 고독이었다. 아무리 남의 나라여도 그렇지, 스스로 밥 한 끼 해결하기가 어렵다니. 패키지로 왔더라면 배곯을 일은 없을 텐데 이게 무슨 고생이람. 아냐, 자유의 문이 열리면 행복과 고통이 함께 들어온다고 했어. 자유에는 고통이 따르는 법이야. 고통스럽다고 자유를 포기할 수 없잖아. 날이 어두워지길 기다렸다가 음식물 쓰레기통이라도 뒤져볼까. 먹을 만한 게 있을지도 몰라. 막 썩기 시작한 음식을 먹으면 배탈나지만, 백 년쯤 썩은 음식은 먹어도 괜찮아. 쓰레기통을 뒤지면 백 년 된 음식이 나올지도 몰라. 헛헛한 기분에 다 생각마저 뒤죽박죽이었다. 맛있는 음식은 포기하고 신고 있는 구두라도 벗어서 뜯어먹어야 할 판이었다.

구도심을 벗어나 번화가 쪽으로 걸어나왔다. 신광미츠코시 백화점이 눈에 들어왔다. 아, 푸드코트! 나는 백화점으로 뛰어갔다. 대만이 음식의 별세계인 건 맞다. 백화점의 음식코너에는 온갖 산해진미가 가득했다. 배고픔을 눈요기로도 채울 만큼 다양하고 별나고 이상한 음식이 많았다. 언젠가는 극복해야겠지만, 나는 아직 실란초가 무섭다. 여행지에서 음식을 가려먹는 이유이기도 하다. 푸드코트를 돌아보니 반갑게도 '청기와'라는 한국 식당이 있었다. 이곳 비빔밥은 고명을 내가 직접 고를 수 있다. 나는 불고기와 콩나물과 공심채를 듬뿍 올려달라고 주문했다. 아, 드디어 첫 끼니다. 대만에 와서 맛있는 걸 먹겠다는 다짐이 비빔밥, 돌고 돌아 비빔밥이었다. 아침도 점심도 저녁도 아닌 이상한 한 끼였다.

여왕에게 경의를 표하라

이른 아침, 카페에서 크로와상과 커피를 주문했다. 카페엔 몇몇 여행객들이 모여 이마를 맞대고 이야기를 나누고 있었다. 일일 가이드를 만나기 위해 호텔을 나선 길이다. 커피를 다 마시고 잔을 뒤집어 커피점을 보았다. 오늘 고독한 인연을 만난다는 점괘가 나왔다. 자유여행을 가면 현지에서 일일 가이드를 구해야 할 때가 있다. 가이드는 차량을 제공하고, 교통이 불편한 여행지를 쉽게 안내해준다. 특히 외진 곳이나 산사 등을 찾아갈 때는 가이드의 역할이 크다. 혼자 가는 것은 아니고 자유여행을 온 사람들이 모여서 함께 간다. 인터넷에서 검색만 하면 일일 가이드를 쉽게 구할 수 있다.

며칠 전 스펀으로 가는 일일투어 상품을 찾아 예약해두었다. 여행 앱에서 신청서를 작성하여 제출했더니, 다음날 대만여행사에서 예류 스펀 지우펀 진과수를 가는 관광 일정표를 보내왔다. 옵션 가격은 한화 16,000원이었다. 십육만 원을 잘못 입력했나. 기사 딸린 관광버스와 가이드가 있는데 커피 석 잔 값으로 종일 관광을 다닌다고? 아무리 계산해봐도 답이 나오지 않았다. 속는 셈 치고 돈을 송금했다. 다시 답장이 왔다. 여행 당일 아침 9시에 타이베이 메인역 M6 출구에서 기다리라는 내용이었다. 호텔이 타이베이 중심가여서 메인역 M6 출구를 찾는 건 어렵지 않았다. 아침 9시, 관광버스가 도착했다. 아, 버스에 가득 찬 사람들. 시먼딩에서 출발한 버스는 40여 좌석에 한 자리도 빈 곳이 없는 만석이었다. 커피 석 잔 값으로 일일투어가 가능한 이유를 알 수 있었다. 적은 돈이 모여 큰 버스를 움직인 것이다.

버스는 타이베이 시내에서 북쪽으로 1시간 30분가량 이동했다. 예류 지질공원을 먼저 들렀다가 스펀으로 이동할 계획이다. 예류는 대만 북부의 해안지대의 곶이다. 지도상에서도 곶은 쉽게 눈에 띈다. 그곳엔 오랜 세월 침식과 풍화 작용으로 빚어진 기암괴석들이 저마다 이름을 가지고 있다. 촛대바위, 용머리바위, 장금이바위, 선녀바위, 아이스크림바위, 사랑이 이루어진다는 하트웅덩이바위, 공주바위, 금강석바위, 새바위, 두부바위, 문어바위 등등 일일이 이름을 다 세려면 지면이 부족할 지경이다. 가장 아름다운 바위는 단연코 여왕바위다. 우아하게 올린 머리와 가늘고 긴 목, 미인형 얼굴의 바위 모습이 매우 아름답고 단아하다. 한낱 돌덩어리인데, 바위는 여왕이라는 이름에 알맞게 근엄하고 우아하고 아름다운 모습이었다.

수많은 여행객이 여왕과 사진을 찍기 위해 줄을 섰다. 여왕에게 다가가되 손으로 바위를 만지는 등 불손한 행위는 자제해야 한다. 바위에 손을 대는 순간 여왕의 경호원이 다가와 호통을 친다. 함부로 여왕을 만지는 사람에게 경호원은 직권으로 벌금을 물린다. 화려한 궁전에서 여왕을 호위하는 호위병들이 그렇듯, 예류 바다의 땡볕 아래서 여왕을 호위하는 경호원도 공무원들이다. 6월의 한낮 태양 빛이 여왕의 머리를 내리찍었다. 강렬한 햇빛에 단아하게 말아올린 여왕의 머릿결이 더욱 검다. 여왕을 바라보는 호위병의 눈빛이 왠지 애처롭다. 안타깝게도, 머지않아 여왕의 목이 끊어질 것이라고 한다. 풍화작용으로 가늘어진 목이 더 이상 바람을 견디기 어렵다는 것이다. 그러고 보니 여왕의 가늘고 긴 목이 위태로워 보였다. 지질전문가들은 지지대를 세워 여왕의 목을 보호하자고 했지만, 대만정부는 자연의 순리를 따르는 방법을 선택했다고 한다.

예류 바다의 바람은 방향을 종잡을 수 없었다. 바다에서 불어오는 바람은 여왕 앞에서 칼춤을 추는 망나니 같았다. 사형선고를 받아놓은 여왕은 자신의 운명을 알고 있다는 듯 망나니 앞에서 초연한 모습이었다. 자신의 운명을 아는 자는 더 고독하다. 여왕은 세월의 바람을 비켜갈 수 없다는 걸 아는 듯했다. 자연의 결정 앞에서 우리는 아무것도 할 수 없다. 세월의 칼날이 여왕의 목을 치기 전에 그녀의 아름다움에 경의를 표하는 수밖에. 예류에 머무는 동안 휘몰아치는 바닷바람에 잠시 무더위를 잊었다.

잘 쓰지 말고 그냥 쓰자

“나는 왜 글을 쓰는가? 체념의 예언자인 나는 아직도 완벽한 체념을 배우지 못했기 때문이다. 아직도 나는 시와 산문에 대한 애정을 체념할 줄 모른다. 나는 써야만 한다. 마치 벌을 받은 것처럼. 나에게 내려진 최대의 벌은 내가 무엇을 쓰든지 그것은 아무것도 아니며, 실패작일 수밖에 없고, 정체가 불분명한 것임을 안다는 것이다.” 페르난두 페소아의 산문집 『불안의 서』 231장에 실려 있는 글쓰기 불안의 한 대목이다.

포르투갈의 리스본에서 태어난 페르난두 페소아(1888~1935)는 생전에 시 몇 편을 발표했을 뿐 작가로 활동하지 않았다. 그는 고향인 리스본에서 회계사로 평범한 삶을 살았다. 그러나 그는 글쓰기를 체념하지 않았다. 그는 자신에게 주어진 소명처럼 글을 썼다. 그렇게 모아둔 산문들은 그의 사후 50년 뒤 유고집으로 발표되었다. 그중 1982년 출간된 유고집 『불안의 서』는 문학계에서 엄청난 반향을 일으켰다. 생전에 그는 작가활동을 전혀 하지 않았음에도 오늘날 포르투갈 현대문학의 가장 중요한 작가로 꼽힌다.

스펀으로 가는 길에 나는 풍등에 적어 날릴 소원을 생각했다. 소원을 빌 때는 그 내용을 구체적이며 정확하게 하라고, 어디선가 그런 말을 들은 적이 있다. 기도할 때는 바라는 것을 구체적으로 말하라는 것이다. 무엇을 바라면 응답이 올까. 생각해보니, 나는 별로 답답한 게 없는 사람이었다. 그 의미는 삶을 통찰하고자 깊이 생각하며 사는 사람은 못 된다는 뜻이다. 도시의 편리함과 정해진 틀 속에서 '나'를 잃어버린 채 타자화된 삶을 살아온 까닭이다. 나는 내가 바라는 것을 구체적으로 특정짓지 못했다. 그러다가 문득 혼자 중얼거렸다. "올해는 좋은 글을 많이 쓰자"였다. 언제나 글쓰기가 간절하나 잘 써지지 않아 지푸라기라도 잡아보려는 심정이었을까. 내 안의 소망이 불쑥 밖으로 고개를 내민 것이다. 내게 사소한 바람이 있다면 글쓰기다. 내 소원은 글을 쓰는 것, 무엇이라도 쓰는 것, 많이 쓰는 것, 무조건 쓰는 것이다.

풍등에다 소원을 적어 날린다니 근사하지 않은가. 이루어지지 않을 소원이라 해도 말이다. 어쩌면 오랫동안 마음에 품고 있어서 질그릇처럼 검게 변했을 내 소망을 꺼내 햇살에 말리는 것도 좋으리라. 나는 대개 소원을 적으려면 '건강하기 행복하기' 이런 말들이 떠오른다. 그렇다고 스펀까지 와서 풍등에다 그런 소망을 적어야 할까. 나는 아직 여행을 다닐 만큼 건강하다. 무엇이 행복인지 규정되어 있지 않은 것을 추구할 만큼 어리숙하지도 않다. 행복의 크기가 크든 작든 그건 내 마음 안에 들어 있다는 걸 알기 때문이다. 건강과 행복, 그것은 소원이 아니라 일생을 통해 지켜야 할 삶의 책무이다.

나는 잠시 '소설을 잘 쓰고 싶다'는 소망에 대해 생각해보았다. 그것이 과연 기도로서 얻어질까. 의심스럽다. 잘 쓴다는 것은 제쳐두고 글을 쓰는 행위 자체가 쉽지 않기 때문이다. 글쓰기는 엄청난 인내와 사고를 필요로 한다. 내 깜냥에 글쓰기가 무리인 줄 알지만 그래도 나는 펜을 놓지 못한다. 페르난두 페소아의 말을 빌려 변명하자면 '소설에 대한 애정은 식을 줄 모르고 써야 한다는 강박에도 시달린다' 그런 생각에 사로잡힌 나는 책상 앞에서 노닥거리며 시간을 보낸다. 글을 쓰지 않더라도 책상 앞에 앉아야 마음이 편하다. 몸을 잘 움직이지 않으니 엉덩이가 기억상실증에 걸릴 지경이다. 그렇다고 글이 저절로 써지는 것도 아니다. 알고리즘이 끌어오는 세상일과 새로운 뉴스를 보며 보내버린 시간에 대해 양심의 가책을 받는다. 이건 그냥 게으름에 불과한 나날이 아닌가. 그럴 때마다 나의 소망을 외면해버리고 싶다. 그러다가 사소한 글감이 생기면 노트북 뚜껑을 연다. 노트북 뚜껑의 무게가 백 톤급 납덩이 같다. 그 글쓰기는 결국 불완전한 것이며 정체가 불분명한 것임을 알기 때문이다.

버스가 스펀에 도착했다. 가이드가 붓과 먹물을 나눠주며 풍등의 네 면에다 소원을 쓰라고 했다. 다른 사람들은 어떤 소원을 품었을까. 내심 그들의 소원이 궁금하여 훔쳐보았다. 어떤 이는 '가족 모두 행복하기'라고 썼고, 어떤 이는 '돈 많이 벌게 해주세요'라고 적었다. '자녀 대학 합격'을 쓴 이도 있었다. 저마다 풍등을 날리면서 한껏 즐거워했다. 색을 곱게 먹인 한지 풍등이 하늘 높이 날아갔다. 소원을 품고 날아가는 풍등은 누군가의 꿈을 꿈나라로 배달하러 가는 듯 아득해졌다.

어찌 보면 소원이란 그렇게 심각한 것은 아닌지도 모른다. 우리는 그냥 오늘을 살 뿐이고, 오늘 저녁에 당장 무얼 먹을까 하는 고민이 추상적인 소원보다 더 현실적이다. 바라는 것이 많은 삶은 우리를 더 고통스럽게 할 뿐이다. 나는『불안의 서』에서 읽었던 페소아의 글을 떠올렸다.

"삶으로부터 아무것도 바라지 않으면서 고양이의 본능에 따라 살아가는 자는 행복하다. 태양이 비치면 빛을 좇고, 햇빛이 없으면 어딘가에 있는 온기를 찾아간다. 상상력을 위해서 개성을 포기한 자, 낯선 삶을 지켜보면서 기쁨을 느끼는 자는 행복하다. (중략) 농부, 소설의 독자, 순수한 고행자, 이들 셋은 삶의 행복을 아는 사람들이다. 이들은 모두 자신의 개성을 포기했기 때문이다. 첫 번째는 본능에 따라 살기 때문에 비개성이고, 두 번째는 상상의 세계에 살기 때문에 망각된 존재이고, 세 번째는 삶을 사는 것도 아니고 죽은 것도 아닌 잠든 상태이기 때문에 이들의 삶은 행복하다."

나는 풍등에 소설을 잘 쓰고 싶다는 소망을 적었다. 그런 소망을 품고 있는 것조차 내겐 과욕임을 안다. 이제는 마음에서 그 소망을 꺼내 풍등에 실어 날려버리자. 하늘 멀리 날려버리자. 그리고 다시는 그런 소망을 마음에 품지 말자. 이제부터는 글을 잘 쓰려고 하지 말고 그냥 쓰자. 무조건 쓰자. 많이 쓰자.

바퀴벌레와 겸상

어느 날 대학생인 딸이 내게 물었다.

"엄마, 내가 만약 하루아침에 바퀴벌레로 변하면 어떻게 할 거야?"

"응? 너 이미 바퀴벌레 아니었니? 네 방을 열어보면 항상 바퀴벌레가 천 마리쯤 사는 것 같던데? 엄마는 네가 그 방의 대장 바퀴인 줄."

"헤헷! 농담하지 말고, 내가 진짜 바퀴벌레로 변하면 어떻게 할 거냐고요?"

"어쩌겠니? 케이지에 넣어서 잘 키워야지. 고슴도치도 제 자식은 예쁘다는데, 바퀴벌레라고 다르겠니?"

한때 SNS에서 '바퀴벌레 챌린지'가 유행이었다. 청년들이 부모나 가족에게 자신이 바퀴벌레로 변하면 어떻게 할 거냐는 질문을 한 뒤 가족의 반응을 SNS에 올리는 챌린지였다. 각양각색 다양한 반응이 나왔다. 그들은 부모의 반응을 공유하며 즐거워했다. 어찌 보면 그 질문은 젊은이들이 자신의 존재 의미를 묻는 것이다. 지난 3월 한국경제 신문에 실린 기사에 의하면 우리 사회의 은둔청년은 약 54만 명에 이른다고 한다. 이들은 반복되는 구직 실패와 스트레스성 폭식으로 체중이 증가하여 자존감까지 하락했다. 게다가 길어진 공백기는 이들이 다시 사회로 나가는 걸 두렵게 만드는 주요 요인이다.

바퀴벌레 챌린지는 청년들의 나약한 사회적 기반과 불안한 미래 그런 걱정 속에서 독립하지 못하고 부모에게 기대 사는 현실을 바퀴벌레에 빗대어 자신의 존재 가치를 묻는 것이 아닐까. 딸에게 챌린지를 듣고 나는 프란츠 카프카(1883~1924)의 소설 「변신」을 읽어볼 것을 권했다. 소설 「변신」은 체코의 작가 프란츠 카프카가 1912년에 발표한 중단편 소설이다. 소설의 함의는 '부조리'다. 소설은 인간 삶의 부조리를 적나라하게 보여준다. 그리고 현대사회에서 일개의 기능적 존재로 살아가는 개인의 삶에 대해 묵직한 질문을 던진다. 시대가 발전하고 삶의 환경이 변해도 소설이 부조리한 삶에 던지는 질문은 변함이 없다.

타이베이의 스린 야시장을 찾아갔다. 스린 야시장을 찾아가는 건 어렵지 않았다. 길을 물어볼 것도 없이 전철역에서 내려 사람들이 우르르 몰려나가는 방향으로 따라갔다. 스린 야시장은 맛집이 많아 대만을 여행하는 사람에게 필수 코스다. 온종일 야시장 구경만 해도 시간이 모자랄 만큼 규모가 크고 볼거리와 즐길 거리가 많다.

나는 야시장에서 저녁 식사로 우육면을 먹기로 하고 블로그에 소개된 맛집을 찾아갔다. 시장 안은 작은 포차들이 다닥다닥 붙어 있었다. 도깨비 점포들은 비좁은 골목에 나타났다 사라지며 이방인의 시선을 끌었다. 시장은 미로처럼 복잡하고 사람들은 맛있는 걸 찾아 두리번거렸다. 점포마다 음식을 굽고 튀기고 끓이고 지지고 볶느라 공기가 매캐했다.

세계에서 몰려든 관광객들이 너나없이 몰려다녔다. 그 군중에 말려들어 순식간에 내가 어디에 있는지 공간감각을 잃어버렸다. 사람에 떠밀려 어디로 가는지 모른 채 군중에게 끌려갔다. 골목마다 사람이 가득 차서 방향을 바꾸기도 쉽지 않았다. 그 와중에도 사람들은 길거리에서 음식을 먹었다. 나는 길거리에서 음식을 먹는 게 잘 적응되지 않았다. 먹는 일이 얼마나 중요한데 길거리에서 뻘쭘하게, 혼자 그런 생각을 하며 점찍어둔 맛집을 찾아 야시장 골목길을 몇 바퀴나 헤맸다.

오후 5시, 이른 저녁이라 웨이팅 없이 식당에 들어갈 수 있었다. 직원은 나를 구석의 작은 테이블로 안내했다. 나는 엉거주춤 자리에 앉았다. 그 테이블에는 한 사람 간신히 앉을 만한 자리에 식당용 큰 전기밥통이 놓여 있었다. 어울리지 않게 큰 밥통과 나란히 앉은 꼴이었다. 그렇다고 밥통을 치워달라고 할 수도 없었다. 식당은 이미 가족이나 친구들과 외식하러 나온 현지인으로 꽉 차 있었다. 그들 자리도 불편해보이긴 마찬가지였다.

비닐을 씌운 테이블과 낡은 플라스틱 의자가 다닥다닥 붙어 있었고, 그곳에 앉은 사람들은 옆 테이블 사람과 몸이 닿을 지경이었다. 비좁은 통로에서 서빙하는 아주머니는 손님들 사이를 이리저리 잘도 비켜 다녔다. 큰 밥통이 옆자리를 차지하고 있지만 앉을자리가 있다는 것으로도 감사해야 했다. 이곳에선 예약해서 미리 자리를 선점할 수 없다. 손님은 밀려들고, 식당은 어디나 자리가 나올 때까지 기다려야 입장할 수 있다.

나는 우육면과 파인애플볶음밥을 주문했다. 음식을 먹으며 떠드는 사람들, 그들은 끼리끼리 이야기를 나누고 뭐가 우스운지 깔깔깔 웃어댔다. 웃음소리에 귀를 기울이는데 주방 아주머니가 큰 양푼을 가지고 내 테이블로 다가왔다. 밥통에 밥을 가지러 오셨나? 나의 시선이 아주머니의 일거수일투족을 따라다녔다. 그러거나 말거나 아주머니는 제 할 일에 분주했다. 아주머니는 행주로 밥통을 한 번 쓱 훔치더니 밥을 푸기 위해 밥통 뚜껑을 열었다. 뚜껑을 여는 순간 밥통에서 새카만 뭔가가 한꺼번에 공중으로 날아올랐다. 그 모습에 나는 기겁했다. 파리인가, 조금 전까지 밥통에 파리가 붙어 있는 걸 발견하지 못했는데. 그러고 보니 그것들은 멀리 날지 못하고 아래로 우수수 떨어졌다. 일부는 벽에 붙었고, 일부는 테이블 위로, 일부는 바닥으로 떨어졌다. 일부는 테이블 모서리에 앉아 있는 내게 떨어졌다. 까만 물체가 머리와 허벅지로 떨어지자 나도 모르게 비명을 질렀다. 으악! 바퀴벌레다.

큰 밥통 아래 숨어 있던 크고 작은 바퀴벌레가 메뚜기 떼처럼 날아다녔다. 내 비명에 사람들의 시선이 일제히 내게 쏠렸다. 나는 자리에서 벌떡 일어나 머리와 옷에 붙은 바퀴벌레를 털어냈다. 끔찍한 바퀴벌레, 그것도 수백 마리라니. 크기가 솥뚜껑만 하다고 말하고 싶지만 그건 과장이고, 어른 손가락 한 마디쯤 되는 놈부터 깨알만 한 새끼까지 다양했다. 나는 놀라 기절할 지경인데, 주방 아주머니는 얼굴색 하나 변하지 않았다. 손님에게 바퀴벌레 세례를 퍼붓고도 아무 일 없다는 듯 밥통에서 밥을 펐다. 바퀴벌레 소동에 나를 바라보던 사람들도 눈빛 하나 흔들리지 않았다. 그들에겐 이미 익숙한, 아니 가족이나 다름없는 바퀴벌레였다. 다들 집에 바퀴벌레 몇만 대군을 부양하고 있다는 표정이었다. 바퀴 몇 마리에 놀라 펄쩍펄쩍 뛰는 나만 호들갑을 떠는 꼴이었다.

내가 유난을 떠는 사이 녀석들은 순식간에 어디론가 숨어버렸다. 정말 눈 깜짝할 사이였다. 사람들은 별일 아니라는 듯 돌아앉아서 각자의 먹이활동에 집중했다. 바퀴벌레는 한 마리도 보이지 않았다. 내 테이블에도 평화가 찾아왔지만, 마음의 갈등이 시작되었다. 과연 여기서 음식을 먹을 수 있을까. 금방 바퀴벌레 떼를 보고도 오심 없이 음식이 넘어갈까? 어떡하지? 이대로 문을 박차고 나가버릴까? 주문해놓은 파인애플볶음밥을 어떻게 포기하지?

아! 파인애플볶음밥. 그 향긋하고 달콤하고 고소한 맛을 포기할 수 없지. 기름에 볶은 파인애플이 씹힐 때 아삭하게 터지는 과즙의 달콤함을 절대 포기할 수 없다. 하지만 조금 전 아주머니가 바퀴벌레 밥통에서 퍼간 밥으로 만든…, 볶음밥에 바퀴벌레의 팔다리가 고기꾸미로 섞여 나오는 건 아닌지 갈등이 계속됐다. 그러는 사이 주문한 음식이 나왔다. 잘 우려낸 육수에다 쫄깃한 면과 두툼한 소고기 편육을 올린 우육면, 그리고 블링블링 기름진 노란 파인애플볶음밥이다. 나는 조금 망설인 뒤에 조심스럽게 젓가락을 들었다.

생각해보면 카프카의 소설처럼 우리 삶은 부조리로 가득하다. 부조리하다는 느낌을 받으면 사소한 것들이 낯설어진다. 스린 야시장에서 바퀴벌레와 겸상을 받은 나는 그 식당을 뛰쳐나가고 싶었다. 바퀴벌레 그득한 테이블에 음식을 제공하는 건 정말 부조리하다는 생각이 들었다. 이건 진짜 아니지. 위생관념은 찜쪄먹었나. 양심을 갖고 장사해야지. 나는 볼멘 표정으로 중얼거렸다. 그러자 주방 아주머니는 '그게 뭐 어때서! 다른 손님은 불평 없이 식사하는데 왜 너만 호들갑이야?' 대답하는 것 같았다. '이곳에선 절대 음식을 못 먹을 것 같다 정말 끔찍하다.' 생각했던 것과 달리, 나는 파인애플볶음밥과 우육면을 깨끗이 먹어치웠다. 바퀴벌레 몇 마리에 호들갑을 떨었던 것이 민망하도록 맛있었다.

따지고 보면 호들갑은 나의 일방적인 감정이다. 바퀴벌레를 싫어하는 건 나지 바퀴벌레가 나를 싫어하는 건 아니다. 바퀴벌레들이 나를 공격하여 피와 살을 뜯어먹은 적도 없다. 그들은 그들만의 질서와 방식으로 살아갈 뿐 인간에게 기생한다는 관념도 없다. 자신들의 출현에 놀라 내가 기절하든 사망하든 관심 없다. 나는 혼자 발끈하고 혼자 헛구역질하며 인간의 음식을 잘도 먹어치웠다.

식사를 마치고, 바퀴벌레 앞다리로 이를 쑤시며 식당을 나서는 기분이었다. 세상에 가장 부조리한 인간이 '나'라고 여겨졌다. 무엇이 옳은 걸까. 생각과 행동이 다르고, 앞뒤 이치가 안 맞는 나, 문득 이득과 편리에 눈이 멀어 부조리를 느끼지 않는 나를 발견한다. 그러니 어찌 삶이 부조리하지 않을 수 있겠는가.

시절인연

타이베이에서 가오슝으로 가는 고속열차에 몸을 실었다. 대만 남부 도시 가오슝에서 사흘 정도 머물다 다시 타이베이로 돌아올 계획이다. 가오슝에서 인천으로 가는 직항 노선이 있지만, 타이베이로 돌아오기로 했다. 타이베이에 일주일 머물렀어도 아직 가봐야 할 곳이 남아 있기 때문이다.

기차의 차창에 머리를 기대고 낯선 풍경들을 바라본다. 빠르게 흐르는 풍경 속으로 흘러간 인연이 그리움 되어 일렁인다. 시간은 달리는 기차를 제치고 빠르게 달아난다. 싫증난 여인을 버리고 달아나는 남자 같다. 그는 옷자락이라도 잡히면 큰일나는 줄 알고 달아난다. 나 싫다고 도망가는 놈 붙들어도 소용없다는 걸 알지만 허둥지둥 달아나는 시간이 야속하기만 하다.

여행지에선 어느 곳을 지나든 그곳이 하나의 그리움으로 남는다. 때론 그 그리움이 강렬하다. 내 생애 다시 볼 수 없는 풍경과 삶의 육중한 권태에 눌려 침묵으로 흘려보낸 인연들. 종종 누군가의 사망 소식을 들으면 안타깝고 마음이 아프다. 하지만 얼마 전에 들은 이○○ 님의 사망 소식은 날카로운 비수가 되어 가슴에 와 꽂혔다. 그는 내 이십대의 증인이었다. 내게도 빛나는(?) 시절이 있었다는 걸 말해줄 유일한 증인.

이십대였을 때, 내가 편하게 직장을 다녔던 건 그분의 배려였다. L그룹 사무직으로 입사했을 때, 첫 발령지가 경기도 오산이었다. 서울 본사에도 자리는 많을 텐데 하필 오산? 당시 오산은 들어본 적도 없는 도시였다. 휴대폰도 인터넷도 하물며 삐삐도 없던 시절, 오산은 내게 불모지였다. 삼십 년이 지났는데, 출근 첫날 따뜻하게 나를 맞아주시던 이○○ 님의 모습이 새롭다. 그때 그분의 직함은 과장이었고 나이는 갓 사십이었다. 이후로 내가 퇴사하는 날까지 7년 동안 그분은 직속상관이었다.

당시 1호선 전철은 수원역이 종점이었다. 이른 아침 서울 집에서 나와 전철을 타고 수원역에 가서 오산행 시외버스로 갈아타야 했다. 버스를 기다릴 때마다 오산까지 발령낸 인사부의 육모 씨를 저주하곤 했다. 교통 상황에 따라 잦은 지각이 일상이었다. 이 과장님은 그때마다 먼 길 오느라 애썼다며, 어떤 놈이 뒤따라오지 않더냐고 농담을 하곤 했다. 나를 괴롭히는 사람이 있으면 당장 달려가 때

려줄 든든한 큰오빠 같았다. 함께 일하는 동안 나는 종종 업무 실수를 했지만 그분은 꾸지람보다 한번 더 검토하라며 격려해주셨다. 오히려 잔소리하는 쪽은 나였다. 그분은 평소 담배를 좋아하셨는데 나는 빵덕어멈처럼 끊임없이 담배를 끊으라고 잔소리하곤 했다.

오산 발령 3년 만에 사업부가 경기도 안양으로 이전했다. 출퇴근이 훨씬 수월해졌다. 하지만 3년 동안 조직생활의 고달픔과 오해와 갈등에 지친 나는 그 무렵 사표를 썼다. 이 과장님은 가난한 내 현실을 잘 알았다. 세상을 헤쳐나갈 변변한 기술도 없고, 집에는 부양해야 할 조카 둘과 부모가 있었다. 완벽하게 무계획인 채로 사표를 내는 건 무모한 짓이었다. 현재도 그렇지만 그 당시에도 L사는 명문대 출신 엔지니어들의 쟁쟁한 경쟁터였고 긴장이 팽팽한 조직사회였다. 그곳에서 나는 존재감 없는 사무원에 불과했다. 열등감만 있을 뿐 전략도 출구도 없는 빈털터리 한심한 청춘이었다. 과장님은 말없이 사표를 받아 책상 서랍에 넣었다.

퇴사 지정일, 과장님은 나를 부르더니 연차 휴가를 줄 테니 며칠 쉬고 오라 했다. 그리고 이런 거 가져오지 말라며 서랍 속의 사표를 꺼내 쭉쭉 찢어버렸다. 나는 사표를 받아달라고 억지를 썼고, 말도 안 되는 생떼에 진땀 흘린 쪽은 과장님이었다. 당시 비밀리에 만나던 동료와 사내연애 사건이 불거졌다. 어떤 남자와 손만 잡아도 결혼해야 한다고 믿는 시대였고, 사내연애는 당연히 금지였다. 연애사건으로 동료들 입방아에 오르내리는 내 꼴이 민망했다. 게다다 그 사랑은 얼마 가지 못했다. 주변의 시선과 비난 탓도 있었지만, 눈에 콩깍지가 벗겨진 남자가 "내가 사랑한 사람이 너였니?"라고 말한 뒤 사랑은 끝나버렸다. 그런 상황에서 회사에 다니는 건 죽기보다 싫었다.

며칠 뒤 사랑을 잃고 쓰린 마음으로 한강에서 밤을 꼬박 새웠다. '사랑을 잃고'라고 썼지만 사실은 광주에서 올라온 친구들과 한강변에서 밤새 술 마시고 놀았다. 술도 집안 내력이라 웬만큼 마시고는 얼굴빛이 변하지 않는 게 내 기특한 장점이다. 아무리 마셔도 줄지 않는 술, 아무리 울어도 답이 없는 청춘이었다. 새벽 기차로 친구들을 내려보내고 밤새 이슬을 맞아 축 늘어진 거지꼴로 출근을 했다.

내가 사무실에 도착했을 무렵, 과장님은 아버지에게 걸려온 전화를 받고 막 수화기를 내려놓는 중이었다. 지난 밤에 딸이 집에 안 들어왔는데 출근했냐 확인차 걸려온 전화였다. 누렇게 뜬 얼굴에다 추레한 차림으로 나타난 나를 과장님은 도깨비에게 홀린 듯 바라보다가 어디서 오는 길이냐고 물었다. 한강에서 밤을 새웠다고 대답했다. 친구들과 함께였다는 말은 안 했던 것 같다. 한강에 있었다는 말에 과장님의 얼굴이 하얘졌다. 이상한 소문이 있어 걱정하던 중 한강이라니, 동공에 지진이 일어난 표정이었다. 순진하기 짝이 없는 큰오빠가 철딱서니 없는 여동생 때문에 애를 끓이는 모습이었다.

이○○ 님은 진심으로 사람을 아끼는 분이셨다. 온유하고 따뜻한 성품을 지닌 그분의 주변에는 언제나 좋은 사람이 많았다. 그분에게 받은 사랑과 배려를 다 쓸 수 없다는 게 아쉽다. 살면서 한번 찾아뵈어야겠다는 생각을 자주 했다. 하지만 마음처럼 되지 않았다. 한심한 삶을 살면서 종종거리기만 했던 나날, 그러다 나는 중년이 되었다. 늘 감사한 마음만 있을 뿐 찾아뵙겠다던 생각은 세월에 묻혀 차츰 희미해졌다. 그러다 며칠 전 과거 직장 동료로부터 그분이 암으로 돌아가셨다는 소식을 들었다.

고마운 마음을 전해야 했는데, 그럴 기회를 잃어버린 게 너무 마음이 아프다. 무엇이 그렇게 어려웠을까. 왜 그렇게 망설이고 주저했을까. 이제야 그립고 막심한 후회가 밀려든다. 나는 인생에서 정말 중요한 게 무엇인지 알면서 외면해버린 벌을 아프게 받는 중이다. 이게 모두 '다음에…'라고 미루는 못된 습관 탓이다. 부고 전화를 받고 나는 오래오래 마음을 앓았다. 그 아픔이 강렬한 그리움을 빚어냈다. 이제는 어쩔 수 없이 그리움만 안고 살아가야 한다. 그리고 이제 조금은 알 것 같다. 시절에 따라 인연이 있을 뿐, 다음이란 없다는 것을…. 차창 밖으로 여전히 낯선 도시들이 지나가고 논과 밭과 강물이 흘러간다.

불광사의 탑돌이

인생에서 어느 길을 선택할지는 중요한 일이다. 글쓰기의 장르를 선택하는 것도 마찬가지다. 나는 일기를 쓰듯 에세이를 쓴다. 일기 대신 에세이를 쓴다고 할까. 나는 에세이를 쓰면서 소설을 꿈꾼다. 소설 읽기를 좋아하고, 소설의 전개 속에 숨어 있는 행간을 파헤치는 즐거움을 놓치지 않는다. 하지만 현실에서의 나는 사건을 간파하는 눈치가 부족하다. 그래서 실수를 예방하지 못하고 뒤늦게 사고를 수습하는 편이다. 어떤 일을 결정할 때도 갈팡질팡하다가 헛다리를 짚고 넘어지는 일이 다반사다. 무엇이 올바르고 좋은 결정인지 몰라서 생각은 늘 오락가락한다. 내 삶은 중반에 이르렀지만 내 삶의 장르는 아직도 아리송하다.

가오슝 시내의 호텔에다 짐을 풀고 다음날 불광사로 향했다. 가오슝을 방문한 이유는 불광산의 대불이 보고 싶어서였다. 당일치기로 불광사에 다녀오려면 아침 일찍 서둘러야 했다. 가오슝 시내에서 불광사까지는 2시간이 걸린다. 분주히 길을 나섰는데, 고속전철을 잘못 탔다. 북쪽으로 가야 하는데 반대편 플랫폼에서 전철을 탄 게 원인이었다. 전철을 타고 남쪽으로 40분이나 이동한 후에 나는 뭔가 잘못됐음을 깨달았다. 고속전철이 15분에 한번 정차하니 얼른 눈치채지 못했다. 이름도 모르는 정거장에 내린 나는 주위를 두리번거렸다. 시골 전철역인 듯 사람이 보이지 않았다. 지나가는 고등학생을 붙잡고 불광사 가는 방법을 물었다. 그는 불광산 방향으로 가는 가까운 역을 알려주며 역에서 내려 택시 타는 방법이 가장 빠르다고 했다. 우여곡절 끝에 불광사에 도착했다.

아침부터 서둘렀는데, 불광사에 도착했을 때는 이미 점심시간이었다. 불광사 입구에 들어서니 불광대불佛光大佛이 멀리서 오느라 수고했다는 듯 미소로 나를 반겼다. 불광사와 불타기념관은 대만의 성운 대사가 인도에서 부처님의 치아 사리를 받아와 안치시킨 것에 유래한다. 불광사는 2003년에 안기식을 갖고, 9년의 공사 기간을 거쳐 2011년 12월 25일부터 개방했다. 불광사 본관의 주요 건물을 기준으로 앞쪽에 팔탑八塔, 뒤쪽에 불광대불, 남쪽에 영취산, 그리고 북쪽에 기원祇園에 세워져 있다. 본관에 중심선을 두고 동쪽부터 서쪽까지 순서로 예경대청, 팔탑, 보리광장, 본관, 그리고 불광대불이 세워져 있다. 불광대불은 사찰 본관 뒤에 세워져 있고, 불상은 높이 50m로 1,872톤의 청동으로 만들어졌다. 현재까지 전 세계에서 가장 큰 청동 좌불로 알려져 있다.

본존 대불인 불광대불까지 나아가려면 팔탑八塔을 거쳐야 하는데, 팔탑은 불교의 팔정도를 상징한다. 팔정도는 불교에서 '팔지성도'라고도 하며 중생이 수행하고 정진하도록 가르치는 여덟 개의 성스러운 도로서 불교의 교리를 말한다. 시간이 충분하다면 팔탑의 의미를 하나하나 더듬으며 본존 대불에 다가가는 것이 좋을 것 같았다. 하지만 나는 그러지 못했다. 입구에서 얻은 불광사 가람배치 안내도와 팔탑에 담긴 의미를 글로 읽으며 휘적휘적 나아갔다. 팔탑의 의미를 다시 되새기기 위해 다음 백과에서 팔탑의 의미를 찾아 옮겨보았다.

1) 일교탑一教塔 : 일교는 인간불교人間佛教를 말한다. 성운 대사께서 인간불교는 부처님께서 말씀하신 것, 세상 사람들이 원하는 것, 정화한 것, 선미한 것이고 행복한 인생을 실현하는 데 도움되는 교법은 다 인간불교이다라고 설하셨다.

2) 이중탑二眾塔 : 이중은 출가중과 재가중이 포함된 의미이다. 어린이들을 위하여 설계한 삼호아동관三好兒童館은 성운 대사의 "좋은 일을 하고, 좋은 말을 하고, 좋은 마음을 가져라"라는 삼호운동사상을 바탕으로 설계되었다.

3) 삼호탑三好塔 : 삼호라는 것은 신구의身口意 삼업三業으로 몸으

로는 좋은 일을 하고 입으로는 좋은 말을 하며 마음으로는 좋은 생각을 한다는 뜻이다.

4) 사급탑四給塔 : 사급탑은 네 가지 주는 것 즉 믿음을 주기, 기쁨을 주기, 희망을 주기, 편의를 주기로 명명되었다. 성운 대사께서는 이를 실천하기 위해 '책 읽기를 통해 좋은 사람 되기, 이치를 깨닫기, 인연을 깨우치기, 마음 이해하기'로 독자들을 권면한다.

5) 오화탑五和塔 : 오화탑은 경사의 집으로, 이곳에서는 각종 축복의 예를 진행할 수 있다. 불교식 혼례, 리마인드웨딩, 성년식, 생일잔치와 같은 축하 행사가 가능하다.

6) 육도탑六度塔 : 육도탑은 보시布施, 지계持戒, 인욕忍辱, 정진精進, 선정禪定, 지혜智慧의 여섯 가지 '육도'의 실천적인 실행의 내용이다.

7) 칠계탑七誡塔 : 칠계는 즉 아편을 피우지 말 것, 마약을 하지 말 것, 색정色情을 저지르지 말 것, 폭행을 쓰지 말 것, 도둑질하지 말 것, 도박하지 말 것, 무절제하게 술을 마시지 말 것, 악구惡口를 하지 말 것을 뜻한다. 칠계의 실행을 통하여 개인부터, 가족, 사회까지 선미하고 정화한 "긍정적인 에너지"가 형성될 수 있다.

8) 팔도탑八道塔 : 팔도八道는 팔정도八正道라는 뜻이다. 즉 정견正見, 정사유正思惟, 정어正語, 정업正業, 정명正命, 정정진正精進, 정념正念, 정정正定이다. 중생들이 열반해탈涅槃解脫을 이를 수 있는 8가지의 바른길正道을 말한다.

본존 대불에 다가서니 비구니 스님께서 한국말로 부처님께 향을 올리고 삼배 드리는 법을 가르쳐주셨다. 기오숑의 첩첩신중 사찰에서 한국말은 뜻밖이었다. 부처님께 인사드리고 난 뒤 비구니 스님과 수다를 떨었다. 스님은 과거에 3년 동안 한국의 여러 사찰에서 수행하셨다며 한국과의 인연을 이야기했다. 밀려드는 단체 손님으로 수다가 길지는 못했지만, 스님은 내게 잘 찾아왔다며 고마워했다.

단체 손님은 주로 대만의 불자들이었다. 비구니 스님의 안내로 나도 불자들의 탑돌이에 끼어들 수 있었다. 불자 중에는 몸이 불편해 휠체어를 탄 분도 계셨고, 여든을 넘긴 할아버지 할머니도 계셨고, 갓 스물된 여학생도 있었다. 나는 그들과 한 줄이 되어 불광사의 탑을 돌았다. 그들이 합장하며 대만어로 경을 외울 때 나는 그저 관세음보살만 반복했다. 무념무상, 나무아미타불 관세음보살!

제3장

북인도

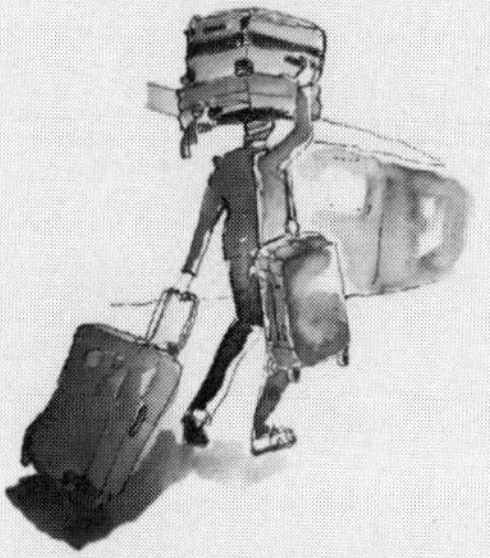

강이 다 마를 때까지 기다릴 수 없다

인도에서 김 서방 찾기

녹야원 사르나트

죽음을 기다리는 도시

갠지스강의 새벽

카주라호

자기 연민의 깡통을 들고

가장 성스러운 약속

구걸이라는 직업

내 동화적 상상을 물어뜯은 코브라

빗자루 몽둥이로 얻어맞은 꼴

배우고 실천하라는 가르침

뉴델리를 떠나며

강이 다 마를 때까지 기다릴 수 없다

인도 여행을 가기 위해 짐을 쌀 무렵, 유명한 명상가인 아잔 나티코(비욘 나티코 린데블라드)의 『내가 틀릴 수도 있습니다』 명상 에세이를 읽었다. 태국어로 아잔은 불교의 '스승'이고, 나티코는 '지혜롭게 성장하는 자'라는 의미이다. 에세이는 아잔 나티코가 태국 소승불교의 명상센터에서 7년을 보내고, 숲속 사원의 승려로 16년을 지낸 후 환속하여 루게릭병으로 투병하며 써낸 책이다.

그는 병이 깊어 책을 쓰는 동안에도 몇 번이나 의식을 잃곤 했다. 바람에 날리는 가벼운 마음으로 죽음을 맞이하기 위해 명상으로 내면을 비워낸 그의 에세이는 삶에 대한 통찰이 깊다. 그는 생의 인연과 얽힘을 내려놓으려 부단히 노력했으나 생의 마지막에는 곁에 있는 사람에게서 위로받으며 떠난다. 그리고 인연을 애써 붙잡거나 내려놓으려 하지 말고 자연스럽게 흘러가도록 길을 터놓으라고 말한다.

그의 에세이에는 재미있는 부분이 많다. 아잔 나티코가 젊은 시절 히말라야의 산괴를 헤매고 다닐 때 그는 배낭에 책을 넣어 다녔다. 그는 그 시절을 이렇게 회상했다. "역사상 가장 멍청한 배낭여행자는 내가 아니었을까 싶습니다. 안 그래도 무거운 배낭에 도스토옙스키의 『까라마조프의 형제들』 양장본을 넣고 다닐 만큼 허세가 가득한 여행자는 저밖에 없을 테니까요. 당연하게도, 밤에 천막을 치고 나면 예외 없이 피곤해서 한 글자도 읽지 못했지요." 이 대목을 읽는 순간 나는 여행 배낭에 넣었던 책을 꺼낼 뻔했다. 여행 가방에 책은 허세라니, 내 허세의 정곡을 찔린 느낌이었다. 하지만 나의 가방 속에는 여전히 책이 들어 있다. 전자책을 읽기 위한 기기도 하나쯤은 가지고 다닌다. 독서는 생각을 유연하게 해주고, 타인이 아닌 나에게 집중하고 몰입하도록 이끌어준다. 독서는 모든 상황을 미리 상상할 수 있도록 도와준다. 누가 뭐래도 나는 허세 가득한 몽상가가 되고 싶다.

내가 가장 가고 싶었던 여행지는 언제나 인도였다. 인도를 꼭 가고 싶었던 이유는 그들의 독특한 문화에 대해 익히 들었던 까닭이다. 내가 아는 인도는 부처님, 카스트 제도, 간디, 갠지스강, 코끼리, 불가촉천민 등이 전부였다. 그것도 귀엣말을 얻어들은 정도만 안다. 그것만으로도 인도를 동경하기에 충분한 이유였다. 인도에는 많은 이야기가 있다. 그리고 이야기는 그 사람들의 삶에서 나온다.

우리가 흔히 아는 『천일야화』가 중앙아시아 지역인 페르시아와 인도, 중국 등의 민담과 전설을 한데 모아 만든 '천한 가지 이야기'가 시초인 것처럼 말이다. 터번을 쓴 사람들, 뒤뚱뒤뚱 걷는 코끼리, 멋진 왕자님, 양탄자, 무희 등 상상에서나 가능한 이야기가 인도에선 현실이라 더 신비롭게 여겨진다.

인도로 떠나기 직전까지 나는 인도 여행을 주저했다. 여행을 미뤘던 이유는 열 가지가 넘는다. 혼자 인도로 여행을 간다고 하면 주변 사람들이 극구 말렸다. 특히 여성이 혼자 인도를 여행하는 건 위험하다고들 한다. 길거리에서 잘 것도 아닌데 진짜 그렇게 무서운 곳일까. 그들은 인도에 대해 전해들은 이야기나 뉴스에서 본 내용을 '~카더라' 식으로 말했다. 또 다른 이유는 인도를 이해하려면 무언가 준비를 해야 할 것 같았다. 예를 들면 인도의 문화나 역사를 알아야 인도 여행의 의미가 클 것 같다고 할까. 그러기 위해선 인도에 대해 공부해야 할 것 같다. 시간적 경제적으로도 여유가 필요했다. 생활전선에서 망설이는 동안 나는 늘 인도를 동경하며 시간을 보냈다.

이런저런 이유로 인도 여행을 미루다보니 시간이 지날수록 조급해졌다. 이러다간 영영 못 갈 수도 있다는 생각이 들었다. 그래, 더 이상 미룰 수 없다. 그냥 떠나자. 무조건 떠나자. 같이 갈 친구가 없다면 일행을 만들어 '따로 또 같이' 가는 것이다. 저 호라티우스의 시처럼 강을 건너기 위해 강이 다 마를 때까지 기다릴 수는 없지 않은가.

인도는 아시아문명의 원천으로 불교의 발상지이며 예부터 '천축天竺'이란 이름으로 알려진 곳이다. 국명은 산스크리트어로 된 인더스강의 이름에서 유래했다. 인도의 역사는 인더스문명과 함께 시작된다. 인더스문명은 기원전 3,000년경에서 기원전 1,500년 사이에 융성했던 문명이나, 이집트문명이나 메소포타미아문명보다 조금 늦게 발달하였다. 남아시아에 위치한 인도는 남쪽으로는 인도양과 접하며, 북쪽으로 파키스탄 네팔 부탄, 북동쪽으로 미얀마 방글라데시와 국경을 접한다. 국토 면적은 328만 7263㎢로 대한민국 국토의 약 15배에 이른다. 북쪽으로 다양한 지형 경관이 분포한다.

히말라야산맥에서 발원하여 인도 동쪽 벵골만으로 유입되는 갠지스강은 그 길이 2,506㎞에 이르는 큰 강이다. 갠지스강 주변에는 하천의 영향으로 형성된 힌두스탄평원이 위치하며, 바다와 만나는 곳에는 갠지스 삼각주가 분포한다. 갠지스강은 히말라야산맥의 만년설과 빙하가 녹은 물이 공급되기 때문에 여름철이 되면 유량이 급격하게 늘어난다. 갠지스강 외에도 인더스강과 브라마푸트라강 역시 인도 북부 히말라야에서 발원한다. 인더스강은 서쪽의 파키스탄으로 흘러나가고, 브라마푸트라강은 히말라야 북부에서 발원하여 인도 서북부를 지나 갠지스강과 합류한다.

인도의 국토 면적은 세계 제7위이고, 인구는 2023년 기준 14억명을 넘어 중국을 제치고 세계에서 가장 인구가 많은 나라가 되었다. 인구 대부분은 북방의 아리아인(72%)과 남방의 드라비다족(25%)으로 구성되어 있으며, 언어는 연방 공용어인 힌디어와 영어가 널리 사용된다. 또한 인도는 힌두교, 불교, 자이나교, 시크교 등 4개 종교의 발생지이며 이슬람교, 그리스도교, 조로아스터교, 유대교 등 다양한 외래 종교가 공존하는 나라이다. 서로 다른 언어와 문화를 갖는 사람들이 하나의 인도로 구성되고, 광대한 국가로 통일된 것은 종교의 힘에 의한 것이다. 인도인 대다수는 힌두교를 믿는다. 힌두교도는 국민의 79.8%를 차지하며, 다음으로 이슬람교도가 14.2%, 그 외 기독교, 시크교, 불교, 자이나교 등을 믿는다.

인도는 열대기후 지역으로 분류되며 강한 계절풍의 영향을 받는다. 겨울철에는 대륙에서 불어오는 북동 계절풍의 영향으로 비교적 춥고 건조하다. 인도의 계절은 계절풍의 변화를 바탕으로, 3월에서 5월에 이르는 건조혹서기와 6월에서 10월 초에 걸친 습윤고온기, 그리고 10월에서 2월에 이르는 건조한랭기로 나눌 수 있다.

인도에서는 종교적인 문제로 인해 소고기와 돼지고기를 먹지 않는다. 음식으로 사용되는 재료는 닭고기와 양고기이다. 특히 닭고기는 다양한 음식 재료로 사용되며 대중적이다. 인도인의 주식을 크게 나누면 북인도에서는 밀가루로 만든 로티, 남인도나 벵골에서는 쌀밥을 주식으로 한다.

인디라 간디공항에서 깔끔한 정장을 갖춰 입은 가이드 라미시가 나를 맞아주었다. 그는 한국의 연세대학교 한국어학당에서 공부했고 3년간 한국에서 살았다고 한다. 라미시는 한국말 소통은 가능하지만 전문용어는 어렵다며 겸손하게 말했다. 그는 인도의 길거리에서 본 소처럼 큰 왕방울 눈에 희지도 검지도 않은 회색 피부, 오뚝한 콧날을 가진 북부 인도의 아리안 계통 사람이었다.

인도 사람은 세 가지로 구분할 수 있다. 카스트의 상위 계급을 차지하는 아리안 계통의 북부 사람과 시킴 지역에 퍼져있는 몽골리안 계통, 그리고 체구가 작고 코가 낮으며 피부가 검은 드라비다족이다. 드라비다족이 인도의 원주민이며 그들은 주로 남인도 지역에 거주한다.

격식과 예의가 몸에 밴 라미시는 인도를 여행하는 내내 친절하고 헌신적으로 우리를 대했다. 인도에서는 "안녕하세요. 고맙습니다" 인사가 '나마스떼' 한마디로 통한다. 나마스떼는 '당신 안의 신과 내 안의 신에게 인사드립니다'의 의미로 인간인 나보다 우리 안에 있는 신이 더 중요하다는 의미이다. 항상 합장하는 라미시의 모습이 인상적이었다. 그런 그의 모습에선 늘 감사하며 살아가는 인도인들의 삶이 엿보였다. 그의 주변은 온통 감사한 것들로 채워진 느낌이었다. 인도인들의 종교적인 삶이 그들의 마음을 감사로 채워놓은 것은 아닐까.

나는 고맙다는 말을 하루에 몇 번쯤 하는지 생각했다. 감사의 말을 자주 하지 않은 나는 본성이 부정성으로 세팅되어 세상에 나온 게 분명하다. 내게 주어진 것과 주변의 사람들에게 감사함을 느끼지만 그 마음을 잘 표현하지 못한다. 호의가 잦으면 권리가 된다고, 내가 누리는 걸 당연하게 여기며 살아온 건 아닐까. 새삼 반성해본다. 고맙다는 말 자주 해야겠다. "나마스떼!"

인도에서 김 서방 찾기

뉴델리 인디라 간디공항을 빠져나오는 길이었다. 금요일인데다 퇴근 시간이 맞물려 뉴델리 시내는 교통혼잡이 심했다. 왕복 6차선 도로에 승용차와 버스 릭샤 오토바이 등 온갖 탈것들이 서로 앞서겠다고 경적을 울려댔다. 이 도시에서는 차가 앞지르거나 끼어들려면 먼저 경적을 울려 상대에게 알리는 것이 배려다. 뉴델리의 거리에서는 "경적을 울리세요"라고 쓴 현수막을 흔히 볼 수 있다. 너도나도 울려대는 경적이 귀를 찢을 듯했다. 미세먼지로 혼탁한 대기질과 자동차 소음과 무질서한 도로 풍경을 바라보는 것도 낯선 나라여서 새로웠다.

뉴델리는 대기질이 좋지 않아 가는 곳마다 매캐한 냄새가 코를 찔렀다. 이 도시에는 특유의 공기가 있다. 날씨는 대체로 무덥고 매우 건조하다. 인도를 여행하려면 날씨를 고려해야 한다. 인도 여행에 적합한 시기는 주로 11월부터 다음해 2월까지다. 이 시기에도 아침저녁으로 약간 쌀쌀할 뿐 한낮에는 여전히 덥다. 무덥기는 해도 겨울에는 다행히 습도가 낮아 비교적 쾌적하게 여행할 수 있다. 인도인들도 주로 이 시기에 자국 여행을 다닌다고 한다.

더위보다 심각한 것은 공기 질이었다. 뉴델리에 처음 도착했을 때, 공기는 부옇고 미세먼지로 뒤덮여 있었다. 심각하게 낡은 차와 오토바이들이 매연을 내뿜으며 내달렸다. 매캐한 냄새와 뿌연 미세먼지로 가시거리가 답답하게 느껴졌다. 가이드의 말에 의하면 실제로 인도인의 평균 수명은 그리 길지 않다고 한다. 나쁜 공기 질의 영향을 받기 때문이다. 뉴델리에 처음 도착했을 때 나는 숨쉬기가 어려웠다. 하지만 인도라는 신비한 나라에 도착했다는 설렘에 곧 극심한 미세먼지의 위험성을 잊어버렸다. 여행이 끝나고, 나는 한국에 돌아와 급성기관지염을 앓았다. 의사는 폐에 많은 먼지가 흡착되어 생긴 병이라고 설명했다.

뉴델리의 교통혼잡 속에서 우리가 탄 버스는 도로 한복판에 갇혀 있었다. 꼼작 않는 버스에서 차창 밖을 내다보던 나는 금세 지루해져 연신 하품을 했다. 9시간 30분 동안 좁은 비행기에서 쭈그리고 앉아 있었고, 입국 심사를 기다리는 시간도 길었다. 3시간 30분 시차도 문제였다. 뉴델리의 시간이 7시 30분이면 한국은 밤 11시다. 이미 잠자리에 들었을 시각이었다. 취침 시간이라고 몸이 활동 스위치를 꺼버린 바람에 기분이 몽롱하고 졸렸다. 무사히 여행지에 도착했다는 안도감과 피로감이 동시에 몰려왔다.

나는 연신 하품을 하다가 무심코 창밖을 내다봤다. 옆 차선에 정체하고 있던 승용차에서 젊은 남자들이 몰려들어 그런 나를 구경하고 있었다. 그들은 나와 눈이 마주치자 손을 마구 흔들었다. 반갑다는 건지 내 하품하는 꼴이 우습다는 건지 잠시 헷갈렸다. 민망한 순간을 무마하려고 하품 뒤 눈물이 그렁그렁한 눈으로 그들을 향해 웃어주었다. 그들의 열광(?)에 나도 모르게 손을 흔들어 답했다. 인도를 구경하러 와서 나는 그들의 구경거리가 된 셈이었다.

인도 사람들은 유난히 한국인을 좋아한다. 한국 사람을 만나면 아는 사람처럼 인사하고 친근하게 다가온다. 나중의 일이지만, 아그라에선 함께 사진 찍자는 사람들의 제안에 나는 간판 모델처럼 서 있기도 했다. 그들이 나(?)를, 아니 한국 사람을 좋아하는 이유는 잘 모르겠다. 인도인에 비하면 소수라는 희소성과 곧 소멸할 수도 있다고 얼마 전 미국의 어느 학자가 경고한 인종이라서 더 관심거리일까. 뉴델리 시내의 호텔에 짐을 풀고 저녁 식사를 마친 후 호텔 정원을 산책했다. 잘 가꿔진 정원에서 어슬렁거리는데 핸섬(?)한 인도 남자가 내게 다가왔다. 그는 내 산책길을 따라다니며 질문 공세를 퍼부었다.

"너 한국에서 왔니? 사우쓰코리아? 서울? 부산?"

"서울."

"그래? 나 서울에 아는 사람 있어. 김용남(?). 너 그 사람 알아?"

"엥? 내가 그런 사람을 어떻게 알아?"

"너 그 사람 몰라? 그 사람 사업가야."

"…."

그는 천만 명 사는 서울에서 이웃집 사람 안부 묻듯 말했다. 그는 내게 뉴델리에 언제 도착했는지 며칠 머물 건지 물었다. 아그라와 바라나시에 언제 갈 거냐 물을 때는 어깨를 으쓱했다. 그의 어투에는 자기 나라의 문화유산을 자랑스러워하는 게 뚜렷했다. 대체로 인도 여행 중에 만난 사람들은 비슷한 질문을 했고 자국의 역사와 문화에 대해 자긍심이 컸다. 그는 종달새처럼 수다스럽게 이런저런 질문들을 해댔다. 그의 시선에서 그런 마음이 느껴졌다. 한국 사람의 매력이 무엇인지 간파하려는 집요함. 하긴, 내가 좀 특별한 매력이 있긴 하지. 한국 사람을 신기해하는데 그 앞에서 보란 듯 하품하는, 이 얼마나 놀라운 나인가.

녹야원 사르나트

다음날 아침 바라나시로 가기 위해 뉴델리의 국내선 공항으로 갔다. 어느 공항이나 여권 사진과 실물을 대조하는 검사를 거쳐야 한다. 뉴델리 입국 때 출입국심사에서 직원이 내 여권의 사진과 실물이 다르다며 자꾸만 대조하는 바람에 긴장했다. 뉴델리 국내선 공항에서도 마찬가지였다. 직원은 여권 사진과 내 얼굴을 대조하며 고개를 갸우뚱했다. 나도 갸우뚱했다. 모자와 안경을 벗고 내가 나인 걸 증명해도 그는 헷갈리는 모양이다.

내가 나인데 아무도 믿지 않으면 나는 누구일까. 내가 나라고 믿는 나는 진짜 나일까? 문득 나도 내가 의심스럽다. 내가 진짜 나인지 나도 모르겠다. 여권 사진은 10년 전에 찍은 것이다. 당시 여권을 만드는 건 처음이라 사진을 찍을 때 번쩍이는 조명에 놀라 눈을 치떴다. 하지만 분명 내 얼굴이다. 여행에서 국경을 드나들 때마다 내가 나인지 의심을 받는다. 10년 만에 폭삭 늙어버린 걸까. 암튼 안전하게 여행 다니려면 여권부터 바꿔야겠다.

바라나시는 북인도의 갠지스강 중류 지역에 있다. 인도의 오래된 도시 중 하나이며 힌두교의 가장 신성한 도시로 널리 알려져 있다. 바라나시는 과거 '빛의 도시'라는 의미로 '카시Kashi'라 불렸다. 현재는 바루나강과 아시강 사이에 있다 하여 '바라나시'로 불린다. 바라나시에 도착하여 우리는 먼저 녹야원으로 향했다.

사르나트Sarnath는 옛날에 사슴이 뛰놀던 곳이라 하여 '녹야원'으로도 불린다. 사르나트는 옛 경전에도 녹야원으로 기록되어 있는데 왕이 이곳에 사슴을 풀어놓고 살도록 했다고 해서 붙여진 이름이다. 사르나트는 바라나시 시내에서 약 10㎞ 거리에 있는 불교의 4대 성지 중 한 곳이다. 부처님이 탄생한 '룸비니'와 깨달은 곳 '보드가야', 설법한 '사르나트', 입멸한 '쿠시나가라'는 대표적인 불교의 4대 성지다.

불교 신도들은 부처님의 탄생과 입멸까지의 과정을 따라 순례하는 걸 중요시한다. 사르나트도 그중 한 곳이다. 석가모니가 보리수나무 아래서 깨달음을 얻고 함께 수행했던 5명의 형제와 처음으로 불법을 논했던 곳이 사르나트다. 다음에 기회가 된다면 네팔의 룸비니에서 출발하여 쿠시나가르와 보드가야를 거쳐 사르나트에 이르는 불교 성지 순례를 해보고 싶다.

사르나트 사원에는 '다메크 스투파'를 중심으로 큰 수도원의 흔적이 남아 있다. 스투파란 불교에서 부처나 훌륭한 승려의 사리를 모신 탑을 말한다. 다메크 스투파는 마치 둥근 그릇을 엎어놓은 듯한 돌기둥 모습을 하고 있다. 현재 사원의 출토품은 유적지의 남쪽에 있는 사르나트 고고학박물관에 소장되어 있다. 박물관에 들어서면 입구의 정면 아소카왕의 석주를 받치고 있는 네 마리 사자상이 있다. 서로 엉덩이를 맞대고 사방을 바라보는 네 마리 사자 받침대 위에는 24개의 축을 가진 법륜(차크라)이 있다. 차크라는 24개의 바큇살로 이루어져 있으며 이는 생의 순환을 의미한다. 차크라는 측면에 소, 말, 코끼리, 사자가 새겨져 있는데 모두 인도에서 신성시하는 동물들이다. 원형의 측면에 부조된 동물들은 오랜 세월이 지났음에도 보존상태가 좋았다.

16개로 흩어져 있던 나라를 하나로 통일한 아소카왕은 전쟁으로 많은 살상에 회의를 느껴 불교에 귀의했다. 아소카왕은 불교사원을 건설하고 백성들이 교리를 따르도록 불교 게송을 새긴 석주를 세웠다. 부처가 열반한 지 200년 후 아소카왕이 기원전 294년에 '다메크 스투파'와 사원을 건축하여 부처의 사리를 봉납하였다. 부처가 깨달음을 얻은 후 처음으로 이곳에서 설법하였음을 기리기 위함이다.

다메크 스투파는 굽타왕조의 유명한 건축물로 높이 42m, 직경 28m에 이른다. 사르나트의 사원은 한때 1,500명의 승려가 공부했던 거대 승원이었으나 현재는 절터만 남았다. 그곳에 석가모니가 29세에 출가하여 35세에 깨달음을 얻었던 시기에 머물렀던 방이 있다고 들었지만 가보지 못했다. 전국 통일로 부를 이룬 아소카왕의 시대에는 석조 건물 건축과 조각의 기법이 급속히 발전하여 특히 세련된 건축물과 우아하고 화려한 불상이 많이 전해지고 있다. 수 세기 전의 영광으로 내 눈이 호강이었다.

사르나트 사원은 돌아보는 데도 한참 걸렸다. 발걸음을 재촉받는 여행객이라 오래 머물지 못했지만 옛 승원에는 깨달음을 얻고자 기도하고 공부했던 사람들의 흔적을 느낄 수 있었다. 다메크 스투파 주변에는 다른 나라에서 불교 성지 순례를 온 스님들이 많았다. 특히 눈에 띄는 집단은 일본 스님들과 신도들이었다. 그들은 다메크 스투파 앞에서 참배하고 단합을 위한 구호를 내질렀다. 그리고 몰려다니며 손가락 브이를 표시하고 사진을 찍었다. 머리를 깎고 검은 승복은 입은 그들이 구호를 내지르는 모습은 어느 영화에서 조폭들 단합대회 장면을 떠오르게 했다. 티베트 스님들은 일본 불자들의 행동에 참배를 멈추고 멍하니 그들을 바라보았다.

죽음을 기다리는 도시

사르나트를 돌아보고 저녁 무렵에 바라나시로 향했다. 바라나시는 인도인들에게 해탈을 위해 기도하는 도시, 또는 죽음을 기다리는 도시이다. 인도인들에게 갠지스강은 어머니의 품이요, 영혼의 안식처다. 인도인들은 누구나 죽어서 갠지스강에 뿌려지길 희망한다. 그러면 사후에 다시 어머니의 품으로 돌아간다고 믿기 때문이다. 죽어 어머니의 품으로 돌아간다는 믿음만큼 행복한 게 또 있을까.

바라나시는 연간 100만 명의 순례자들이 방문하여 갠지스강에서 목욕하며 전생과 이생의 업이 씻겨나가기를 기도한다. 강변에는 순례자들이 묵는 '가트'가 약 4㎞에 걸쳐 설치되어 있다. 가트 시설은 처음엔 왕족들이 갠지스강에 기도하러 와서 머물던 숙소였다. 가트는 숙소에서 계단식으로 갠지스강으로 연결되었으며, 내부에도 강물로 목욕할 수 있는 시설이 마련되어 있다고 한다.

해가 완전히 사라진 뒤 갠지스강에 도착했다. 우리는 배를 타고 어두운 강으로 나아갔다. 저녁 7시부터 시작되는 아르띠 푸자를 보기 위해서였다. 강둑에는 이미 많은 관광객이 몰려 배를 댈 자리가 없었다. 배를 강둑에 대기 위해 여러 번 시도했지만 번번이 실패했다. 강둑에 배를 대려면 정박해 있는 배들 사이를 뚫어야 하는데 우리 배가 들어설 틈이 없었다. 강에 조금 늦게 도착한 게 문제였다. 어떤 이들은 아침부터 자리잡고 기다린다고 한다. 멀찌감치, 강 한가운데 배 위에서 축제를 바라볼 수밖에 없었다.

아르띠 푸자는 갠지스강에서 매일 저녁 강가 여신에게 올리는 제사 의식이다. 브라만 사제 7명이 불을 가지고 제사 의식을 거행한다. 불은 모든 것을 정화한다는 의미를 지녔기 때문에 불을 사용한다고 한다. 의식에 사용된 쌀과 꽃잎은 갠지스강에 뿌리며 축복과 나눔의 의미를 새긴다. 말은 제사지만 화려한 축제였다. 축제의 열기로 뜨거운 강변의 한편에서는 여러 구의 시신이 불타고 있었다.

가까스로 강둑에 배를 댔다. 배에서 내려 화장터로 걸어가는 동안 함께 가던 일행이 무섭다며 주저했다. 나는 수년 전 네팔의 파슈파티나트 사원의 화장터를 다녀온 경험이 있어서 다가갈 용기를 얻었다. 바라나시 화장터의 풍경은 쓰레기소각장을 방불케 했다. 멀리 강 한가운데에서 바라보던 것과 사뭇 달랐다. 타다 남은 장작과

옷가지들이 무질서하게 흩어져 있고, 개들이 시신을 태운 잿더미에다 코를 박고 킁킁거렸다. 개들은 가히 살벌했다. 그들은 잿더미에서 얻어낸 뼈다귀를 갖고 쟁탈전을 벌였다. 죽은 자에 대한 존중감이 하나도 없었다. 플랫폼도 없이 여기저기 모래밭에 소각을 기다리는 시신이 널려 있었다. 강바람에 비릿한 악취가 진동했다.

인도에서는 사람이 죽으면 반얀트리로 화장한다. 반얀트리는 인도에 가장 흔한 나무이고 불에 잘 타며 탈 때 좋은 향이 난다. 강 주변의 화장터 이곳저곳에 시신이 불타고 있었다. 화장터 바로 옆에서는 강가의 여신에게 올리는 축제로 소란스럽다. 한 생이 사라지는 슬픔과 동시에 살아 있는 자들은 축제로 뜨거운 분위기였다. 축제의 열기 속에서 한 남자가 머리를 깎고 있었다. 나는 한참 동안 그를 바라보았다. 모두가 신을 경배하며 즐거워하는데, 그는 혼자 눈물을 흘리고 있었다. 이발사가 낡은 바리깡으로 그의 머리를 밀었다. 누가 죽은 것일까. 시신을 태우기 전 상주는 삭발한다. 그러므로 화장터에 와서 머리를 깎는 저 사람은 상주일 것이다.

이발사에게 머리를 맡기고 눈물짓는 그의 제비초리가 불빛에 시퍼렇게 빛났다. 막 삭발을 마친 남자의 허연 뒷목이 강바람에 시리다. 강가 여신에게 올리는 아르띠 푸자 축제가 화려하고 아름답기는 해도 누군가의 슬픔을 고려하지 않는 건 이해하기 힘들었다. 사람들의 열기는 신에게 도취된 듯했다. 나는 종교도 마약처럼 중독될 수 있다고 누군가 했던 말이 떠올랐다. 갠지스강에서는 죽은 자를 위해 아무도 침묵하지 않았다.

인도인들은 사람이 죽은 뒤 영혼이 떠난 몸은 껍질이며 쓰레기라고 믿는다. 영혼이 사후세계로 떠나면 곧 다른 몸으로 태어난다고 믿기 때문이다. 시신을 마치 영혼이 탈피한 허물처럼 생각한다는 것이 당황스러웠다. 그런 까닭에 사람이 죽으면 반나절 혹은 하루 정도 친지들이 조문할 시간을 주고 바로 갠지스강으로 싣고 가 화장한다. 이때 시신을 싸맨 천으로 망자의 신분을 알 수 있다. 노란 천은 결혼한 남자, 빨간 천은 결혼한 여자, 하얀 천은 결혼 안 한 남녀의 시체다.

그리고 화장하지 않는 사람들이 있다. 대표적으로 수행자나 스님, 게이와 임신부이다. 수행자와 스님은 죽은 것이 아니라 열반했기 때문이고 게이는 남녀구분이 모호하기 때문이다. 임신한 여자도 화장하지 않는다. 태아가 살아 있을지 모르기 때문이다. 현재는 의학이 발달해서 모체가 죽은 뒤에도 태아의 상태를 알 수 있지만, 과거에는 그럴 수 없어서 죽은 모체에서 태아를 꺼냈다고 한다. 뱃속에서 꺼낸 태아가 사망했을 경우 화장하지 않고 돌멩이에 묶어서 강에다 넣었다.

갠지스강의 밤하늘엔 손바닥만 한 연들이 날아다녔다. 붉고, 노랗고, 하얀 연들, 누가 띄운 것인지 연은 막 소각된 시신에서 나온 영혼처럼 바람 따라 흩날렸다. 밤하늘의 연은 어둠 속으로 흩어졌다가 다시 나타나곤 했다. 그러다 하늘 어디론가 사라졌다. 그 모습은 마치 세상과 막 이별한 영혼이 세상의 인연에 미련이 있어서 머뭇거리다가 사라지는 것 같다. 사람들이 소망을 담아 강에 띄운 꽃등은 강물 따라 흔들리다 뭍에 가닿으려고 안간힘을 썼다. 내가 여기 서 있는 건, 이 모든 것들의 합이 우연히 맺어진 시간의 일치였다. 경건함이 없이 화장터에 서 있으려니 타인의 죽음을 훔쳐보는 듯해서 그 마음이 편치 않았다.

갠지스강의 새벽

다음날 새벽, 갠지스강의 일출을 보기 위해 강변으로 산책을 나섰다. 아열대 기후임에도 겨울인지라 새벽 날씨가 제법 쌀쌀했다. 숙소에서 나와 분주한 시내를 가로질러 강으로 걸어갔다. 조용한 새벽 강에 손을 씻을 수 있을까 기대했는데 뜻밖에도 강에는 산책하는 사람들과 찬물에 목욕하는 사람으로 붐볐다. 가트 아래 계단에 노숙하는 사람들, 여전히 몰려다니는 개들, 관광객들, 일찍 기도하러 온 사람들로 북적였다. 간밤의 축제 열기는 사라지고 많은 수행자들이 경건한 자세로 해가 뜨기를 기다리고 있었다.

수행자들이 차디찬 강물에 몸을 담그고 동쪽을 향해 기도했다. 신성한 갠지스강에서 떠오르는 해를 바라보며 기도하면 효험이 있다고 한다. 그렇다고 나는 물에 들어갈 용기가 나진 않았다. 겁 없이 강에 들어갔다간 금세 감기에 걸리고 말 것이다. 체질이 저질이어서 자주 감기에 걸리는 편이라 몸을 사렸다. 찬물에 목욕하는 건 수행자들이나 가능한 일이라 생각하며 나는 그저 새벽 강을 바라보았다.

수행자에게는 일출과 일몰 시 나오는 빛의 에너지를 받는 게 수행의 하나다. 새벽에 목욕하는 건 태양이 떠오를 때 나오는 빛과 물의 에너지를 받기 위함이다. 갠지스강에 몸을 씻으면 업을 벗고 윤회에서 벗어난다고 믿는 사람들, 그런 믿음을 반영하듯 많은 사람이 차디찬 강물에 몸을 적시고 있었다. 남자들은 반바지나 팬티만 입고 상의를 탈의한 채 강에 들어간다. 여자는 강에 들어갈 때도 옷을 입어야 한다. 이곳 사람들에게 갠지스강의 목욕은 삶이고 수행이고 기도이다.

새벽에는 상대적으로 계급이 높은 사람들이 기도하러 온다고 한다. 주로 수행자와 브라만 계급이다. 하층민은 브라만과 함께 물에 들어갈 수 없다. 모두가 알몸인데 계급을 어떻게 알 수 있냐는 질문에 가이드는 목욕하는 사람들을 찬찬히 살펴보면 구분할 수 있다는 알쏭달쏭한 답을 내놨다.

그러고 보니 어떤 사람은 몸에 실을 감고 있다. 은회색 천을 꼬아서 엮은 가느다란 실을 왼쪽 어깨에서부터 가로질러 늘어뜨려 오른쪽 허리춤에 매달았다. 브라만은 신분의 표시인 그 실을 평생 벗지 않는다고 한다. 그들은 경건히 기도에만 집중했다. 나는 말로만 듣던 브라만을 새벽 강에서 만났다. 그들은 상의를 탈의하여 알몸인데도 품위와 위엄이 느껴졌다. 강물을 손을 넣지 않아도 피부에 소름이 돋고 입김이 나왔다. 12월 추위에도 주저 없이 강에 들어가는 사람들이 경이로웠다. 신기한 인간의 세계였다.

반면, 강 건너편에서는 아무도 몸을 씻지 않는다. 이유인즉 신성한 태양이 떠오르는 곳을 향해 엉덩이를 둘 수 없다는 것이다. 우리는 배를 빌려 강을 건너기로 했다. 항하의 모래언덕을 박차고 떠오르는 태양을 보기 위해서였다. 항하의 일출은 갠지스강이 품고 있는 또 다른 장관이다. 노 젓는 배가 천천히 강 안개를 헤치고 나아갔다. 강 한가운데 이르자 갈매기들이 배 주위로 날아들었다. 고기잡이배와 친한 새들이 끼룩끼룩 소리치며 배를 따라왔다. 염치없는 동냥아치 떼쓰듯 아침을 달라고 울어댔다. 과자 좀 먹어본 새들이었다.

배가 갠지스강 건너의 모래언덕에 일행을 내려놓았다. 끝도 없이 펼쳐진 항하의 모래사막 위로 붉은 빛이 번지기 시작했다. 빛을 받아 반짝이는 모래밭의 이슬을 밟으며 어디선가 소년들이 다가왔다. 그들은 빛과 모래를 배경으로 인생 사진을 찍어주고 1달러씩 받아가는 아이들이다. 웃는 표정만 짓는다는 낙타들이 아침 손님을 맞으러 분주히 걸어다녔다. 낙타 등의 빈 수레엔 붉은 햇살이 출렁거렸다.

이곳 '항하사'는 갠지스강의 모래를 의미한다. '항하'는 인도의 갠지스강을 뜻하고, '사'는 모래를 뜻한다. 항하의 모래는 부처님의 말씀을 전하는 『금강경』 무위복승분無爲福僧分 편에 나온다. 『금강경』 제11장 무위복승분을 인용하면 세존께서 말씀하셨다.

"수보리야, 항하에 있는 모래 수만큼의 항하가 있다면 그 모든 항하에 있는 모래 수가 많다고 하겠느냐?"

"매우 많사옵니다. 세존이시여. 여러 항하만 하여도 무수하온데 하물며 그 모래야 말할 나위 있겠습니까."

"수보리야, 내 이제 그대에게 진실한 말로서 이르노니, 어떤 선남자 선여인이 그 항하의 모래 수만큼이나 되는 삼천대천세계에 가득 찬 칠보로 보시한다면 얻은 바 복덕이 많겠느냐? 적겠느냐?"

"매우 많습니다. 세존이시여." 수보리가 대답하여 아뢰었다. 부처님께서 수보리에게 거듭 일러 말씀하셨다.

"만약 선남자 선여인이 이 경 가운데 다만 사구게만이라도 받아 지니고 또 남을 위해 설명해준다면 그 복덕이 항하의 모래와 같이 많은 칠보로 보시한 복덕보다 훨씬 수승하니라."

『금강경』의 무위복승분 편은 어떤 물질적 보시보다도 진리를 가르치는 법보시가 낫다는 말씀이다. 갠지스강에는 많은 모래가 있는데 그 많은 모래 수만큼 많은 갠지스강이 있다면 무한의 갠지스강의 모래는 무한에 무한을 더하는 것이다. 항하의 모래알은 그 수치가 정확히 밝혀지지 않았으나 그 수는 '극'이며, 무량대수이며, 불가사의이다. 그러므로 불교에서 '항하사'는 추상적인 단위의 수를 가리킨다. 이처럼 무한한 삼천대천세계에 가득찬 칠보로 보시함은 물질적 공덕의 궁극적 경지를 말한다. 그러나 물질적 보시가 아무리 궁극에 다다랐어도 그보다는『금강경』을 한마디라도 남을 위해 가르쳐주는 법보시가 낫다는 의미이다.

항하의 모래 둔치에 앉아서 내가 건너온 강 저편 바라나시를 바라보았다. 저 강변을 바라보니 나는 삶의 바깥에 나와 있는 듯했다. 저기에 삶이 있고, 고통이 있고, 수많은 이야기가 있다. 갠지스강의 모습을 언어로 바꾸려면 항하의 모래만큼 많은 단어가 필요하리라. 하지만 부처님은 말씀하셨다. 거기에 아무것도 없다는 걸 알아차리라고. 결국엔 다 사라질 것들만 남아서 서로 부대끼며 먼지를 일으키고 있을 뿐이라고. 저 강을 통과하는 바람만이 그걸 알고 있다.

카주라호

바라나시에서 국내선 비행기를 타고 카주라호로 날아갔다. 카주라호는 인도의 유명한 관광지인 바라나시나 타지마할에 가려 잘 알려지지 않았지만 도시 전체가 유네스코 세계문화유산에 등록된 문화유산의 스팟이다. 찬델라왕조시대의 수도였던 카주라호에는 독특하고 정교하게 건축된 사원들을 흔히 볼 수 있다. 이 사원들은 철이나 스텐, 금속을 사용하지 않고 돌과 돌을 맞물려서 건축했다고 한다. 카주라호 사원들은 인도-아리안 드라비다 건축 양식으로 천년 전 건축 기술의 정수를 보여준다.

카주라호 사원들은 9세기부터 13세기 사이에 번성한 찬델라왕조에 의해 건축되었다. 찬델라 왕조는 전성기인 950~1050년 사이에 수도인 카주라호에 무려 85개의 사원을 세웠지만 이후 상당수가 이슬람세력에 의해 파괴되었다. 카주라호는 현재 22개의 힌두교

및 자이나교 사원이 있는 순례지로 알려져 있다. 사원은 도시의 서부와 동부 그리고 남부에 걸쳐 흩어져 있다. 사원의 탑은 처마 끝을 여러 층으로 높이 쌓아올린 지붕이 특징이며, 붉은 사암으로 된 벽면에는 중세 인도의 부조를 대표하는 상들이 조각되어 있다. 층층이 조각된 신과 여신, 병사, 여성, 동물 등의 조각들이 천 년 전 생활상을 생생하게 드러낸다. 특히 '미투나(남녀교합상)'라고 불리는 에로틱한 조각들은 각기 다른 체위의 성행위 장면을 표현하여 관능의 극치를 드러낸다.

여러 사원 중에서도 특히 서부 사원이 유명하다. 카주라호를 유명하게 만든 미투나 조각들이 서부 사원에 집중해 있기 때문이다. 락슈미나 사원과 시바 신을 모신 칸다리야 마하데바 사원 등이 대표적이다. 서부 락슈미나 사원에는 84가지의 카마수트라 상이 조각되어 있다. 남신과 여신의 성애는 물론이고, 동성 혹은 집단 성애의 체위를 적나라하게 묘사하고 있다. 사원 내부에 조각된 신상은 33가지 종류로 주로 동물이나 사람의 성애를 보여준다. 인도의 철학자 바츠야야나가 쓴『카마수트라』에 의하면 힌두교의 4대 교육을 목적으로 성애(육체의 쾌락), 실리(물질적 번성), 도덕(윤리적 의무), 해탈(깨달음)을 가르쳤다고 한다. 철학자의 주장은 카주라호의 사원에서 확인할 수 있다.

카마수트라의 '카마'는 힌두 생활의 4가지 목표 중 하나인 성욕을 비롯한 각종 욕망을 뜻한다. '수트라'는 문학적인 의미로 어떤 것들을 하나로 뭉치는 실이나 선 내지 격언 등의 뜻으로, 요컨대 카마수트라는 '카마'에 대한 격언집이라 할 수 있다. 현대에서는 성性적 의미로 널리 알려진 것과는 달리 이 책은 단순한 체위 설명서가 아니며, 고결하고 품위 있는 사랑의 특성이나 각종 인간생활의 기쁨에 기인한 능력과 관련된 것들이다. 바츠야야나는 책의 저술에 있어서 힌두교의 교리로 '카마'를 배우는 데 의의를 강조했다. 그는 본서의 마지막에서 "이 책은 최고의 금욕과 세인의 생활에 도움이 되기 위함이며 정욕을 목적으로 편찬된 것이 아니다"라고 기술하고 있다.

사원에 조각된 천상의 무희들은 또 다른 볼거리다. 노래와 춤으로 기도하는 '압사라'의 다양한 아름다움을 볼 수 있다. 압사라는 일반인이 모델이 아닌 하늘의 소녀상을 상상하여 조각했다고 한다. 천상의 무희를 상상하며 만들었다는 압사라의 풍만하고 아름다운 육체는 조각 예술의 극치다. 서부 사원은 대부분 힌두교 사원이다. 자이나교 사원의 건축 양식은 힌두교 사원과 다르지 않지만, 금욕적 이상을 추구했던 자이나교 사원에서는 미투나를 일체 찾아볼 수 없다.

저녁에 호텔의 요가 수업에 참석했다. 요가 나라인 인도에서 요기니와 수련을 한다니 무척 기대됐다. 평소 한국에서 내가 하는 요가와 인도에서의 요가는 어떻게 다른지 궁금했다. 내게 요가는 미용 목적이 아니다. 삶이 우울하고 외로울 때마다 수련해온 요가와 명상은 내 삶을 기댈 곳이었다. 그렇다고 요가가 쉬운 것도 아니요 그렇게 단순한 운동이 아니었다. 우리가 평소 운동으로 하는 몸 요가는 그냥 생활 요가에 그친다. 하지만 인도에서 요가는 하나의 철학이자 정신수련으로 정신과 연결된 몸을 제어하기 위한 수련이다.

요가는 과거 인도의 힌두교 수행 방법이었다. 요가의 역사는 불교보다 훨씬 앞선다. 인도의 요가는 운동이기보다 수련을 통해 인간의 수행적인 면을 담당한다. 그 의미는 요가를 통해 사색적 고찰로 신에 이르는 방법을 논하기보다 수행세계에서 가져야 할 명상의 도리를 논한다는 뜻이다. 요가는 수행세계에서 신에게 다가가는 즉 어떻게 경지에 이르는가를 논하는 수행방법이다. 그러므로 요가는 명상의 경지에 이르기 위한 수도修道라고 할 수 있다.

호텔 지하에 마련된 스튜디오에 들어서자 남자 요기니가 기다리고 있었다. 비쩍 마른 몸과 커피색 피부, 툭 튀어나온 그의 눈이 맑게 빛났다. 군살 한 점 없는 그의 몸이 탄탄해 보였다. 어쩐지 그는 삶의 모든 걸 내려놓고 이슬만 먹으며 정신수양으로 살아온 요기니 같다. 요기니와 마주 앉아 호흡과 명상을 하는데 왜인지 마음이 편하지 않았다. 명상에 집중할 수 없다. 나는 실눈을 떴다 감았다 반복하며 그를 훔쳐보았다. 물이 너무 맑으면 물고기가 없듯 너무 맑은 사람에겐 다가가기 싫은 느낌이랄까. 그의 맑음에 나의 구질구질함이 비춰 내 속물근성이 드러날 것 같다. 실눈으로 요기니를 살피던 나는 그의 맑음에 마음이 꿰뚫릴 것 같아 얼른 눈을 감았다.

자기 연민의 깡통을 들고

여행을 갈 때마다 나는 책을 가지고 간다. 여행을 떠나기 전에 여행지에서 짬짬이 읽을 책을 고르는 것도 하나의 설렘이다. 여행은 좋은 사람과 함께하면 더 행복하겠지만 좋은 사람이 아니어도 좋아하는 작가와 함께할 수 있다. 인도로 떠나올 때, 나는 배낭에 스콧 피츠제럴드(1896-1940)의 소설집 『어느 작가의 오후』를 담았다. 『어느 작가의 오후』는 스콧 피츠제럴드의 후기 단편소설과 에세이를 무라카미 하루키가 엮어서 세상에 내놓은 책이다. 우리나라에서는 2023년에 번역 출판되었다.

스콧이 작가로서 명성을 얻기 전 그는 출판사로부터 수도 없이 원고를 되돌려받았다. 대학 졸업 후 친구들이 인생의 바다에서 순조롭게 항해하는 동안 그의 불완전한 배는 강 한가운데서 방향을 잃고 허우적거렸다. 스콧은 무기력했던 젊은 시절의 방황을 이렇게 적었다.

“세상은 활력이 넘쳐서 모두가 즐거운데 나는 활력을 가져본 적이 없다. 나는 활력이 무엇인지 모른다. 나의 내면에는 균열이 존재할 뿐이다. 어느 날 한 여성 비평가를 만났다. 그녀는 활력이 넘쳐서 주체하지 못할 지경이었다. 그녀는 내부의 균열로 부서질 듯한 내게 조언했는데, 마치 스피노자의 강연을 듣는 듯했다. 그녀는 자신이 과거에 겪은 경험과 고통에 대해 떠들었다. 나는 그런 그녀에게 반발심이 일었다. 집으로 돌아오는 길, 그녀에게 활력을 나누어 달라고 부탁할걸. 집으로 가져가서 그것을 요리해 먹을 수 있도록 말끔히 포장해달라고 얘기해볼걸. 그렇지만 나는 그 활력이라는 것을 결코 얻을 수 없었을 것이다. 자기 연민의 깡통을 들고 1천 시간을 들고 기다린다 해도 말이다. 내가 할 수 있는 것은 금이 간 질그릇 같은 나 자신을 아주 조심스럽게 부여잡고 그녀의 집을 나와 쓰라린 고뇌의 세계로 돌아가는 것이다.”

어느덧 만년에 이른 스콧이 고독했던 젊은 시절을 회상하며 써내려간 에세이를 읽으며 눈물 흘리지 않을 수 없었다는 무라카미 하루키의 추천 글이 내게도 틀린 말은 아니었다. 공항에서 비행기를 기다리거나 낯선 도시에서 밤을 보내며, 나는 스콧의 고독 속으로 파고들었다. 그리고 그의 고독에 이입되어 훌쩍댔다. 내게 그 고독은 현재진행형이다. 또한 내 고독은 영원히 끝날 수 없다는 것을 안다. 거듭된 실패로 어두운 나날을 보내던 시절 스콧의 고독이 내 오래 전 일들을 떠오르게 했다.

고등학교 시절 친구들이 좋은 대학에 가려고 머리 싸매고 공부할 때 나는 소설을 썼다. 아무도 소설 쓰는 법을 가르쳐주지 않았지만 그냥 펜이 가는 대로 썼다. 나는 소설을 쓸 때가 가장 행복했다. 내가 쓴 원고지 삼백 장 분량의 소설을 친구들은 돌려가며 읽었다. 담임이었던 최인란 선생님도 내 원고를 다 읽고 자주 글쓰기를 독려해주셨다.

나는 종종 글쓰기대회에서 상을 받았다. 당시 소설보다 시 부문에서 자주 입선했다. 어느 단체의 청소년백일장에서 장원 상을 받은 적이 있었다. 그때 나는 학교의 위상을 높였다는 등 선생님들의 칭찬에 우쭐해졌다. 그날 상장과 상패를 가지고 집으로 갔다. 평소 염세적 성향이 짙은 아버지는 상장의 내용을 찬찬히 읽으시더니 "이딴 게 무슨 밥 먹여주냐. 불쏘시개로나 써라" 하며 부엌 아궁이에다 상장과 상패를 던져버렸다. 그리고 "여자도 기술이 있어야 밥 먹고 사는 시대다. 그러니 이런 짓 할 생각 말고 간호사가 되어라" 하셨다.

그 사건으로 나는 문학을 접었다. 소설은 물론이거니와 일기도 쓰지 않았다. 어른이 되어보니 아버지의 말씀대로 정말 먹고사는 문제가 가장 시급했다. 그렇다고 아버지의 요구처럼 간호사가 되기는 싫었다. 결국은 포지션이 없는 한낱 생활인으로 생계를 위해 동분서주했다. 하지만 나의 내면에는 항상 목을 조르는 답답함이 있었다. 그것을 외면하려 할수록 욕구는 더 강해졌다. 나는 분출하는 나의 욕망과 만나지 않으려고 나 아닌 타인으로 살았다. 나의 욕구를 피하려 할 때마다 나의 의식이 가리키는 방향은 분명했다.

중년의 나이가 되어 나는 다시 문학으로 돌아왔다. 내 낡은 시간은 시와 소설을 읽으며 조금씩 치유되어가는 느낌이었다. 나는 다시 소설을 쓰기 시작했다. 그리고 그 세계에 스며들고 싶어서 문학동호회 주변을 서성거렸다. 낡은 문장력을 다듬기 위해 시를 배우러 다녔다. 시의 세계를 등한시하는 동안 많은 것이 바뀌어 있었다. 늦었다는 걸 알지만, 열심히 공부해서 문학세계의 시야를 넓히고 싶었다.

시 배울 곳을 알아보던 중 나는 어느 시인이 운영하는 시교실에 가입 허락을 얻었다. 다시 시를 공부할 수 있게 되어 무척 기뻤다. 그러나 기쁨도 잠시, 얼마 후 나는 시교실에서 쫓겨났다. 내가 시를 공부하기엔 엉터리없다는 이유였다. 시인은 수업 때마다 내게 미련하고 답답하다거나 말귀를 못 알아듣는다고 야단을 쳤다. 시를 배우겠다고 찾아간 사람에게 시인은 끊임없이 면박주고 망신을 주며, 내 생각이나 감정 따위는 걸레 취급을 했다. 너는 할 수 없다는 말을 반복하며 '바보 만들기' 가스라이팅을 하는 시인에게서 내가 배울 것이라곤 좌절밖에 없었다. 나는 처음으로 시와 시인은 다르다는 걸 알게 되었다.

시수업이 있는 목요일은 아침부터 손이 떨리고 심장이 벌렁거렸다. 거울 앞에서 오늘은 또 어떤 수모를 견뎌야 할까 걱정했다. 그래도 어렵게 시작한 시공부를 포기하고 싶지 않았다. '내가 너무 몰라서 그러는 것이니 공부하면 괜찮을 거야.' 혼자 위로하고 다짐했다. 하지만 시인이 내뱉는 비난의 수위는 나의 다짐보다 훨씬 빠르게 높아갔다. 그는 "내가 이렇게 야단을 치면 너의 문제가 무엇인줄 알아야 한다"며 다그쳤다. 그리고 시인은 말했다. "시는 위대하다. 세상엔 시를 쓰는 것만큼 위대한 일은 없다"라고.

시를 알고 싶다는 것이 과한 욕심이었을까. 시를 배우는 데 늦은 나이가 있는 걸까. 예술은 누구에게나 자유롭게 열려 있어야 한다는 내 보편적 사고가 부서지는 순간이었다. 누구나 읽고 공감하는 예술이라 생각했던 '시'는 시적 감성과 소질을 지닌 사람들에게만 열려 있는 세계였다. 내게 시는 압축된 비밀이 들어 있는 봉투처럼 단단해서 잘 열리지 않았다.

시를 잘 모른다는 이유로 수모를 겪던 나는 시교실을 나올 수밖에 없었다. 누구에게나 열려 있는 게 시라는 내 생각이 틀렸을 수도 있다. 누구나 생각은 다 다르니까. 나는 다시 그리고 곰곰이 생각한다. 그때 아버지가 나를 혼란의 강으로 떠밀었던 것처럼, 그 시인은 '시는 내가 함부로 다가갈 수 없는 경지'임을 깨우쳐주었다. 시인의 말처럼 내가 시를 알고자 했던 것은 지나친 허세였는지 모른다.

시교실에서 쫓겨나올 때, 그 시인에게 열정을 조금만 나눠달라고 부탁해볼걸. 그의 열정을 빌려다 내 녹슨 시간을 무두질이라도 해볼걸. 답답한 마음이 뚫릴 때까지 무두질하다보면 언젠간 내게도 빛이 들지 않을까. 실패를 거듭했던 시절 스콧의 고독이 내 마음에 멍울을 만들었다. 눈물주머니를 차고 코흘리개처럼 훌쩍대는 내게 스콧이 성경 한 구절을 읽어주었다. "너희는 세상의 소금이니, 소금이 그 맛을 잃으면 무엇으로 짜게 하리요."

인도 중부의 오르차에서 라즈마할과 제항기르마할 쉬시마할을 둘러보고, 아그라행 기차를 타기 위해 잔시역으로 갔다. 인도의 기차문화는 혼잡하고 무질서하기로 악명(?) 높다. 다행인지 잔시역에서 그런 악명을 경험하지 않았다. 기차가 연착되기는 했지만, 인도에서 기차가 한두 시간 연착되는 것은 일반적이어서 악명의 이유가 되지 않는다. 기차 연착은 심한 경우 한나절, 가끔은 열차 운행이 예고 없이 취소되기도 한다. 기차를 기다리는 동안 역대합실에 쭈그리고 앉아 있는 나를 노인과 아이들이 커다란 눈망울을 굴리며 바라보았다. 인도인들은 유난히 외국인을 빤히 쳐다본다. 자신들과 다른 인종이어서 신기하다는 듯 쳐다보는데 시선을 피할 곳이 없었다. 작은 도시인 잔시는 외국인이 드물어서 그럴 수도 있다는 생각이 들었다. 나는 시선을 어디 둬야 할지 몰라 스콧 피츠제럴드의 고독에 눈을 묻었다.

기차가 잔시역에 도착했다. 우리 일행은 각자의 플랫폼을 찾아 흩어졌다. 짐꾼이 내 캐리어를 머리에 이고 따라오라는 듯 앞서 걸었다. 바퀴 달린 가방을 끌지 않고 머리에 이고 가는 짐꾼의 모습이 낯설기도 하고 우스꽝스럽기도 했다. 가방을 끌면 편할 텐데, 왜 머리에 이고 가는 걸까. 하지만 가방을 끌고서는 인파 속에서 한 걸음도 나아갈 수 없다는 걸 아는 데 오래 걸리지 않았다. 짐꾼은 금세 사람들 속에 묻혀버렸고, 그가 머리에 이고 있는 내 가방이 인파 속에서 둥둥 떠다니는 모양새였다. 나는 가방을 표지 삼아 그의 뒤를 졸졸 따라갔다. 플랫폼까지 가방을 이고 온 짐꾼이 내 가방과 짐을 모두 기차에 실어주었다.

나는 복잡하기로 악명 높은 인도의 기차 환경을 경험해보길 살짝 기대했다. 하지만 내가 탄 기차 칸은 조용했다. 사람들은 하나같이 깔끔하고 품위 있었다. 의자에는 하늘색 등받이 시트가 씌워져 있고, 잡지도 최근에 발행된 것이었다. 굳이 비교하자면 우리나라의 무궁화호 열차와 비슷한 수준이랄까. 기차의 실내통로에는 직원이 스낵카를 밀고 다니며 간식을 배달했다. 장거리 비행기의 서비스처럼, 자리마다 땅콩과 비스킷 음료수를 제공하는 최상위 서비스였다. 이 훌륭한 기차를 두고 누가 무질서하다고 소문냈단 말인가. 나는 다람쥐처럼 입에 땅콩을 가득 욱여넣고 잡지를 들었다. 내가 탔던 기차 칸은 인도에서 상위 계급이나 부유한 사람들이 타는 곳이 라는 건 나중엔 가이드를 통해 알았다.

가장 성스러운 약속

중국 작가 위화(1960~)의 소설 「제7일」은 가난하게 살던 사람들이 죽어서도 안식처를 찾지 못하고 떠도는 이야기다. 소설의 주인공 양페이는 식당 폭발사고를 피하지 못하고 사망한다. 사고를 피할 찰나의 시간이 있었지만 그는 전처 리칭의 자살 소식이 실린 신문에서 눈을 떼지 못하고 있다가 불의의 사고를 당했다. 양페이는 9시까지 빈의관(화장터)에 와서 화장에 임하라고는 연락을 받았다. 죽은 양페이에게 스스로 와서 화장에 임하라는 소식이었다.

그는 자신의 죽음을 받아들이고 예약된 시간에 맞춰 빈의관으로 갔다. 빈의관 대기실에서 그는 화장 순서를 기다리며 화장된 자신의 유골이 어디로 갈지 고민에 빠졌다. 그는 유골함도 묘지도 없다. 가마에서 나오는 그의 유골을 받아주는 건 빗자루와 쓰레받기일 것이다. 화장된 후 유골이 빗자루에 쓸려 쓰레기통에 들어갈 것은 뻔한 일이었다.

양페이에겐 죽음을 애도하여 상장을 달아줄 사람도 유골을 안치하기 위해 묘지를 만들어줄 가족도 없다. 그가 태어날 때 기차선로에 떨어진 아기를 주워다 '양페이'라고 이름 짓고 키워준 양아버지는 양페이가 사망하기 전 실종됐다. 당의 고위 간부인 친부모를 찾아갔으나 부모와 형 누나는 서로 싸우기 일쑤였다. 그들은 어른이 되어 찾아온 양페이를 몹시 반가워했으나 시간이 좀 지나자 싫증을 냈고 귀찮아했다.

친부모와 형제를 견디지 못한 양페이는 다시 양아버지에게 돌아왔다. 하지만 양아버지는 늙고 병든 몸을 양아들에게 의탁하여 부담을 주기가 싫다는 쪽지를 남기고 그를 떠났다. 화장된 후 안장될 묘지가 없으면 평화로운 안식에 들 수 없다는 걸 알아차린 양페이는 화장터를 빠져나온다. 그리고 가난으로 인해 죽어서도 잠들 곳 없는 영혼들의 세계에서 떠돈다.

타지마할로 들어가는 '달빛정원'을 걷는데 난데없이 위화의 소설이 생각났다. 사실, 나는 위화의 번득이는 상상력이 샘난다. 소설을 읽고 난 후 많은 시간이 지나도 휘발되지 않는 기괴하고 독특한 그의 상상력은 어디서 오는 것일까. 항상 궁금하다. 그의 소설을 꼭꼭 씹어삼키며 그의 상상이 위화의 글이 아닌 내 글이 되어 나오기를 기대하곤 한다. 하지만 그것은 내 안에 체화되어 있다가 어떤 장소에서 불쑥 생각으로 떠오를 뿐이었다.

위화의 소설 「제7일」이 타지마할과 연관된 건 없다. 소설에서처럼 사후에도 부와 가난을 구분하고 규정짓는 게 옳은 일인지 모르겠다. 하지만 눈앞에 펼쳐진 타지마할의 아름답고 화려한 외양을 바라보니 그와 대비되는 소설 속 다른 세계가 떠올랐다. 유골함도 매장될 묘지도 없어서 구천을 떠도는 빈곤한 영혼들의 세계였다. 찬란하고 눈부신 사후세계와는 극단적으로 다른 사후세계가 떠오른 것이다. 위화의 소설을 읽지 않았더라면 그런 건 상상도 못했을 것이다. 소설은 불가능한 세계를 상상하게 한다. 타지마할의 내부 원형 돔을 올려다보니 양페이가 떠올랐고 돌아가신 내 부모님이 떠올랐다.

소설의 끝자락에서 잠들지 못한 영혼들은 스스로 위로한다. 사후세계에서는 가난도 없고 부유함도 없다. 슬픔도 고통도 원수도 원망도 없다. 우리는 모두 죽었고 평등하다고. 과연 그들의 생각이 옳은 것일까. 타지마할의 묘실을 한 바퀴 돌았다. 원형 천장에서 부감하는 영혼이 객을 반기듯 묘실에는 서늘한 공기가 맴돌았다.

타지마할은 무굴제국(1526~1857)의 대표적인 건축물이며 현재까지 가장 아름다운 무덤으로 알려져 있다. 타지마할은 1632년 무굴제국의 황제였던 샤 자한이 총애하던 부인 뭄타즈 마할을 기리기 위하여 건축했다. 뭄타즈 마할은 샤 자한의 두 번째 부인이다. 샤 자한의 궁전에는 5천 명의 후궁이 있었지만 황제와 결혼한 사람은 뭄타즈 마할이 유일하다. 뭄타즈 마할은 샤 자한의 14번째 아이를 낳다가 사망했다.

타지마할은 평소 아내를 극진하게 사랑했던 샤 자한이 아름다운 무덤을 만들어 아내와 재회를 약속했다는 게 정설이다. 하지만 뭄타즈 마할이 가장 아름다운 무덤으로 만들어달라고 유언했다는 설도 있다. 뭄타즈 마할이 사망하고 6개월 후부터 건설하여 완공까지 22년이 걸렸다. 타지마할은 '마할의 왕관'이란 뜻이다.

타지마할은 총 17헥타르에 달하는 거대한 무덤군으로 묘실을 중심으로 응접실과 모스크 등이 별도로 딸려 있다. 중심부인 무덤 건설은 1643년에 완료되었다. 추가 작업이 약 10년 동안 진행되어 1653년에야 현재의 모습이 완성되었다. 무덤 본관과 타지마할은 약 12년에 걸쳐 모두 완공되었고, 미나레트 모스크 응접실 등의 부속 건물은 약 10여 년이 더 걸렸다. 그러므로 타지마할의 완공 시점에 대해 약간의 논쟁이 있다. 무덤 자체의 건설은 1643년에 끝났으나, 보조 건물들의 완성은 10년 후에야 다 끝났기 때문이기도 하다.

흰색 대리석 돔 형식의 묘가 가장 널리 알려져 있으나 타지마할의 규모는 더 크다. 팔각형 돔으로 된 묘실은 1층 중앙에 왕과 왕비의 관을 두고 바깥쪽으로 방들이 자리잡고 있다. 묘실 1층에 있는 관은 가짜 무덤이며 진짜 무덤은 지하 3층에 있다. 묘실을 둘러싼 방들은 귀빈의 방문이나 기도, 제사, 접대를 위한 방이라고 한다. 묘실의 대리석은 큰 돔으로 천장까지 화려한 꽃잎이나 기하학적인 무늬로 장식되어 있다. 팔각형 벽의 한 면 길이는 약 55m이다. 발코니는 모두 완벽한 좌우 대칭을 이루고 있다. 이로 인해 타지마할은 완벽한 조형미와 대칭미를 자랑한다. 또한 무덤 본 건물 옆에는 총 4개의 미나레트 기둥들이 지어져 있다. 미나레트의 네 귀퉁이 높이 40m로 지진이 발생했을 때 본 건물에 피해가 없도록 미세하게 바깥쪽을 향하고 있다.

세상에는 나라를 말아먹은 궁전과 건축물들이 몇 있다. 타지마할도 그중 하나에 속하는 것으로 알려졌다. 타지마할을 건설하는데 당시 가치로 3천2백만 루피, 현재의 가치로는 8억2천7백만 달러가 소요되었을 것으로 추정된다고 한다. 나라의 재정이 휘청거릴 정도로 막대한 금액의 예산이 투입되었다. 코끼리 1천여 마리가 동원되어 붉은 사암과 하얀 대리석을 운반했고, 연간 2만 명의 인부들, 화가들, 보석세공인, 석공들이 타지마할의 건설에 참여했다.

타지마할을 이루는 반투명한 백색 대리석은 인도 라자스탄의 마크라나에서 가져왔고 펀자브에서 벽옥을 채취해왔으며 중국에서 옥과 수정 등을 들여왔다. 티베트에서는 터키옥이 들어왔고 아프가니스탄 지역에서 나는 벽옥색 라피스라줄리 등 보석들을 가지고 왔다. 스리랑카에서는 사파이어를 수입했으며 아라비아반도에서 난 홍옥을 사용하였다. 결과적으로 28종류에 달하는 보석들과 준보석들이 백색 대리석을 장식하는 데 사용되었다. 타지마할의 건축으로 인해 막대한 세금과 과도한 수탈로 민심이 악화하였고 샤 자한은 나이가 들어 정무에 무관심해졌다.

결국 샤 자한의 아들인 아우랑제브가 반란을 일으켜 샤 자한을 폐위한 후 아그라 성의 '무삼만 버즈'에 그를 감금했다. 이 사건으로 샤 자한은 감옥의 창문으로만 타지마할을 감상할 수 있는 신세가 되었다. 아그라 포트의 또 다른 스팟인 무삼만 버즈는 '포로의 탑'이라는 뜻이다. 무삼만 버즈는 감옥이지만, 궁전이라는 말이 더 어울릴 만큼 아름답고 화려하다. 새하얀 대리석의 정교한 조각과 금박으로 장식된 외관만이 아니라 분수와 정원이 어느 궁전 못지않게 화려하다.

샤 자한은 죽을 때까지 8년 동안 무삼만 버즈에 갇혀 살았다. 샤 자한이 세상을 떠나자 그의 유해는 타지마할 안에 있는 뭄타즈 마할의 무덤 옆에 안장되었다. 타지마할은 한때 나라를 말아먹었다고 오해받았지만 지금은 전세계에서 관광객을 불러들여 나라를 구하는 중이다. 1983년 타지마할은 유네스코 세계문화유산으로 등재되었다. 이후 한해 약 8백만 명이 관광객이 다녀간다고 한다. 그 수입이 얼마인지 내 머리로는 계산이 어렵다.

영국 작가 키플링은 타지마할을 보고 "순수한 모든 것, 성스러운 모든 것, 그리고 불행한 모든 것의 결정이다. 이 건물의 신비는 바로 여기에 있다"라고 썼다. 저녁 노을에 붉게 물들어 아기의 볼살처럼 발그레해진 대리석 건물 앞에서 나는 입을 다물지 못했다. 불가사의라는 말밖에 어떤 형용사가 더 필요하겠는가.

타지마할의 불가사의는 아름답다는 말보다 성스럽다는 표현이 더 어울릴 것 같다. 타지마할을 돌아보고 아그라 포트의 무삼만 버즈에 올라가 샤 자한의 애틋한 마음을 더듬어보았다. 석양이 멀리 흰 묘지 타지마할을 더욱 붉게 물들였다. 지켜지지 않을 약속을 남발하는 요즘, 한 남자의 약속은 성스러운 결실로 남아 있다. 멀리 타지마할을 바라보며 한 남자의 크나큰 사랑을 가늠해보았다. 그 사랑은 무한하고 광활하고 경이롭다.

구걸이라는 직업

아그라에서 라자스탄으로 이동했다. 인도의 사막이라 불리는 라자스탄에 도착했을 때 해가 기울었고 바람은 후텁지근했다. 라자스탄의 중심 도시인 자이푸르에서 잠시 여장을 풀었다. 타르사막에서 자이푸르 시내로 불어오는 바람은 흙과 모래먼지가 가득 실려 있었다. 흙먼지로 시야가 부옇고 눈을 뜨기 힘든데 어울리지 않게 이 도시의 별명은 '핑크시티'다. 사암으로 지은 건물들이 모두 담홍색을 띠고 있기 때문이다.

자이푸르에는 '핑크시티'라는 별명보다 더 멋진 역사와 유적이 많다. 구시가지 안에 유적으로 찬다르마할과 하와마할, 나하르가르 요새, 18세기의 천문관측소 등이 유명하다. 시외의 가까운 곳에는 라자스탄의 골자인 암베르성이 있고 북서쪽에는 세상에서 가장 무서운 유령도시로 알려진 '반가라'가 있다.

자이푸르는 암베르 통치자인 자이 싱 2세에 의해 건설된 도시다. 자이 싱의 궁전은 1729년에 건축된 찬드라마할과 1799년에 지어진 하와마할이 있는데, 하와마할은 '바람의 궁전'으로 유명하다. 하와마할은 평생 궁궐 안에서만 생활해야 하는 궁녀들을 위해 지어진 궁전이다. 시가지의 모습을 궁녀들이 성 안에서 구경할 수 있도록 성벽에 많은 창을 내어 배려했다. 그런 까닭에 바람의 궁전에는 벌집처럼 많은 창이 있다. 그 창문으로 바람이 들어온다고 하여 '바람의 궁전'이라는 별명을 가지게 되었다.

날이 저물었다. 자이푸르 문화거리에서 일행은 자유시간을 보내기로 했다. 북쪽인데다 12월이라 다섯 시도 안 됐는데 날이 저물었다. 우리는 두 시간 뒤에 '바람의 궁전' 앞 광장에서 만나기로 하고 각자 흩어졌다. 나는 구도시의 상업지역을 한 바퀴 돌았다. 과거에는 보석이 많이 생산되어 부유했다는 자이푸르의 옛 거리였다.

사막에서 신는 신발과 터번, 다양한 문양의 카펫이 즐비했다. 낙타 가죽으로 만든 지갑과 가방들은 디자인이 단순하지만 튼튼해 보였다. 낙타 가죽이라 그런가, 신발과 가방은 가격이 제법 나갔다. 주로 사막에서 사용하는 물건들이 많아 가까운 곳에 사막이 있다는 게 실감났다. 구도심 상가를 한 바퀴 돌고 돌아왔지만 일행들과 만나려면 한 시간이 남았다. 산책을 마친 나는 바람의 궁전 앞 광장에서 있었다.

날은 어두워지고 아는 사람 하나 없는 도시는 낯설었다. 둘씩 셋씩 무리지어온 관광객들은 즐겁게 떠들며 바람의 궁전을 배경삼아 사진을 찍었다. 날이 어두워지자 광장은 불을 밝혔다. 바람의 궁전을 장식하는 조명은 번갈아 색을 바꿨다. 색이 바뀔 때마다 사람들이 탄성과 환호를 질렀다. 조명을 받은 궁전은 낮에 보았던 것보다 더 화려하고 아름다웠다.

나는 누군가를 기다리는 모양새로 한자리에 우뚝 서 있었다. 결국엔 관광버스가 나를 데리러 오겠지만, 나는 곁에 아무도 없다는 생각에 쓸쓸한 마음이었다. 모래 먼지가 머리부터 눈 코 입 그리고 마음에도 잔뜩 쌓이는 기분이었다.

그때 누군가 내 손을 잡아당겼다. 내려다보니 작은 여자아이였다. 아이는 내게 나뭇가지처럼 앙상한 손을 내밀었다. 미묘하게, 가식적인 미소를 지으며 돈을 달라는 것이다. 가이드는 아이들에게 절대 돈을 주어선 안 된다고 신신당부를 했다. 만약 한 아이에게 돈을 주면 주변의 거지들이 다 몰려들어 순식간에 뼈만 남을 것이라며 겁을 주었다. 가이드는 아이들에게 돈을 주었을 때 어떤 일이 일어나도 책임지지 않겠다고 했다. 날이 저물었는데 아이가 저녁은 먹었을까 걱정됐다. 하지만 나는 강해지기로 했다. 나는 '노'라고 말한 뒤 그 아이를 외면했다. 그러는 내가 정말 모질고 매정하다. 하지만 나는 바람의 궁전 앞을 떠도는 거지 아이들을 다 감당할 수 없다.

내가 거절하자 여자아이는 다른 여행객을 좇아갔다. 내 시선이 아이의 발길을 따라갔다. 곧 친절한 서양인에게 무언기를 얻은 아이가 쏜살같이 차도로 뛰어갔다. 찬찬히 살펴보니, 차도에 아이의 가족인 듯한 사람들이 모여 있었다. 젊은 아빠, 갓난아기를 안고 있는 엄마, 다른 여자아이, 구걸하던 여자아이 다섯 식구였다. 온 가족이 차도에서 생활하는 듯했다.

여자아이는 방금 얻어온 무언가를 아빠에게 건넸다. 모래사막의 먼지를 흠뻑 뒤집어쓴 가족의 모습은 처참했다. 걸음마를 막 뗀 듯한 남자아이는 바지는 고사하고 팬티도 안 입은 알몸이었다. 12월의 밤바람이 어느 도시라서 싸늘하지 않을까. 아이는 누군가 주고 간 풍선을 가지고 놀다 놓치고 말았다. 풍선이 차도로 날아가 릭샤 정글에서 터져버렸다. 풍선을 잃은 아이는 도로에 드러누워 떼를 쓰며 울기 시작했다. 찻길에서 위험천만한 짓이었다. 젊은 아빠와 엄마는 아이를 달래지 않고 내버려두었다. 그들은 우는 아기를 달랠 힘도 없다는 듯 무기력하게 지켜볼 뿐이었다.

젊은 아빠의 어깨는 물먹은 솜덩이처럼 처져 있었다. 이윽고 아기를 안은 엄마는 지나가는 사람들에게 젖병을 들이댔다. 밤 사이 아기에게 먹일 우유를 도와달라는 것 같았다. 젊은 가장이 짊어진 삶의 무게가 버겁게 느껴졌다. 내게 떼를 쓰던 여자아이보다 젊은 아빠에게 더 연민을 느낀 건 삶이 주는 무게를 알기 때문이다. 저 젊은 아빠는 내가 느끼는 것보다 몇 배 더 무거운 삶을 짊어지고 있을 것이다. 가이드의 말처럼 저 가족의 거지 행세가 그냥 코스프레일 수도 있다. '아니다. 저 가족은 돈을 얻지 못하면 당장 저녁을 굶어야 할 수도 있다.' 나는 광장에 서서 진실을 파헤치려고 그 가족에게서 눈을 떼지 못했다.

진실이 무엇이든 나는 그들이 배를 곯지 않았으면 좋겠다는 생각이 들었다. 생각이 정리되자 지갑에서 돈을 꺼냈다. 가족들이 가까운 식당에 가서 한 끼 식사를 해결하기에 충분한 돈이었다. 마침 일행이 길 건너 주차장에 우리 버스가 도착했다고 알려주었다. 우글우글한 릭샤의 밀림을 뚫고 도로를 건너야 했다.

차도를 건널 때 나는 젊은 아빠의 손에 돈을 쥐여주고 빠르게 그 앞을 지나갔다. 그 적선은 어쩌면 나의 연민을 달래기 위함이었다. 그것은 그 가족이 단란하게 식사하는 모습을 상상하며 행복해지려는 내 감정의 위선이었다. 그들이 배를 곯든 말든 나와 무슨 상관이란 말인가 생각하며 지나칠 수 있었다.

젊은 아빠에게 내 적선은 돈 이상이었다. 비지니스의 발견이었다. 그때부터 나는 그들의 타깃이 되었다. 위험한 찻길을 건너 버스 주차장까지 걸어가는데 누군가 따라왔다. 알고 보니 그 젊은 아빠의 딸들이었다. 여자아이 둘이 양쪽에서 나를 붙잡았다. 그리고 집요하게 돈을 요구하며 길을 막았다. 아이들이 옷자락을 붙들고 늘어지는 바람에 한 걸음도 앞으로 나아갈 수 없었다. 마치 빚 걸린 사람에게 붙잡힌 모양새였다. 아무리 거절해도 소용이 없었다. 말도 통하지 않는 여자아이들의 구걸은 집요하고 질기기까지 했다. 아이들의 집착이 점점 무섭게 느껴졌다. 나는 여자아이들을 혹처럼 달고 버스 주차장에 도착했다. 그렇게 끈질긴 아이들은 처음이었다. 여자아이들과 실랑이를 하는 내게 가이드가 다가왔다. 그는 험악한 표정을 지으며 인도말로 아이들에게 버럭 소리질렀다. 그러자 그 아이들은 "유아어노오뜨코리언." 소리치며 달아났다. 그건 인색한 한국 사람에게 하는 욕이란다.

그 여자애들은 하고많은 사람 중에 왜 나를 따라왔을까. 그건 내가 보스에게 돈을 주었기 때문이라고 가이드가 말했다. 그 젊은 아빠와 아이들은 가족이 아니라 한 팀이라고 한다. 보스는 아이들에게 내 뒤통수를 가리키며 목표물을 찍어주었고, 그 여자아이들은 보스의 지시에 따라 나를 집요하게 따라온 것이다. 적선하면 그들은 고마워하는 것이 아니라 하이에나처럼 몰려들어 물어뜯는다고 한다. 인도에서 구걸은 하나의 직업이다. 구걸하는 아이들 뒤에는 보스가 있고 조직이 있다. 그 아이들은 구걸이라는 직업에 도구로 이용된다고 한다. 어쩌면 보스가 타깃을 찍어줬는데 한 푼도 얻어가지 못한 아이들은 밥 대신 매를 맞아야 했는지도 모르겠다.

내 동화적 상상을 물어뜯은 코브라

"반가라는 심장근육이 단단한 사람만 들어갈 수 있어요. 반가라를 제대로 느끼려면 마을에 혼자 들어가야 합니다. 생각해보세요. 아무도 살지 않는 빈 도시, 원숭이 울음소리, 호랑이 보호구역으로 지정된 산, 뒤통수가 서늘한 음산함…." 유령도시 반가라를 소개하며 가이드는 스스로 공포에 몸을 떨었다. 무더위에 지치고 피곤한 일행들은 듣는 둥 마는 둥 흔들리는 버스에 몸을 맡긴 채 졸고 있었다.

자이푸르의 북서쪽에 있는 반가라는 '세상에서 가장 무서운 유령도시'로 알려져 있다. 사실 빈 도시를 여행하기 전에는 그런 곳이 있다는 걸 몰랐다. 반가라에 혼자 들어갈 용기가 있는 사람은 들여보내주겠다는 가이드의 농담에 혼자는 못 가겠다고 맞장구쳤다. 인도인들도 반가라는 저주받은 땅이라며 접근을 꺼린다고 한다. 반가라 마을 입구에는 위험을 알리듯 '일몰 후 출입금지' 표지판이 붙어 있었다.

반가라는 1630년에 이후 폐허로 남아 있는 도시다. 이유는 전쟁으로 부서진 도시를 버리고 다른 곳에 새 수도를 세우면서 빈 도시가 되었다고 한다. 반가라는 이후 약 400년 동안 사람이 접근을 피하는 유령도시다. 최근에는 서양인 탐험가들이 자신의 담대함을 실험하기 위해 반가라에 들어가는 일이 잦아지면서 관광객이 늘고 있다. 폐쇄된 도시가 품고 있는 전설이 나그네의 발길을 붙든다.

전설에 의하면 1600년 당시 근처 성에 아름다운 공주가 있었다. 공주를 탐하여 호시탐탐 기회를 노리던 마술사는 공주의 기름병에 마술을 걸었다. 공주가 기름을 몸에 바르면 즉시 마술사에게 달려오는 주술이었다. 우연히 이 사실을 알게 된 공주는 기름을 몸에 바르지 않고 바위와 돌무더기에 뿌렸다. 그러자 바윗덩이들이 마술사에게 달려들었다. 마술사는 바윗덩이에 깔려 죽으며 이 마을에서 아무도 살아남지 못하리라는 저주를 남겼다. 얼마 후 전쟁이 일어나 마을은 부서졌고, 사람들은 단 한 명도 살아남지 못했다고 한다.

반가라 마을에 들렀다가 가까운 암베르성으로 이동했다. 암베르성은 도시의 지형을 따라 높은 산에 우뚝 서 있다. 성에 올라가려면 전동 릭샤를 타야 했다. 가이드가 릭샤를 구하는 동안 성 주위를 둘러싼 해자를 따라 걸었다. 해자 주변에는 관광객의 눈길을 끄는 퍼포먼스가 많았다. 그중 눈에 들어온 것은 코브라 쇼였다. 알라딘이나 신밧드 아라비안나이트 그런 애니메이션 동화에서 보았던 코브라 쇼를 실제로 보다니, 신기했다. 동화에서처럼 남자가 피리를 불자 바구니에 있던 코브라가 피리 소리에 맞춰 몸을 세웠다. 그 모습이 마치 피리 소리에 맞춰 춤을 추는 듯했다. 피리 소리가 끝나면, 천하의 맹독을 가진 코브라가 얌전히 바구니에 들어가 똬리를 틀고 앉자 피리 소리를 기다렸다.

내가 코브라에 관심을 보이자 코브라 주인이 와서 만져보라고 했다. 독이 없는 뱀도 징그럽고 끔찍한데, 감히 코브라를 만지지는 못했다. 하지만 야생성을 잃어버린 코브라는 생각보다 무섭지 않았다. 코브라는 주인과 눈을 맞추고 주인의 손길을 따라 재롱을 부렸다. 코끼리도 삼킨다는 코브라를 마음대로 부리다니. 코브라 주인은 마법사이거나 불사신일지 모른다. 저 무서운 독사를 춤추게 하는 힘은 뭘까.

나는 코브라에서 눈을 떼지 못했다. 무서운 뱀이라는 고정관념이 사라지고, 친근한 존재로 느껴졌다. 코브라 주인이 가까이 오라고 손짓했다. 그리고 사진을 찍으라며 손으로 카메라 표시를 했다. 인도에서는 길거리 퍼포먼스에 1달러를 넣고 사진을 찍을 수 있다. 나는 코브라와 사진을 찍었다. 사진을 찍고 바구니에 1달러를 넣자 코브라 주인이 "땡큐!" 하며 허리춤 잔대에 돈을 구겨넣었다.

암베르성에 올라갈 전동 릭샤가 도착했다. 나는 릭샤를 타기 위해 걸음을 옮겼다. 릭샤 주차장까지 걸어가다보니 여러 군데서 고브라 쇼가 벌어지고 있었다. 처음이 놀랍지, 자주 보면 그것도 흥미가 떨어진다. 릭샤가 막 출발하려는데 사진을 찍었던 코브라의 주인이 허둥지둥 나를 찾아왔다. 그는 빠른 말로 돈을 달라고 소리쳤다. 그가 소리치니, 내가 마치 사진 찍고 달아난 파렴치한이 된 것 같았다. 나도 지지 않고 "돈 줬잖아" 하며 맞장구쳤다. 그러자 "너 10달러 줘야 해" 한다. 뱀과 사진 찍었으니 10달러를 달라는 것이다.

나는 잠시 어이없었다. 나는 돈을 줄 수 없다며 거절했다. 그는 릭샤가 출발하려는데 졸졸 따라오며 10달러를 달라고 졸라댔다. 다른 관광객들이 나와 코브라 주인을 호기심 어린 눈으로 바라봤다. 돈을 주지 않자 그는 릭샤를 따라오며 망신주자는 속셈 같았다. 나는 단호하게 결심을 내렸다. 나는 화난 얼굴로 릭샤에서 뛰어내렸다. 그리고 코브라 주인에게 말했다. "너 나 따라와." 나는 그와 결투라도 벌일 태세였다. 나의 갑작스러운 태도에 그가 주춤했다. 지렁이도 밟으면 꿈틀한다고, 나도 참지 않기로 했다.

내 돌발행동에 주춤하던 그가 순순히 따라왔다. 나는 그를 근처에 서성이는 경찰인지 경비인지에게 끌고갈 셈이었다. 흥분한 나를 발견한 가이드가 뛰어왔다. 나는 가이드에게 이 상황을 설명하고 경찰에게 신고하겠다고 말했다. 내가 가이드와 이야기 나누는 동안 상황을 눈치챈 코브라 주인이 줄행랑을 놓았다. 정말이지 내 동화 속 상상이 모두 부서지는 순간이었다.

빗자루 몽둥이로 얻어맞은 꼴

암베르성은 자이푸르 도심에서 약 11㎞ 떨어진 외곽에 있다. 이 성은 2013년에 유네스코 세계문화유산으로 지정되었다. 암베르성에 들어가려면 성 주위를 둘러싼 해자를 건너 가파른 산등성이를 올라가야 한다. 우리는 전동 릭샤를 타고 빠르게 올라가는데 코끼리 등에 앉아 느릿느릿 성에 오르는 사람들이 눈에 띄었다. 전동 릭샤로 가파른 길을 쉽고 빠르게 올라가면서 뒤뚱뒤뚱 느릿느릿 걷는 코끼리를 탄 사람들이 부러웠다. 나도 코끼리를 타고 싶었다.

암베르성은 1592년에 자이푸르의 라자만 싱이 건축을 시작하여 18세기 스와이자이 싱에 의해서 완성되었다. 라자만 싱에게 12명의 아내가 있어서 성에는 왕비를 위한 12개의 방과 4개의 안뜰이 있다. 성은 4층 건물이고 층마다 안뜰이 있다. 암베르성은 바위 등으로 이루어져 있는 험준한 산악지대에 자리잡고 있다. 이는 지형을 활용한 방어 목적으로 지은 성이기 때문이라고 한다.

암베르성은 무굴 건축의 영향을 받은 라지푸트 양식의 대표적인 건축물이다. 붉은 사암과 대리석을 이용해 힌두와 이슬람 양식이 조화를 이루고 있다. 내부 벽을 거울 조각으로 붙여놓은 모자이크와 벽화들로 장식되어 있다. 벽에 다가서면 거울 조각들이 방향에 따라 다른 빛을 낸다. 스테인드글라스로 장식한 창문은 화려하고 섬세하며 아름답다.

산꼭대기 성의 전망대에서 내려다보니 저 아래 해자와 마을의 모습이 한눈에 보였다. 한때 나라를 이끌었던 권력과 부와 명예, 성을 장식했던 수많은 보석과 아름다운 여인들이 모두 세월 속으로 사라졌지만, 꼬리를 물고 올라오는 코끼리들 행차와 평화로운 마을의 풍경은 그때나 지금이나 다르지 않았을 것 같다.

산 아래에서 올라오는 바람이 서늘했다. 이슬람 건축의 특징인 아치형 창문으로 들어오는 바람은 달콤했다. 바람을 맞으니 저절로 피로가 풀리는 듯했다. 나는 몽롱한 표정으로 전망대 앞에 앉아 있었다. 성을 관리하는 아주머니들이 싸리 빗자루를 옆에 두고 바람을 만끽하고 있었다. 그녀들은 하나같이 검은 피부에 깡마르고 얼굴이 수척했다. 등이 꼿꼿한 걸로 보아 젊은 여성인데 수척하고 왜소한 체구여서 나이를 가늠하기 힘들었다. 마당을 쓸다가 휴식 시간인지 몇몇은 햇빛 아래 누워 있고, 몇은 내실로 올라가는 계단에서 쉬고 있었다.

계단의 여성들이 수군대며 나를 관찰하는 걸 느꼈다. 무슨 이야기를 나누는지 신경이 쓰였지만 알아들을 수 없다. 나를 유심히 살피는 모습이 몹시 신경쓰였다. 전망대를 벗어나 안뜰로 가기 위해 자리에서 일어났다. 그러자 나를 살피던 한 여성이 다가와 말했다. 함께 사진을 찍자는 것이다.

앞서 말했듯 인도인들은 한국 사람을 진짜 좋아한다. 인도를 여행하는 내내 함께 사진 찍자는 사람이 많았다. 그래서 이즈음엔 '한국에서는 안 먹히는 내 외모가 인도에서는 먹힌다'는 착각에 빠져 있었다. 나를 콕 찍어 사진 찍자는데 그런 제안을 거절할 수 있겠는가. 찰칵! 생판 모르는 사람과 친한 척 포즈로 사진을 찍었다. 그리고 돌아서는데 그 여자가 내 옷자락을 잡았다. 사진을 찍었으니 돈을 내놓으라는 것이다.

나는 당황했다. 여행이 막바지라 준비해온 돈이 모두 떨어졌다. 외곽으로만 여행을 다니던 터라 환전이 필요하지도 않았고, 환전할 곳도 없어서 빈 지갑으로 다녔다. 지갑엔 루피화 푼돈밖에 없었다. 나는 지갑에 남아 있는 루피화를 모두 꺼내 그녀에게 주었다. 그러자 그녀는 정색하며 달러를 요구했다. 나는 지갑을 보여주며 돈이 없다고 말했다. 돈을 주고 싶어도 줄 수 없는 상황이라 난처했다. 그러자 그녀가 내게 알아들을 수 없는 말을 퍼부었다. 나는 얼이 나간 채 못마땅해하는 그녀를 바라보았다. 그녀의 빗자루 몽둥이로 한 대 맞은 기분이었다.

자이푸르에서는 유난히 구걸하는 사람이 많아 힘들었다. 바람의 궁전 앞 아이들이나, 성의 해자 앞에 코브라 주인, 암베르성 아주머니까지 겪으며 그들의 어려운 형편을 짐작할 수 있었다. 자이푸르는 사막 지형이라 사람들이 궁핍한 생활을 한다는 말을 들었다. 창고에 먹을 것을 쌓아두고 구걸할 사람이 어디 있겠는가. 그들을 이해할 수 없는 건 아니지만, 구걸하는 방식이 너무 노골적이고 집요해서 당황했다. 좀 더 정중하게 도움을 청하는 방식은 없을까. 어려운 사람을 살피는 건 인간에게 장착된 심성이다. 그런 이유일까, 그들에게 도움을 주지 못해 약간은 가책이 느껴졌다. 돈이 뭐라고, 오나가나 돈 때문에 수난이었다.

배우고 실천하라는 가르침

간밤의 어둠을 타고 여행의 출발지였던 뉴델리로 돌아왔다. 인도의 수도를 뭄바이나 캘커타로 착각하는 사람이 의외로 많다. 나 역시 최근까지 인도의 수도를 뭄바이로 알고 있었다. 하지만 현재 인도의 수도는 델리다. 델리는 인도의 정치, 경제, 문화의 중심지이며 크게 올드델리와 뉴델리로 나뉜다. 올드델리는 13세기에서 18세기까지 무굴제국의 중심지였다. 오늘날에도 올드델리에는 구도심을 중심으로 이슬람문화의 흔적이 많이 남아 있다. 반면 뉴델리는 인도를 통치했던 영국이 1911년에 수도를 캘커타에서 델리로 옮겨와 발전시켰다. 뉴델리 지역에는 도시계획에 따라 지어진 현대식 건물과 곧은 길들이 사방으로 뻗어 있어 현대적이고 세련된 도시이다. 뉴델리는 북인도의 관문이며 인도에 오면 반드시 며칠은 머물고 싶어지는 화려하고 아름다운 도시다.

이른 아침, 마하트마 간디의 화장터가 있는 뉴델리의 라지가트공원으로 갔다. 라지가트Raj Ghat는 1948년 1월 30일, 극우파 힌두 청년에게 암살당한 마하트마 간디의 유해를 화장한 곳이다. 공원 잔디밭 중앙의 검은 대리석 대좌 위에는 밤새 다녀간 사람들이 헌화한 금잔화가 수북이 쌓여 있었다. 대좌에는 그가 마지막으로 남긴 말인 '오 신이여!'가 새겨져 있다. 대좌에 묵념을 올리고, 운동화에 아침 이슬을 적시며 라지가트공원을 한 바퀴 돌았다. 라지가트에서 벗어나 간디거리까지 걸어갔다. 간디거리에 있는 간디 기념박물관에는 그의 유품과 사진, 도서가 전시되어 있다. 마지막까지 검소했던 그의 유품과 의복이 인상적이었다.

공원을 벗어나며 내가 마하트마 간디에 대해 알고 있는 게 무엇인가 생각했다. 그가 쓴 책을 읽은 적이 있다. 인도인들이 힌두교 경전처럼 읽는 『바가바드 기타』이다. 『바가바드 기타』는 브라만 계급의 교육지침서로 경전처럼 쓰여서 일반인이 접근하기 어려운 책이다. 마하트마 간디는 최초로 『바가바드 기타』에 주석을 달아 경전의 해설서를 내놨다. 그리고 모든 국민이 『바가바드 기타』를 쉽게 이해할 수 있기를 바란다는 발문을 넣었다. 번역가 이현주 선생님이 번역하여 지금은 우리도 『바가바드 기타』를 읽을 수 있게 됐다. 나는 그 책이 상당히 난해하고 이해하기 어려웠던 것으로 기억한다. 하지만 인간은 부지런히 배워야 하고 배운 걸 반드시 행동으로 옮겨야 한다는 가르침을 아직 기억하고 있다.

암튼, 유명한 사람은 만난 적이 없어도 만난 것 같고 그에 대해 아는 것이 없어도 우리는 다 아는 듯한 착각에 빠진다. 내가 간디에 대해 모르면서 안다는 착각에 빠진 것처럼. 그래서 위키백과에서 간디를 검색해보았다.

마하트마 간디는 1869년 인도 서부의 항구도시인 포르반다르의 명문가에서 태어났다. 부모에게서 자이나교의 교육을 받았으며, 일곱 살 때 아버지가 수상으로 부임한 라지코트로 이사했다. 아버지는 아들을 아끼고 배려하는 분이었으며, 어머니는 힌두교의 교리와 전통을 성실하게 지키는 힌두교 신자였다. 이러한 가정환경은 간디에게 고지식할 정도로 정직한 성격과 성실한 믿음을 심어주었다. 간디는 육체적 욕망을 극도로 제한하고, 때로는 금식으로 속죄하였다.

간디는 변호사로 남아프리카 연방에 갔다가 백인들에게 박해받고 사는 인도인들의 비참한 현실을 목격하고 큰 충격을 받았다. 이에 인종차별 반대투쟁 단체를 조직하고 그는 직접 지도자로 활동한다. 인종차별과 압박에 대한 투쟁, 자기실현을 위한 노력은 훗날 그가 인도에서 전개하는 독립운동의 모태가 된다. 간디는 인도의 독립운동가이자 사회운동가 노동운동가였다. 간디의 정치 종교 사상의 근본은 비폭력이다. 그는 비폭력만이 최후의 승리임을 확신하고 정치활동에 그대로 실천하였다. 정치적인 목적을 위한 모든 폭력을 거부했으며 그의 비폭력주의는 국제적으로도 큰 센세이션을 일으켰다.

또한 사회적 계급 제도의 타파에 노력하였으며 불가촉천민의 해방을 실천하였다. 한편으로 그는 불가촉천민에 대한 사회적 차별에 분노했지만, 결코 카스트 제도를 부정하지 않았다. 그리하여 카스트 제도를 떠받치고 있는 힌두교를 옹호하며 일생을 보냈다는 비판도 있다. 1918년, 간디는 인도 국민회의의 지도자 역할을 맡은 것을 전후로 자유를 얻기 위한 투쟁의 선봉에 선다. 이때부터 간디는 인도의 상징 중 하나가 되었으며 '위대한 영혼'이라는 뜻의 '마하트마Mahatma'로 불리게 되었다. 마하트마라는 호칭은 시인 타고르가 지어준 것으로 알려져 있다.

간디의 많은 관록 중 비폭력으로 자국의 독립을 끌어낸 사건은 유명하다. 간디는 1942년 영국에 대하여 인도 철퇴의 요구, 불복종 운동을 일으키다 투옥되었다가 석방되기를 반복하였다. 석방 후에도 독립을 위해 저항하였으며, 델리에서 인도와 파키스탄과의 융화에 전력하였다.

1947년 8월 15일, 인도는 드디어 영국으로부터 독립했다. 그러나 이슬람교도는 파키스탄으로, 힌두교도는 인도로 나뉘는 민족 분열이 벌어졌다. 당시 종교갈등으로 수만 명이 학살당하자, 간디는 이슬람교도와 힌두교도의 화합을 위해 노력했다. 그러나 그의 활동은 극단적 보수파 힌두교 신도들에게는 이슬람교도를 편드는 것처럼 보였다. 결국 1948년 1월 30일에 뉴델리에서 열린 저녁기도회에 참석했다가 반이슬람 성향의 힌두교 급진주의자 나투람 고드세에게 총을 맞아 암살당했다. 그의 나이 78세였다.

마하트마 간디 노력 명언 7가지

1. The future depends on what we do in the present.

미래는 현재 우리가 무엇을 하는가에 달려 있다.

2. There is more to life than increasing its speed.

인생에는 서두르는 것 말고도 더 많은 것이 있다.

3. You must be the change you want to see in the world.

세상에서 보기를 바라는 변화, 스스로 그 변화가 되어야 한다.

4. Almost anything you do is insignificant, But it is very important that you do it.

당신이 하는 거의 모든 일이 사소하다. 하지만 당신이 하는 그것은 매우 중요하다.

5. Indolence is a delightful but distressing state; we must be doing something to be happy.

게으름은 즐겁지만 괴로운 상태다. 우리는 행복해지기 위해 무엇인가 하고 있어야 한다.

6. Always aim at complete harmony of thought and word and

deed. Always aim at purifying your thoughts and everything will be well.

항상 생각과 말과 행동이 완전한 조화를 이루도록 하라. 늘 생각을 정화하는 것을 목표로 하면 모든 것이 잘될 것이다.

7. A man is but the product of his thoughts. What he thinks, he becomes.

인간은 오직 사고(思考)의 산물일 뿐이다. 생각하는 대로 된다.

뉴델리를 떠나며

한 번의 여행으로 인도를 다 볼 수는 없다. 한 번 다녀와서 인도를 안다고 할 수도 없다. 인도를 알려면 적어도 열 번은 가봐야 한다는 생각이 들었다. 인도는 면적으로 치면 세계에서 일곱 번째로 큰 땅덩어리에다 인구는 14억3천 명으로 단연 세계 1위다. 역사는 2만 년의 기록을 갖고 있다. 그런 역사를 증명하듯 방대한 문화유산은 평생 봐도 다 볼 수 없을 것이다. 앞으로 기회가 되면 인도에 다시 오리라고 다짐했다. 인도를 떠나야 하는 아쉬운 마음을 기약 없는 다짐으로 달랬다.

인디라 간디공항에서 출국 수속을 마치고 비행기 탑승을 기다렸다. 한국행 비행기가 30분 지연된다는 방송이 송출됐다. 인도에서 버스나 기차가 한두 시간 늦어지는 건 흔한 일이다. 비행기 지연 이유가 승객의 안전을 위해서라는데 더 따져서 무얼하랴. 비행기를 기다리는 일은 지루하다. 하지만 비행기의 출발이 늦어지는 게 반가울 때도 있다. 뉴델리에서 한국행 비행기가 그랬다. 잠깐의 시간을 선물 받은 느낌이었다. 좀 더 머물다 가라고, 인도가 나를 붙드는 것 같았다.

공항 대기실에서 잠시 쉼표를 찍었다. 터미널에는 사람들이 각자의 목적지를 향해 분주히 걸어갔다. 사람 많은 인도답게 공항 대기실도 만석이고 북적였다. 내 옆자리의 인도 여학생이 마치 이사라도 가는 듯 이런저런 짐을 의자와 의자 사이로 밀어넣었다. 그녀의 보따리 등쌀에 내 다리가 한쪽으로 쏠렸다. 그녀는 미안하다는 듯 나를 바라보며 미소지었다.

한국에 가는 길이냐고 내가 먼저 그녀에게 말을 걸었다. 그녀가 씩 웃으며 그렇다고 대답했다. 알지도 못하는 인도 사람이 한국에 간다는데 나는 어쩐지 반가웠다. 스무 살 초반의 그녀는 한국 대학으로 간호학을 공부하러 간다고 했다. 서울로 가느냐고 물었더니 서울은 아니라고 한다. 그러면서 학교 이름을 자랑스럽게 말했다. 나는 그녀가 말하는 한국 학교 이름이 인도말 같아서 알아듣지 못했다.

그녀가 짊어진 빨간 가방은 무거워 보였다. 넉넉지 않은 형편인 듯한 낡은 가방과 기대에 부푼 얼굴이 대조적이었다. 그녀는 긴장과 두려움, 뭔지 모를 복잡하고 미묘한 표정이었다. 기대감으로 홍분된 얼굴에 불안이 묻어 있다고 할까. 하긴 잘 모르는 나라에 가는

데 왜 불안하지 않겠는가. 외국으로 공부하러 가는데 왜 가슴이 뛰지 않겠는가. 게다가 인도 젊은이들이 선망하는 나라로 공부하러 간다니 흥분되는 마음을 이해할 수 있었다. 그녀는 가족 친구들과 헤어지는 게 아쉬운지 전화기를 붙들고 연신 누군가와 통화했다. 통화가 끝나면 우리는 다시 이런저런 이야기를 나눴다. 한국으로 유학을 결정하기 쉽지 않았을 텐데, 자신의 꿈을 향해 나아가는 그녀가 대견했다.

여행에서 돌아오는 길, 나는 무엇을 얻었는가 생각했다. 여행을 나설 때의 설렘과 달리 돌아올 때는 약간의 성찰을 한다. 그것은 나의 모든 여행이 소비적 유희에 그치지 않기를 바라는 마음에서다. 우리는 누구나 성장하고자 하는 목표를 갖는다. 그 목표가 크든 작든 무의식에 설정된 목표를 향해 조금씩 나아가는 것이 일상이고 삶이다. 무거운 짐을 메고 한국으로 공부하러 가는 인도 여학생이 유학을 마치고 돌아올 무렵이면 지금과는 다른 사람이 되어 있을 것이다. 그녀가 등에 봇짐을 메고 집을 나온 순간 그녀는 가족 품에서 어리광부리던 애가 아니다. 한국이라는 곳에 내디딘 첫발은 그녀의 성장에 도움닫기가 되어줄 것이다.

이처럼 우리는 무의식적으로 변화하고 성장하기 위해 행동한다. 어제의 나와 오늘의 나가 다른 것은 시간을 통해 변화를 거쳤기 때문이다. 나의 여행도 그런 것이길 바라는 마음이다. 세상으로 나아가 직접 경험하고 부딪히며 시야를 넓히고, 그것이 생각에만 그치지 않고 실천하기를 바라는 마음이 있다. 나는 다시 묻는다. 북인도에서 열흘하고 이틀 동안 흙먼지 모래 먼지를 휘젓고 다니며 무엇을 보았는가. 나는 답을 말할 수 없다. 하지만 벅찬 가슴은 분명히 어제와 다른 '나'를 느낀다.

제4장
태국

2023. 1. 31. (화)

부처를 일으킨 보리수

치앙마이 가는 길

형벌의 딜레마

총부리 제치고 커피 한 잔

골든 트라이앵글

피는 달고 맛있어

또깨또깨뚯깨~~

끄라비 해변의 요가

연장과 취소는 뭐가 다를까?

2023. 1. 31. (화)

"우리가 시간을 통해 얻는 것과 잃는 것은 기록으로 갈린다. 사소한 것이라도 기록하면 기억에 남지만, 기록하지 않으면 곧 사라져버린다. 이처럼 기록은 개인적 경험과 일상을 남기거나 혹은 탈락하게 한다." 어느 작가가 자신의 유튜브 채널에서 메모의 중요성을 성토하는 걸 나도 공감했던 적이 있다. 나 역시 기록의 중요성을 알고 있지만 잘 실천하지 못했다. 이십대에는 꾸준히 일기를 썼다. 그것은 글이 아니라 내 결핍의 하소연이었다. 누구에게도 꺼내놓지 못한 걸 끄적거려놓은 사소한 이야기들이다. 사십대에는 아이들을 키우고 일하느라 나의 내면을 들여다볼 시간이 없었다.

지금 생각해보면, 이십대의 기억은 총총하고 선명하다. 마치 어제 일처럼 느껴진다. 그 이유는 일기장이다. 나는 종종 옛사람이 그리울 때면 그 일기장을 들여다보며 과거의 일을 떠올렸다. 그리고 시간이 흐른 뒤에는 불편했던 감정이나 좋지 않은 일들도 기억은 아름답게 간직한다는 것을 알았다. 반면 일기를 쓰지 않았던 사십대의 기억은 전무하다. 사십대는 현재의 직전인데 아무것도 생각나지 않는다. 나는 사십대에 살아 있기나 했던 걸까. 살아 있는 척했지만 내 삶이 아니었던 것처럼 모든 기억이 사라지고 없다.

여행의 기록도 그렇다. 삶은 그 자체로 여행이라 할 수 있다. 시간과 공간을 이동하며 시시때때로 모든 것이 변하기 때문이다. 변화하는 것을 느끼고 관찰하는 우리는 모두 여행자이다. 사실 시청각 매체가 널린 시대에 글이라는 건 고리타분한 것일 수 있다. 하지만 사진이나 영상에다 여행의 느낌이나 감정, 에피소드를 담을 수 있는지 의문이다. 또한 여행의 기록을 사진이 아닌 글로 남기는 건 번거로운 일이기도 하다. 글쓰기 작업은 많은 시간과 인내가 필요하고 생각을 정리해야 하기 때문이다. 그렇다고 기록하지 않으면 여행의 순간도 그저 강물처럼 흘러가버린다. 여행을 글로 남기는 건 내게 중요한 작업이다. 나 스스로 그걸 강제했기 때문이다. 여행의 순간이 훗날 내 안에서 숨쉬게 하려면 글로 써야 그 기억이 생생하고 오래 남을 거라는 걸 믿는다.

인천공항은 발 디딜 틈 없이 붐볐다. 코로나가 끝나면서 갇혀 있던 사람들이 보복심리로 여행을 떠난다는 뉴스가 틀리지 않았다. 코로나로 닫혀 있던 여행길이 열리자 나 역시 부랴부랴 길을 나선 셈이다. 아직 바이러스로부터 안전하다고 할 수는 없지만, 그렇다고 언제까지 기다리고 있을 수도 없다. 며칠 전 문우 한 분이 했던 말이 생각났다. 그녀는 코로나로 가장 타격을 받은 세대는 자신의 세대인 60대라고 말했다. 나는 무슨 뜻일까 하고 귀를 기울였다. 60대는 여행을 다닐 마지막 기회인데 코로나로 갇혀서 좋은 시간을 놓쳤다는 것이다. 근 3년 동안을 갇혀 지내다보니 60대 후반이 되었다며, 문우는 이제 무릎이 아파서 여행 갈 엄두가 나지 않는다고 했다. 틀린 말은 아니다. 따지고 보면 코로나로 타격을 입은 건 모든 세대가 마찬가지다. 코로나19로 초등학생은 새 친구 사귈 기회를 잃었고, 대학 새내기들은 미팅할 기회를 잃었다.

나는 그 시기를 집에 머물며 안전하게 보냈지만, 대신 많은 친구를 잃었다. 전화 포비아가 있는 나는 누군가에게 전화 걸기를 두려워한다. 전화로 무슨 말을 했다가 자칫 오해를 사거나 예상하지 못했던 말이 툭 튀어나와 상대에게 상처를 주진 않을까 염려되기 때문이다. 전화보다는 우리는 서로 마주 보고 이야기할 때 훨씬 상대를 배려하고 선택적 언어를 사용한다. 살면서 종종 전화로 상처받는 일을 겪다보니 전화에 대한 트라우마가 생겼다. 나중엔 그 증상이 포비아로 변했다.

나는 급한 일이 생겨도 문자나 카톡을 사용한다. 어지간해선 전화기를 들지는 않는다. 전화를 걸지 않으니 지인들로부터 무심하다는 오해를 받는다. 하지만 나는 아직도 누군가에게 꼭 전화를 걸어야 할 때면 심장이 벌렁거린다. 수화기 앞에서 머뭇거리고 심호흡을 한다. 코로나 동안 친구들과 자주 연락하지 않고 만나지도 않으니 자연스럽게 관계가 소원해졌다. 코로나가 끝나고 나니 내가 연락할 수 있는 친구는 몇 남아 있지 않았다.

비행기가 태국 영공으로 들어갔을 때 하늘에서 내려다보이는 건 끝없이 펼쳐진 평야였다. 어마어마하게 넓은 들판이었다. 자로 재서 줄을 그은 듯 경지정리가 잘 된 논과 밭을 상공에서 내려다보며 감탄했다. 너른 평야에 놀라고, 잘 정리된 논과 밭에 놀라고, 바닷물을 끌어다 육지에서 양식하는 양식장의 규모와 하늘로 태양 빛을 반사하는 소금밭에 놀랐다. 화전 연기가 피어오르는 평야 위를 비행기가 한참 동안 날았다.

오후 2시, 태국의 수완나폼공항에 도착하여 입국 절차를 마치고, 짐을 찾고, 일행을 만났다. 각자의 여행이지만, 함께하는 여행이라 며칠 동안 서로 배려가 필요한 사람들이다. 나라 안에서나 밖에서나 낯선 사람을 만나면 어색하긴 마찬가지다. 처음 만난 사람들이라 비행이 어땠냐는 인사 외에 마땅히 할 이야기가 없었다. 나는 쏟아지는 햇빛을 탓하며 선글라스를 썼다.

부처를 일으킨 보리수

방콕에서 버스를 타고 북쪽으로 2시간 가면 태국의 옛 수도인 '아유타야'에 도착한다. 아유타야는 옛 수도답게 유네스코에 등재된 문화재가 많은 도시다. 시내에 들어서면 곳곳이 유적지다. 성터와 폐사지, 스투파 그리고 불상들이 즐비하다. 아유타야에서는 문화재구역이 아닌 곳을 찾기가 어렵다. 1350년에 건설된 아유타야는 시암왕국의 수코타이 이후 역대 두 번째 수도였다. 도시국가였던 태국은 1350년 우통왕이 아유타야를 수도로 '시암왕국'을 세우면서 왕권국가로 출발했다. 시암왕국은 왕권 수립을 위한 법과 제도를 제정하고 수도 아유타야를 중심으로 크게 발전해나갔다.

왕권국가로 통합되기 전, 이곳저곳 흩어져 있던 도시국가들은 충돌이 빈번했고 부족들 간에 많은 전쟁을 치렀다. 그러나 버마(미얀마)나 라오스 베트남 등 주변 국가의 견제를 피하려면 도시국가들은 하나로 뭉쳐야 했다. 1350년부터 1767년까지 태국의 수도로 번영했던 아유타야는 417년간 33명의 왕이 통치했다. 크메르왕조가 번성했던 시기 아유타야는 성장을 거듭해 라오스 캄보디아 미얀마까지 영토를 확장하기도 했다. 많은 유물을 모신 탑 쁘랑과 거대한 사원으로 요약되는 유적들은 수 세기 동안 빛났던 아유타야의 영광을 보여준다.

시암왕국은 18세기 초반까지 태평성대를 이루었으나 1767년에 버마와 전쟁으로 멸망했다. 북쪽에서 남하한 버마군은 수도 아유타야를 점령했다가 퇴각하면서 도시 전체를 철저히 파괴했다. 버마군은 시암의 정신을 훼손하기 위해 사찰에 불을 지르고, 불상의 허리와 목을 자른 뒤 불구덩이에 내던졌다. 전쟁으로 철저히 파손된 아유타야는 재건이 어려워 수도를 동쪽으로 천도하는 계기가 됐다. 한때 동양의 베니스로 불렸던 아름다운 도시 아유타야는 그렇게 역사 속으로 사라졌다.

전쟁 없는 역사가 어디 있겠는가. 아유타야의 옛 성터에는 전쟁의 상흔을 품은 불상이 있다. 이 불상을 사람들은 '아유타야 불상'이라고 부른다. 정확한 명칭은 '왓 프라마하탓 불상'이다. 시암왕실의 불상이라는 뜻이다. 아유타야가 번성했던 시절, 우통왕은 부처님을 숭배했다. 곳곳에 불교사원을 짓고 불교를 널리 퍼트렸다. 이 시기 불교는 아유타야 백성들에게 정신적 지주였다. 당시에는 왕실뿐만 아니라 일반 백성들도 집에 불상을 모시는 것이 유행이었다. 그런 까닭에 아유타야 유적지에는 크고 작은 불상이 많이 남아 있다.

불행히도 현재 남아 있는 불상 중 온전한 형태의 불상은 거의 없다. 아유타야의 유적지에 남아 있는 불상은 머리와 몸통은 물론 팔과 다리가 분리되고 훼손된 채 굴러다녔다. 특히 '왓 랏차부라나' 사원의 성터의 아유타야 시대 석불들은 대부분 머리가 잘려나가고 몸통만 남아 있었다. 몸통마저도 불에 타서 검게 그을린 흔적이 역력했다. 어떤 불상은 허리가 잘렸다. 얼굴 없는 불상들이 등신대처럼 줄지어 앉아 있고 훼손된 팔다리가 대중없이 전시되어 있었다. 충격적인 광경이었다.

버마군과의 전쟁으로 멸망한 아유타야는 철저히 파괴됐다. 도시의 재건이 어렵다고 판단한 정부는 동쪽에 새 수도를 건설하고 이주했다. 아유타야의 화려했던 옛 왕실과 사원은 불타버렸고, 훼손된 불상들은 척박한 땅에 그대로 방치되었다. 아유타야는 오랫동안 폐허로 남아 있었다. 폐허가 된 도시에 아무도 살지 않았고 그렇게 많은 시간이 흘렀다. 오래된 상처 속에서 새 살이 돋아나듯 폐허가 된 도시에 풀과 나무가 자라고 꽃이 피었다. 수백 년 방치됐던 성터와 폐사지에 아열대성 나무인 보리수가 우거졌다.

부처님의 뜻이었을까. 왓 프라마하탓 사원에 부처님을 품고 있는 늙은 보리수나무 한 그루가 있다. 보리수나무 밑둥치에 불상의 머리가 안겨 있다. 이 불상을 '왓 프라마하탓' 즉 '위대한 유물을 모신 사원'으로 불린다.

버마군이 훼손해버린 사원에는 목과 팔다리가 잘린 불상 조각들이 나뒹굴었다. 목이 잘린 채 나뒹구는 불상 밑에서 보리수나무가 싹을 틔웠다. 보리수가 자라면서 자연스럽게 불상의 머리를 품었다. 보리수의 단단한 줄기와 불상의 얼굴은 형제처럼 각별하다. 보리수의 보살핌에 속에서 불상은 뿌리와 생명을 얻었다. 불상은 보리수에서 나고 자란 아이처럼 세상을 향해 미소짓고 있다. 그 모습이 마치 보리수의 옹이 같다. 그 불상의 표정은 천진하고 신비스럽다. 넓고 반듯한 이마와 오뚝한 코, 해맑은 미소가 아유타야 시대 사람들의 모습을 대변하는 듯했다.

아유타야 불상의 내막을 알고 나니 신성함이 느껴졌다. 목과 허리와 팔다리가 잘린 과거를 기억하고 있지만 부처님은 아픈 내색을 하지 않는다. 고요한 침묵과 촌철살인의 미소로 '다 괜찮다' 하며 중생의 삶을 위로한다. 부처님은 전쟁시대의 증인으로 남아 있다. 그리고 다시는 서로 죽이고 상처입히는 전쟁을 되풀이하지 말라고 말씀하시는 듯했다. 누가 이 파괴의 증거 앞에서 눈을 감을 수 있을까. 다만 부처님의 지혜와 자비가 내게 소낙비처럼 쏟아졌다.

치앙마이 가는 길

아유타야에서 다시 방콕으로 돌아와 국내선 비행기를 탔다. 태국의 최북단 도시 치앙라이로 가기 위해서였다. 치앙라이는 태국과 미얀마 라오스의 국경지대로 원시 자연의 모습을 잘 간직하고 있다. 치앙라이에 도착하여 고산족 마을을 찾아가기 위해 버스를 탔다. 버스가 울퉁불퉁한 흙길에서 덜커덩거렸다. 태국의 고산지대에는 카렌족, 몽족, 아카족, 미엔족 등 여러 소수민족이 산다. 버스가 흙먼지를 일으키며 산길로 들어섰다. 고산족이라, 깊은 숲속으로 들어갈 줄 알았더니 도착한 곳은 산언저리의 작은 마을이었다.

숲으로 들어설 때 가이드가 손에 대나무 작대기를 쥐여주었다. 그는 작대기로 풀숲을 두드리며 지나가라고 알려주었다. 뱀이 나타날 수 있기 때문이란다. 그가 준 작대기를 지팡이 삼아 숲속으로 걸어들어갔다. 여기저기 흩어져 놀던 암탉과 병아리들이 우리를 보고 조르르 몰려왔다. 관광객이 던져준 빵과 과자 맛을 알아버린 닭들이었다. 사람이 반가워라 달려오는 닭들의 발걸음이 어찌나 빠른지 그 속도가 놀라웠다.

고산족 마을에 들어서니 싸리잎과 대나무로 지은 낡은 부스들이 마을 길을 따라 늘어서 있었다. 부스마다 형형색색의 칼라와 다양한 패턴의 스카프, 이곳 전통 옷인 망토가 걸려 있었다. 손수 깎았다는 말이 믿어지지 않는, 그러니까 공장에서 대량 공수해 온 듯한 목각인형과 기념품을 파는 가게들이었다. 가게라고 하기엔 너무 허름한 오두막 부스였고 상점가의 뒤편에 그들의 살림집이 있었다. 살림집도 대나무로 벽을 세운 오두막이었다. 이곳 고산족 주민들은 해발 1800m의 숲속에 살던 사람들인데 태국정부의 권유로 산 아래로 내려와 산다고 한다.

과거 그들은 태국과 미얀마 국경 사이의 깊은 산속에서 살아가는 사람들이었다. 처음 고산족 사람들을 발견했을 때 태국 사람인지 미얀마 사람인지 알 수 없었다고 한다. 그들은 국적이 없는 소수민족이었다. 어느 나라에도 속하지 못하고 경계인으로 살았던 사람들에게 태국과 미얀마 두 나라의 전통과 문화가 뒤섞여 있었다. 사람도 두 민족의 혼혈일 가능성이 크다고 가이드가 설명했다. 고산족을 발견한 태국정부는 그들을 끈질기게 설득하여 산 아래로 내려와 살도록 했다. 현재 치앙라이 고산마을(Hill Tribe Village)에 사는 소수민족 사람들은 주민등록을 부여받고 태국 국민으로 인정받는다.

과거 고산족은 50살을 넘기지 못했다고 한다. 오랫동안 숲속에서 살면서 근친을 해온 문화가 단명의 원인이었다. 게다가 숲에 병원이 없으니 병에 걸리면 민간요법에 의존하다가 죽을 수밖에 없는 것도 이유였다. 태국정부는 금전 지원과 의료보험 혜택으로 고산족 사람들이 살아갈 수 있도록 꾸준히 지원하고 있다. 현재는 산에서 내려와 살며 병원 혜택으로 인해 평균 수명이 꽤 길어졌다 하니 다행이라는 생각이 들었다. 마을 입구에는 금방 환자를 싣고 병원에 다녀온 듯 낡은 오토바이 몇 대가 서 있었다.

고산족 마을에서 만난 여성들은 매우 능동적이었다. 우리 일행이 들어서자 누군가 신호라도 한 것처럼 마을 여성들이 모여들었다. 그녀들은 소수민족 전통 복장을 하고 있었다. 그리고 신호에 따라 대나무통을 악기 삼아 두드리며 노래를 부르고 춤을 추기 시작했다. 관광객을 환영하는 인사라고 한다.

체구가 140㎝ 정도인 할머니가 리더로 앞서 노래를 부르면 뒤따라 다른 여성들이 후렴을 했다. 할머니의 작은 체구에서 놀랍게도 우렁우렁 울리는 목소리가 나왔다. 빈 대나무통을 통과하여 확대된 할머니의 노랫소리가 산골짜기에 울렸다. 대나무를 두드리며 후렴을 하던 여성들이 장단에 맞춰 춤을 추었다. 그들은 관광객들이 하나씩 춤판으로 끌어들였다. 흥겨운 가락은 저절로 어깨가 들썩이게 했다. 나도 대나무 악기를 들고 그녀들의 틈에 끼어들었다. 작대기가 춤을 춰도 나만큼 뻣뻣할까.

마을에서 짧은 공연을 보고, 비를 부른다는 두꺼비를 보러 갔다. 고산족은 가뭄이 들면 비를 부르기 위해 두꺼비를 울렸다고 한다. 두꺼비를 산 채로 잡아다 울릴 수 없으니 다른 방법을 썼다. 주먹만 한 망고나무로 등에 돌기가 달린 두꺼비를 조각하여 방망이로 돌기를 긁으면 두꺼비 울음소리가 난다. 콧등을 두드리면 목탁 소리가 난다. 텅텅 울리는 망고나무의 특징을 이용해 비를 불렀던 옛사람의 지혜였다. 이 귀여운 목각인형을 어찌 갖고 싶지 않겠는가. 우리 돈 8,000원으로 내 인생이 덜 심심해졌다. 나는 두꺼비의 등을 드르륵드르륵 긁어댔다. 두꺼비를 하도 울려서 비가 더 자주 내릴지도 모르겠다.

형벌의 딜레마

소설가이자 미술평론가인 존 버거(1926-2017)는 그의 에세이 『Ways Of Seeing(다른 방식으로 보기)』에서 사회적 존재로서의 여성에 대해 독특한 미적 관점을 제시했다. 한 여성이 드러내는 사회적 존재는 그녀가 자기 자신에게 어떤 태도를 취하는지 분명하게 보여준다. 그 여성의 존재는 몸짓, 목소리, 표정, 옷차림새, 장소, 기호나 취향 등 그녀를 구성하는 여러 요소가 한데 모여서 이루어진다. 사회적 존재로서의 한 여성, 즉 그녀가 타인 앞에 어떤 모습으로 나타나느냐 하는 것은 그녀에겐 본질적인 것이다. 그러므로 여성의 행동 하나하나는 그녀가 어떤 식으로 대접받기를 원하는지 말해주는 일종의 표지로 읽을 수 있다.

미의 관점은 사람마다 다르다. 취향과 선호도에 따라 아름다움을 정하는 기준이 다르다. 바다를 좋아하는 사람은 푸른 바다가 아름다움의 대상이고 산을 좋아하는 사람에게는 우거진 녹음과 새소리가 아름답게 들린다. 사람마다 미의 기준이 달라도 잘록한 허리와 긴 목을 가진 여성에게 아름답다고 말하지 않을 사람은 없다.

치앙마이 숲속에서 '카렌족'을 만났다. 카렌족은 미얀마 남부와 태국 북부의 경계에서 사는 소수민족이다. '카렌족'이라는 말은 낯설지만 우리는 이미 그들을 알고 있다. 목에 링을 감아 긴 목을 만드는 독특한 전통을 가진 민족으로 여러 매체와 잡지에 소개되었기 때문이다. 매체를 통해 카렌족을 볼 때마다 나는 그들이 수 세기 전에 살았던 사람들이라는 착각을 하곤 했다. 긴 목을 만들기 위해 평생 여러 가닥의 링을 목에 걸고 지낸다는 사실도 믿기 어려웠다. 그건 일종의 미신숭배사상은 아닐까 생각했다. 치앙마이를 여행하지 않았더라면, 그리고 카렌족 여성을 직접 만나지 않았더라면 나는 편협한 사고에 갇혀 고집스럽게 나이들어갔으리라. 카렌족을 직접 만나고서야 그들이 우리와 동시대 사람이라는 걸 확인했다.

카렌족 여성은 여섯 살부터 링을 목에 감는다. 목에 감긴 링 가닥이 많을수록 더 미인이라는 등 한때는 여성의 미가 그녀들의 긴 목에 견주기도 했다. 목에 링을 감으면 죽어서야 그 링을 벗을 수 있다. 살아서는 링을 교체할 때를 제외하고는 절대 벗어버릴 수 없다. 다만 간통을 하거나 부정한 짓을 저질렀을 때 여성의 목에 감긴 링을 빼버리는 형벌을 받는다. 목에 채워진 고리를 벗겨버리면 약한 목뼈로 머리를 지탱할 수 없다. 링으로 인해 제대로 성장하지 못한 목뼈는 머리를 가누지 못한다. 목으로 가누지 못해 머리를 옆으로 꺾고 다닐 수밖에 없다. 그 형벌은 여성에게 치명적이다.

가이드의 설명을 듣고 나는 잠시 무엇이 진짜 형벌인지 구분하기 어려운 딜레마에 빠졌다. 평생 무거운 링을 목에 감고 지내는 것과 링을 제거하고 자유롭게 사는 것 중에 무엇이 형벌일까 그런 생각이 들었다. 족쇄 같은 링을 죽을 때까지 목에 감고 살아간다는 것이 끔찍하게 여겨졌다. 하지만 카렌족 여성에게는 목에 링을 제거하는 것이 가장 무서운 형벌이다. 목에서 링을 제거하여 머리를 가누지 못하는 건 그녀들에겐 치욕이다.

마을에서 링으로 목을 감은 여섯 가량의 여자아이가 눈에 띄었다. 링이 무거워 아이는 제대로 뛰어놀지 못했다. 움직임이라곤 간신히 움막의 마루를 오르내리는 것이 전부였다. 과거 카렌족은 모든 여자아이의 목에 링을 채웠지만, 오늘날은 목에 링을 걸지 말지 선택권을 준다. 여섯 살 아이의 운명이 부모의 선택에 달린 것이다. 목에 링을 감는 선택이 정확히 그 아이의 의견이라 할 수 없다. 아이들은 대부분은 엄마를 따라 목에 링을 감는 것을 선택한다고 한다.

여섯 살 여자아이가 엄마를 따라하는 건 본능에 가깝다. 로봇이 인간을 대신하는 시대에도 그 아이들은 오래된 악습을 선택하는 것이다. 예뻐지기 위해 기린이 될 필요는 없지 않은가. 외부에 드러나지 않은 사실이지만 오랜 시간 목에 링을 감고 생활하는 카렌족 여성들은 대부분 어깨뼈가 주저앉고 턱뼈가 가늘어지며 이상하게 변형된다. 실제로 링을 교체하기 위해 목에 감긴 링을 풀어보면 링의 무게로 인해 빗장뼈가 무너져 있다고 한다. 그런 모습이 아름다울 리는 없다.

처음 이 여인들이 세상에 알려졌을 때 학자들은 주로 카렌족 여성들이 목에 링을 감는 이유는 목의 길이에 따라 미의 기준을 정하기 때문이라고 했다. 목이 긴 여인이 슬퍼보이고 아름다워보이는 것은 그것을 판정한 사람의 기준일 것이다. 이후 학자들이 이런 전통을 갖게 된 원인을 파헤치기 위해 연구한 결과 이전과는 다른 의견을 내놓았다. 남성들이 전쟁하러 나간 뒤 마을에 남겨진 여성들은 야생동물로부터 목숨을 보호하기 링을 감았다는 설이다.

야생동물들은 주로 사냥감의 목을 물어 숨통을 먼저 끊는다. 목을 물어 죽지 않으면 다리를 물어뜯는다. 카렌족 여성들이 링을 목뿐만 아니라 무릎 아래 다리에도 감고 있는 걸 보면 후자가 더 의미있는 의견인 것 같다. 깊은 숲속에 살면서 생계를 위해 힘든 일을 해온 그녀들에게 미美란 어떤 의미일까. 보호해줄 사람이 없는 상황에서 들짐승을 만나더라도 목숨만은 건지고 싶었던 게 그들의 절실함 아니었을까.

여성의 고단한 삶을 보여주기라도 하듯 가게마다 목에 링을 감은 여성들이 손수 베를 짜고 있었다. 베 짜는 모습을 시연하는 것이 아니라 그녀들은 직접 스카프를 짜서 판매도 한다. 목에 링을 감고 베틀 앞에 앉아 고된 노동을 하는 모습을 바라보는 것이 편치 않았다. 그녀들은 이방인의 눈빛을 피하지 않았다. 자신들의 원시적 일상을 보여주고, 사진의 모델이 되어주고, 그런 방식으로 돈을 버는 것에 익숙했다. 카렌족 여성의 사회적 역할이 상품화되어버린 듯하여 씁쓸했다.

모계 중심 사회인 카렌족은 여성이 가족의 생계를 꾸린다. 이 사회에서 남성의 역할은 전쟁과 사냥이다. 전통적으로 남성은 전쟁터에 나가고 여성은 농사를 짓고 가축을 기르고 베를 짜고 아이들을 돌보며 가사를 책임져왔다. 잦은 전쟁으로 숲속에서 남자들은 늘 부재였고, 여성은 강해져야 했다. 그런 습속은 현재까지도 이어져 내려오고 있다. 전쟁은 끝났고 더 이상 사냥을 하지 않은 남자들은 집에서 빈둥거리며 시간을 보낸다. 그들은 낮잠으로 소일하고 해가 저물 무렵이면 강으로 낚시하러 간다. 그곳에서 잡은 물고기를 안주삼아 술을 마시거나 노름을 하며 시간을 보낸다고 한다.

카렌족 마을을 돌다 기념품을 고르기 위해 한 부스에 들어갔다. 주인인 듯한 젊은 엄마와 예닐곱 돼보이는 여자아이가 가게를 지키고 있었다. 엄마는 스카프를 짜느라 바쁘고 얼굴에 하얀 분을 바르고 입술을 빨갛게 바른 여자아이는 상품처럼 앉아 있었다. 기념품으로 목각인형을 사고 돌아서는데 아이가 내 옷자락을 잡았다. 아이는 함박 웃으며 손으로 네모 모양을 해보였다. 함께 사진을 찍자는 의미였다. 여자아이의 제안에 반가운 마음이 들었다.

주춤주춤 다가가 그 아이 옆에 앉았다. 아이의 어깨에 손을 얹고 다정하게 사진을 찍었다. 사진찍기를 마치자 내 옆에 다정히 앉았던 아이가 갑자기 쌩한 표정을 지었다. 그리고 내 곁에서 한 걸음 떨어져 앉아 나를 올려다보는 것이다. 나는 순간 당황했다. 뭐가 불쾌했을까. 아이의 표정을 살폈다. 아이는 뾰로통한 얼굴로 붉은 립스틱을 칠한 입술을 쭉 내밀었다.

갑자기 변한 아이의 태도에 당황한 나는 자리에서 벗어나기 위해 지갑에서 지폐 한 장을 꺼내 아이에게 건넸다. 그러자 아이 얼굴이 다시 환해졌다. 아이는 사진을 찍고 돈은 안 준 사람을 많이 겪은 모양이었다. 손님과 말이 통하지 않으니 돈을 달라는 걸 표정으로 드러낸 것이다. 옆에서 아이 엄마가 대견하다는 표정으로 아이를 바라보았다. 무언극처럼 펼쳐지는 이 상황을 바라보며 나는 마음이 언짢았다. 결국은 어린아이를 저렇게 만든 건 '나'이고 '우리'라는 생각이 들어 마음이 씁쓸했다.

총부리 제치고 커피 한 잔

커피 주산지인 도이창에 가기 위해 버스에서 내려 낡은 봉고차로 갈아탔다. 평지와 달리 도이창의 산악도로는 비좁고 경사진데다 급커브가 많아 버스가 들어갈 수 없다. 봉고차의 찌그러진 문짝은 고장이 심했다. 문을 닫으면 안에서는 열 수 없고 밖에서 누군가 열어주어야 했다. 일행을 가둔(?) 봉고차는 가파른 산길을 오르고 급경사 커브 길을 돌며 돌진하듯 숲속으로 들어갔다. 구불구불한 산길을 한 시간가량 달리자 태국과 미얀마의 국경이 나타났다.

대나무 철책으로 이어놓은 국경은 엉성했다. 대나무 철책을 사이에 두고 이편저편 가르는 모양이 아이들 장난 같았다. 나는 초등학교 시절 짝꿍과 칼로 책상 위에 줄을 그었던 생각이 났다. 그때 우리는 살짝 비틀어진 경계선을 바로잡기 위해 수십 번 선을 다시 긋곤 했다. 허술한 국경을 따라 산을 오르니 군부대가 나타났다. 미얀마의 국경수비대였다. 미얀마 군인들이 장착하고 있는 무기와 군복 차림은 위협적이었다. 등골이 오싹했다.

어깨에 기관총을 멘 미얀마 군인 세 명이 척척 걸음으로 다가와 봉고차 내부의 방문객들을 쏘아봤다. 검은 선글라스를 뚫고 나오는 눈빛이 매서웠다. 군인들의 위협적인 태도에 봉고차 일행들이 속삭이던 소리가 뚝 끊어졌다. 검게 분장한 얼굴에 총을 멘 군인의 시선은 우리를 시궁쥐처럼 위축되게 했다. 긴장한 길손들을 훑고 난 군인들은 가이드에게 신경질적으로 이것저것 물었다. 미얀마 방문을 위해 미리 보내놓았던 여권과 사람을 여러 번 대조해보며 눈알을 부라렸다.

다소 과장하자면, 미얀마 국경수비대의 군인들은 마치 북한군을 만난 듯한 착각을 일으키게 했다. 여차하면 기관총의 총부리가 우리를 겨냥할 것 같았다. 하얗게 질린 우리는 총도 칼도 없이 비무장 상태인 가이드 뒤에서 얼어붙었다. 가이드는 군인들에게 친밀감을 보이려고 영혼 없는 미소를 지었다. 그의 표정도 긴장한 모습이 역력했다. 군인들은 여권을 검사하고 차량 주위를 돌며 금속탐지기로 차 바닥까지 샅샅이 조사했다. 도이창은 태국왕실 재산이라더니 왜 미얀마 군인들에게 애를 먹는지 이해가 안 되는 상황이었다.

점검을 마치고 간신히 국경 통과 허락을 얻었다. 대기하고 있던 군인들이 가드를 열어주었다. 미얀마 군인들의 날카로운 시선에서 벗어난 우리는 긴장을 쓸어내렸다. 봉고차가 미얀마 영토로 100m

쯤 진입하여 정차하더니 5분가량 머물렀다. 그러더니 봉고차는 다시 태국 방향으로 유턴했다. 미얀마 군인이 이번에는 순순히 가드를 열어주었다. 눈알을 부라리던 아까와는 다른 표정이었다. 팝송을 크게 틀어놓고 흥얼거리는 이국 젊은이의 순수한 얼굴이랄까. 어쨌든 군인들의 따가운 눈총을 맞고 미얀마에 들어와서 다시 태국으로 돌아가는 상황이 어리둥절했다.

국경에서 미얀마 군인에게 애를 먹은 건 도이창 산악지역에 있는 많은 커브 길 때문이었다. 구불구불한 산길 위로 태국과 미얀마의 국경선이 직선으로 지나간다. 그러니 미얀마 땅의 일부를 밟지 않고는 도이창에 갈 수 없다. 커브 길 일부가 미얀마 영토여서 도이창에 가려면 미얀마 국경수비대에 허락을 얻어야 했다. 들쭉날쭉한 산길에서 봉고차가 두 나라의 국경을 드나들며 속도를 냈다. 차가 커브를 돌 때마다 원심력으로 무너지는 몸의 중심을 잡으려고 애썼다. 가벼운 현기증이 일었다.

얼마쯤 갔을까. 봉고차가 산꼭대기에 다다랐다. 가이드는 우리를 국경선 뷰포인트로 안내했다. 국경에 왔으니 기념사진을 찍으라는 거였다. 긴장된 마음을 쓸어내리고 산꼭대기에 올라서니 두 나라가 한눈에 들어왔다. 저 아래 마을은 어느 나라에 속하는지 알 수 없어도 평화롭고 아름다웠다. 산에서 내려다본 자연은 어디에도 경계가 없다. 자연은 자신의 신체에 선을 긋지 않았다. 국경이란 인간들이 지어놓은 경계일 뿐이다.

미얀마 땅을 아슬아슬 밟으며 도이창으로 더 깊숙이 들어갔다. '도이'는 태국어로 '산'이라는 뜻이다. 그러니까 '도이창'은 '창산'으로 해석할 수 있다. 구불구불한 산길을 들어가니 협곡 위에 오밀조밀 모여사는 마을이 나타났다. 우리가 도착한 곳이 미얀마인지 태국인지 알 수 없었다. 가이드에게 물으니 태국이라고 한다. 커피 한 잔 맛보기 위해 국경을 넘나들며 구불구불 위험한 산악지역을 들어오다니, 좀 어이없었다. 커피를 아무리 좋아해도 목숨을 내놓을 마음은 없다. 하지만 누군가는 위험과 불편을 감수하더라도 경험해 볼 만한 가치가 있어서 이 먼 길을 권유하지 않았을까. 나 또한 잘 모르지만, 맛있다는 도이창 커피를 맛보기 위해 점심 커피를 굶고 이 깊은 산속까지 들어왔다.

벽돌로 쌓아올린 가드레일에 걸터앉아 주문한 커피가 나오기를 기다렸다. 마을 사방이 낭떠러지여서 말 그대로 절벽 카페였다. 이곳에선 아무도 안전을 보장하지 않는다. 발 아래 절벽을 내려다보니 협곡은 화전 연기에 갇혀 능선이 불분명했다. 이 난공불락 계곡에서 커피 농사를 짓는 농부들을 생각하니 인간의 삶이 씁쓸하게 느껴졌다. 더구나 이 지역에서는 오래 전부터 검은 열매를 차지하기 위해 수많은 전투를 치렀다고 한다.

절벽 위에 서서 첩첩산중의 커피나무들을 바라본다. 가파른 산악지대에서 짓는 커피 농사는 그 고통이 두 배일 것이다. 커피를 '검은 눈물'이라고 하지 않던가. 커피 농사가 오죽 힘들면 눈물조차 검을까. 그런 생각을 하니 가슴을 쓸어내리게 했던 미얀마 군인의 총부리와 머리를 핑핑 돌게 했던 구불구불한 산길의 현기증이 엄살처럼 느껴졌다.

주문한 커피가 나왔다. 한잔에 2,000원 남짓, 커피는 그 맛과 향이 남달랐다. 매일 먹는 커피인데 한번도 먹어본 적 없는 맛과 향이었다. 뭐랄까. 인간의 욕심을 불러낸 향기와 피를 부르는 맛, 쌉싸름하고 진한 향기가 뇌를 찔렀다. 쓰디쓴 눈물의 깊이가 느껴졌다.

골든 트라이앵글

2024년 2월 중앙일보에 동남아 취업사기에 주의하라는 기사가 올라왔다. '월 300만 원에 숙식을 보장' 광고를 보고 동남아에 갔던 청년들이 핸드폰과 여권을 뺏기고 감금당하는 사례가 속출하고 있다는 뉴스였다. 특히 그 지역이 미얀마와 라오스, 태국 등 3개국이 접해 있는 산악지대 이른바 '골든 트라이앵글'이었다. 나는 납치사건이 터지기 직전에 골든 트라이앵글을 다녀왔던 터라 그 기사에 더욱 눈길이 갔다.

대한민국 외교부는 골든 트라이앵글 주변에서 흉악한 범죄가 횡행하고 있다며 주의를 당부했다. 가까운 사례로 2023년 11월, 골든 트라이앵글 지역인 미얀마 타칠레익에서 감금되어 있던 한국인 19명이 발견되면서 범죄의 온상이 발각되었다. 고수익을 미끼로 순수한 한국 청년들을 납치해 감금했던 불법 피싱업체의 전모가 드러났다. 범죄조직은 온라인 커뮤니티에 글을 올려 청년들을 동남아로 유인한 뒤 이들의 여권과 휴대전화를 빼앗고 감금했다. 그들은 피해자들에게 보이스피싱이나 투자사기, 로맨스스캠 등 각종 불법행위를 강요했다. 납치에서 구조된 한국인들은 미얀마 당국에서 범죄 가담 여부 조사를 받느라 한 달을 더 구금되어 있었다고 한다.

기사를 읽는 동안 등골이 서늘했다. 사실 최근에 개봉한 실화 영화를 보고도 설마 했던 범죄였다. 범죄의 수법이 영화 〈시민 덕희〉 줄거리와 매우 비슷했다. 영화를 보면서 그런 범죄는 영화의 대중성을 위해 과장한 거겠지 생각했다. 영화의 줄거리는 돈을 벌어 어머니께 효도하겠다는 마음으로 중국 청도에 간 청년이 감금과 구타와 감시 속에서 보이스피싱에 가담하는 범죄사건이 전개된다. 청년의 용기와 세탁부 아주머니의 기지로 피싱 조직과 그 수장이 검거되는 과정을 다룬 영화다. 골든 트라이앵글에서도 같은 수법의 범죄로 구금당한 사람들을 구조했다니, 우리 사회의 이면에는 얼마나 괴상하고 위험한 일들이 많은지 상상하기 어렵다.

세계지도에는 여러 개의 골든 트라이앵글 지역이 있다. 여기서 다룬 곳은 태국 미얀마 라오스 세 나라의 접경지역을 말한다. 메콩강과 루아강이 알파벳 Y자 형태로 만나서 물길이 하나로 합쳐지는 '황금 삼각지대'다. 지도에서 보면 북쪽에 미얀마가 있고 강줄기 아래로 우측에 라오스, 좌측에 태국이 있다. 이 황금 삼각지대는 8세기 이전부터 전쟁이 자주 일어나는 곳이다. 황금이라는 말이 암시하듯 강에서는 사금과 원석이 많이 나오고 수온이 따뜻하여 어족이 풍부하다고 한다.

이 삼각지대를 차지하기 위해 태국과 미얀마는 오랜 세월 뺏고 뺏기는 전쟁을 해왔다. 이 강은 전쟁으로 희생된 사람들의 무덤이기도 하다. 주민들은 이곳을 '피의 강'이라고 부른다. 많은 세월이 흘렀지만 강에서는 아직도 피 냄새가 난다고 한다. 강에서 잡아올린 물고기의 배에서 인골이 나오는 건 흔한 일이다. 그건 전쟁으로 희생된 군인들의 시신을 다 수거하지 못했기 때문이라고 한다.

8세기 중반, 태국 왕비는 이곳에 불탑을 세워 전쟁으로 희생된 이들을 기리고자 하였다. 왓 프라탓 뿌카오 사원과 불상은 현재까지 잘 보존되어 있다. 알고 보면 불상이 앉아 있는 방향이 특이하다. 강변에 세워진 불상이라고 하면 유유히 흐르는 강을 바라보고 있는 것이 일반적이다. 대부분 강의 범람을 막고자 하는 사람들의 소망을 품고 있기 때문이다. 하지만 왓 프라탓 사원의 불상은 북쪽을 등지고, 강 아래쪽을 바라보고 있다. 미얀마 쪽에서 보면 불상의 등만 보이고, 라오스 쪽에서 보면 옆구리만 보이는 구조다.

이 불상의 방향은 사람들의 호기심을 불러일으킨다. 그 호기심이 오늘날에는 관광명소가 되었다. 어찌 보면 불상의 위치는 고정관념을 깨는 아이디어로 보인다. 하지만 불상의 위치는 실수가 아니라고 한다. 8세기 중반 불상을 세운 왕비는 자꾸 도발하는 미얀마가 싫어서 일부러 돌아앉은 불상을 세웠다. 두 나라 감정의 골이 얼마나 깊었는지 알 수 있다.

골든 트라이앵글의 다른 매력은 강물의 색깔이다. 삼각지점까지 올라가면 하나의 강에 서로 다른 색 물이 흐르는 걸 볼 수 있다. 메콩강은 강폭이 넓고 반듯하게 흐르지만, 루아강은 강폭이 좁고 매우 구불구불한 협곡을 따라 흐르는 강이다. 두 강이 만나 Y자 형태를 이루는 지점부터 두 강물의 색은 대조를 이룬다. 이는 강의 형태를 이루는 지형이 다르기 때문이다. 루아강의 물빛이 연푸른색이라면 메콩강의 물빛은 더 검푸르다고 할까. 서로 다른 물이 만나 서로 화합하지 못하고 5㎞까지 흐른다니 참 신기한 일이다.

이곳 사람들이 화합하지 못하고 반목하며 보낸 세월을 말하듯 각자 흐르다가 5㎞를 벗어나 서서히 물이 뒤섞인다. 그것은 물살의 힘에 의한 현상이지만 그 모습이 마치 서로 등 돌리고 반목하는 인간들의 모습을 말하는 것 같았다. 서로 얼마나 미워하면 물조차 섞이지 않는 걸까. 강가에서 바라보니 강은 말없이 흐른다. 인간의 모습을 반면교사하듯 서로 섞이지 않는 강물은 아름답고도 씁쓸했다.

골든 트라이앵글에선 불법 마약거래도 횡행하고 있다. 골든 트라이앵글에서는 전 세계 헤로인의 70%를 생산하고 있다. 특히 미얀마 동부의 사르빈강 일대에서는 연간 100만톤의 아편이 생산되고 있다고 한다. 기후적으로 최적의 조건을 갖춘 천혜의 땅에서 생산하는 게 하필이면 아편이라고? 궁금증을 품기도 전에 가이드가 말했다. 재배식물 중 가장 큰돈이 되는 것은 아편이라고 한다. 소량의 아편은 치료제나 진통제로 사용한다. 아편 대량 생산을 이끌어온 쿤사라는 인물은 이 지역에서 막강한 군대를 조직했다. 개인이 군대를 조직하고 아편을 생산하려면 고위층과 결탁이 있어야만 가능하다고 했던가.

드라마 〈수리남〉에서 한 목사님은 수리남 국가의 원수를 꼬드겨 아편 생산의 허가를 받아내는 장면이 떠올랐다. 다른 이야기지만, 그 영화에서 목사 역을 했던 배우 황정민은 참 멋지다는 생각을 들었다. 수리남의 원수 앞에서 당당한 척하지만 덜덜 떨리는 손에 떨어지는 담뱃재와 흔들리는 눈빛은 황정민이 아니고 누가 해낼 수 있을까. 암튼, 수리남에서 골든 트라이앵글로 돌아가자. 1955년 쿤사의 은퇴로 아편 소굴의 군 조직은 무력화되었지만, 아편에 의존해온 사람들은 아직도 사회적으로 독립하지 못하고 약에 중독되어 처참한 삶을 살아가고 있다. 인간의 욕심이 어디까지일까. 흘러가는 강물은 말이 없다.

국정원은 해외에서 국내로 들어오는 마약류의 밀반입 가운데 상당수가 골든 트라이앵글 지역에서 유통되고 있으며 이 지역을 주시하고 있다고 발표했다. 한국정부는 최근 미얀마와 라오스의 골든 트라이앵글 지역을 여행금지지역으로 지정했다. 지금은 미얀마와 라오스의 황금 삼각지대를 방문하면 여권법 위반으로 형사처벌을 받는다. 마약청정국이던 우리나라에서도 요즘은 마약범죄가 빈번하게 일어나고 있다. 나라가 점점 오염되어가는 것 같아 안타깝다. 우리 아이들의 미래가 걱정된다.

피는 달고 맛있어

치앙마이에서 도이수텝 사원으로 가는 길이었다. 고속도로를 달리던 버스가 휴게소로 들어섰다. 가이드가 좋은 온천이 있으니 족욕으로 여독을 풀고 가자고 했다. 그의 말에 나는 좀 의아했다. 에어컨 없이는 잠시도 버티기 힘든 무더위에 뜨거운 물에다 발을 담그라니. 더워 죽겠는데 더 뜨거운 물에 들어가 피로를 풀라는 게 의아했다. 하긴, 이열치열以熱治熱이라 했다.

휴게소에 들어서니 비릿한 물 냄새가 훅 끼쳤다. 끈적한 습기가 달라붙어 몸이 빠르게 젖어들었다. 휴게소의 마당 곳곳에 온천샘이 있었다. 크고 작은 샘에서 뜨거운 물이 퐁퐁퐁 소리를 내며 물기둥을 내뿜었다. 샘마다 수증기가 쏟아지듯 피어올랐다. 휴게소 사람들이 온천수에 삶은 달걀과 옥수수를 팔고 있었다.

무더위에 지치고, 쨍한 햇빛에 눈뜨기가 힘들어도 조심스럽게 온천수에 발을 담갔다. 국적을 알 수 없는 사람들이 너나 할 것 없이 온천수에서 족욕을 즐겼다. 온천 주변은 잘 관리되지 않아 어수선했다. 그늘도 없고, 곳곳에서 피어오르는 수증기를 보니 더 습하고 무더웠다. 습한 열기를 견디기 힘들어 덥든 뜨겁든 물속으로 들어가야 했다.

뜨거운 증기가 퐁퐁 솟아오르는 샘에 발을 담갔다. 처음엔 뜨거웠지만 이내 발이 적응하자 적당히 뜨거운 온도가 되었다. 조금 지나자 실크에 발이 감긴 듯 부드러운 물이 느껴졌다. 금세 온몸으로 열기가 번졌다. 곧 몸에 땀이 나기 시작했다. 조금 전에 후텁지근하던 바람이 부드럽고 서늘하게 느껴졌다. 발을 담그기 전에 몰랐던 사뭇 다른 느낌이었다.

잠시 후 왁자지껄 떠드는 소리와 함께 한 무리의 사람들이 다가왔다. 그들은 내가 발을 담근 샘으로 몰려왔다. 할머니 한 분과 할아버지 두 분, 젊은 부부와 청년 셋, 십대 중후반으로 보이는 아이들이었다. 그들은 알아듣지 못할 태국어로 떠들고 웃었다. 그중 청년이 내게 어디로 왔냐고 넌지시 물었다. 한국에서 왔다는 말에 그는 2년 전에 서울에 여행 간 적이 있다고 했다. 서울은 너무 아름답다며 자기가 다녀온 한국의 도시들을 자랑처럼 늘어놨다. 내 나라를 칭찬해주니 기분이 좋았다.

그들은 가족여행 중이라고 했다. 청년은 외할머니 외할아버지 작은 외할아버지 이모와 사촌들이라며 가족들을 소개했다. 빅 패밀리는 방콕에서 치앙마이로 가는 길이라고 했다. 이 온천은 태국 사람들에게도 유명한 곳이며 온천물이 상처 치료에 효과가 있어서 많은 사람이 찾는다고 그는 말했다. 또 외할머니가 이 온천을 좋아하셔서 자주 들른다고 했다. 내가 할머니에게 삶은 달걀을 드리자 할머니는 순박한 얼굴로 웃으며 합장했다. 여행자 가족은 가져온 음식과 달콤한 과일들을 펼쳐놓았고 웃고 떠들며 맛있게 먹었다.

파리가 꼬이기 시작한 게 그때부터였나. 잘 관리되지 않은 온천의 위생과 사람들이 먹고 흘린 음식 때문에 파리가 꼬이는 게 당연하게 여겨졌다. 빅 패밀리가 펼쳐놓은 달콤한 과일 향에 어디선가 파리 떼가 날아왔다. 파리들은 맛난 과일은 뒷전이고, 온천 열기로 땀에 흠뻑 젖은 나를 공격했다. 파리들에게는 과일보다 땀을 흘린 내가 더 달콤한 먹거리였다. 끊임없이 달려드는 파리들의 공격에 정신차리기가 어려웠다. 오른쪽에서 쫓으면 왼쪽에서 달라붙었다.

내가 아는 파리는 큰 눈에 통통한 배가 있다. 짧은 앞다리로 연신 괴롭혀서 '미안합니다' 공손하게 손을 비비며 예의 있게 먹이를 얻어간다. 하지만 이곳 파리들은 다른 모습이었다. 이곳 파리는 보통 파리보다 생김새가 더 날렵하다. 나는 그냥 이국의 파리여서 그런가 생각했다. 사람이 사는 환경에 따라 모습이 변하듯이 파리도 사는 곳의 환경에 알맞게 진화해간다.

녀석들은 초파리처럼 날쌔지만, 몸집이 크고 모기처럼 길쭉한 빨대 모양의 입을 가졌다. 그들은 주로 팔다리에 붙어 나를 귀찮게 했다. 후려치는 손바닥을 잘도 피했다. 생각해보면 인간과 가장 가까운 곤충이 파리 아닌가. 나는 금세 이국의 파리에 익숙해졌다. 귀찮아서 파리를 쫓는 걸 포기했다. 포기가 참 빠르다. 나는 이내 매끄럽고 부드러운 물에 취해 팔다리 허벅지를 다 내놓고 온천을 즐겼다. 이 온천수는 관절 통증을 완화하고 상처 치료에 효과가 있다니 뜨거운 물이 좋아졌다. 물에서 풍기는 쌉싸름한 냄새는 마음을 편하게 하는 아로마 효과가 있었다.

저녁부터 팔다리 여기저기가 따끔거리고 가려웠다. 덥고 건조한 날씨 탓이라 여기며 대수롭지 않게 생각했다. 하지만 심한 가려움은 참기 어려웠다. 긁은 자리마다 열이 나고 벌겋게 부어올랐다. 상처 부위에 작은 구멍이 생기고 물집이 생겼다. 피부병! 풍토병! 별별 생각을 다 하며 불안한 마음으로 한국에서 가져간 피부 연고를 발랐다. 괴로운 것은 가려움이었다. 상처 부위가 열감으로 후끈거리고 구멍에서 진물이 나와 손대기가 겁났다. 물파스부터 연고까지 총동원하여 가려움을 견뎌보려고 애썼다. 갑자기 팔다리에 번지는 피부병이 불안하고 무서웠다.

다음날 일행 한 분에게 조심스럽게 내 상처를 내보였다. 그녀도 팔다리를 내보이며 나와 같은 괴로움을 호소했다. 내 피부에 열 군데, 그 언니의 팔다리에는 열네 군데의 물린 자국이 있었다. 최근

코로나19로 바이러스의 위력을 경험한 우리는 엄청난 불안감에 시달리기 시작했다. 심각성을 깨달은 우리는 가이드를 찾이기 상치를 내보였다. 가이드는 다소 난감해했지만 심각한 표정은 아니었다. 가이드는 상처를 이리저리 들여다보며 물린 자국마다 허브 오일을 발라주며 말했다.

"아, 말랭깟(?)에 물린 상처네요."

"말랭깟?"

"네, 물가에 사는 흡혈 파리입니다."

"흐… 흡혈 파리요?"

"녀석들이 요즘이 산란기라 피를 빨아먹으려고 목숨 걸고 달려들죠."

"흡혈 파리, 이름만 들어도 끔찍한데요."

"말랭깟은 독이 없습니다. 며칠 가렵다가 저절로 상처가 나을 거예요."

피를 빨아먹는 파리라니. 무섭고 끔찍했다. 흡혈 파리라니, 체체파리가 떠올랐다. 체체파리에 물리면 기면병에 걸린다고 알려져 있다. 기면병은 숙주에 감염되면 죽은 듯 잠만 자고 먹지 않아 생기는 병으로 결국은 정신과 신체가 무기력해진다. 인간의 신체에 들어간 숙주가 자라 뇌까지 파고들면 치매에 걸릴 수 있다.

방에 돌아와 온갖 걱정에다 상상을 덧붙였다. '팔다리에 열 군데

나 흡혈관을 꽂고 피의 만찬을 즐기다니.' 괘씸한 것들이었다. 평소 의사는 내게 헤모글로빈 수치가 낮으니 함부로 헌혈하면 안 된다고 주의 주었다. 그리고 빈혈약을 처방해주었다. 하지만 나는 빈혈약을 먹는 둥 마는 둥 소홀했다. 그게 치료라기보다는 영양제처럼 느껴져서였다. 내가 자주 현기증을 일으키는 까닭인지 모르겠다. 내 부족한 혈액을 쪽쪽 빨아먹은 녀석들을 생각하니 마음이 강팍해졌다. 피를 삼 분의 일쯤 잃어버린 느낌이었다.

말랭깟이 독이 없다는 건 가이드가 나를 위로하려고 한 말은 아닐까. 밤에 잠든 뒤 못 일어나면 어쩌나. 파리로 인해 내 몸에 알 수 없는 바이러스가 감염된 건 아닐까. 어쩌나, 어쩌나…. 후끈거리며 부어오르는 상처에 바를 치료제는 고작 연고와 물파스가 전부였다. 가려운 곳을 박박 긁으면서 가정된 상황을 미리 걱정했다. 이러다 들것에 실려 귀국하게 되면 어쩌나.

또깨또깨또깨~~

도이수텝은 치앙마이 서쪽 15㎞ 지점에 있는 높이 1,677m의 성스러운 산이다. 도이수텝 사원은 산 중턱에 있으며 1383년에 세워졌다. 사원에 올라가기 위해서는 용 두 마리가 지키는 306개의 계단을 올라가야 한다. 계단 양쪽에 있는 3색 타일의 꿈틀거리는 용이 밝은 눈으로 오가는 사람을 살피고 있었다. 사원에서는 관광객의 편의를 위해 엘리베이터를 설치해두었다. 나는 무더위를 피해 계단으로 올라가는 대신 엘리베이터를 탔다.

엘리베이터를 이용하는 사람은 대부분 관광객이고 계단을 오르는 이들은 불교 성지 순례자들이었다. 가파른 계단을 오르기가 쉽지 않은데 그들은 한 계단 한 계단 올라섰다. 숨이 턱밑에 차올라도 계단을 오르는 건 부처님의 고행을 따르려는 숭고한 마음을 품은 사람들인 듯했다. 어느 사원에서나 관광객과 성지 순례자들은 발걸음부터 다르다.

사원의 전설에 의하면, 란나왕조 때 흰 코끼리가 부처님의 사리를 싣고 산으로 올라가더니 제자리를 세 바퀴 돌고 난 뒤 그 자리에 쓰러져 숨을 거두었다. 사람들은 이를 신의 계시라 여겨 그곳에 탑을 세우고 부처님의 사리를 모셨다. 도이수텝산 이름을 따라 사원을 '왓 프라탓 도이수텝'이라고 지었다. 사원은 금빛 불상과 탑으로 가득 차 있었다. 불상은 대중들의 기증으로 모셔진다고 한다.

불전의 주변에 경이 새겨진 종을 울리면 행복해진다. 행복에 욕심이 많은 나는 돌아가며 종들을 울렸다. 차임벨처럼 울리는 맑은 소리는 그 의미를 모르고 울려도 기분이 좋아졌다. 천장이 없는 불전 한가운데 황금 탑이 우뚝 솟아 있다. 햇빛을 받아 빛나는 황금 불탑의 화려함은 현기증을 일으킬 지경이었다. 탑 주변은 연꽃을 들고 탑돌이를 하는 사람들로 북적였다. 화려한 사원에 감탄하고 눈을 돌리니 산 아래 아름다운 치앙마이 시내가 한눈에 들어왔다. 13세기 태국의 수도였던 치앙마이는 문화적으로 중요한 도시라는 말이 와닿았다.

산을 내려올 때 낡은 트럭을 개조해 만든 버스를 탔다. 관광객을 가득 실은 낡은 버스가 매캐한 연기를 내뿜었다. 화물버스에 앉아 들어오는 매연에 그대로 마셔야 했다. 심한 매연에 노출되어 구토증과 함께 두통이 왔다. 고약한 멀미로 오심이 가라앉지 않고 가슴이 울렁거렸다. 덕분에 점심과 저녁을 한 숟가락도 먹지 못했다. 배고픔은 관두고, 눈알이 빠질 듯 심한 편두통이 나타났다. 아직 갈

길이 먼데 멀미로 체력이 고갈되고 정신력도 번아웃 상태였다. 다음 여정은 남부 끄라비로 내려가야 하는데 비행기에 몸을 실으며 과연 살아서 도착할 수 있을까. 일행이 핏기 없는 내 얼굴을 보고 걱정의 말을 한마디씩 했다.

밤 8시경, 북부 치앙마이에서 비행기로 남부 끄라비까지 내려왔다. 무슨 이유인지 비행기가 한 시간 연착됐고, 끄라비공항에 픽업하기로 한 가이드가 조금 늦게 도착했다. 끄라비의 숙소에 도착하니 밤 11시였다. 일정이 바쁘지 않은데 몸이 좋지 않아 여행이 버거웠다. 끄라비의 리조트 호텔에 체크인하고 방에 들어서자마자 그대로 쓰러졌다. 짐을 풀고 몸에 묻은 먼지를 털 겨를도 없었다. 두통약 두 알을 입에 털어 넣었다. 남의 나라에서 몸이 아프니 기분 처참했다. 두 시간쯤 선잠을 자고 일어나니 새벽 1시였다. 낯선 세상이 무섭도록 고요했다. 숙소가 고층 건물이 아니라 2층으로 된 리조트형 호텔이라는 것도 문제였다. 내가 배정받은 방은 1층이었다. 새벽녘에야 허술한 숙소를 보고 놀랐다. 화장실은 창문이 반쯤 뜯겨 덜거덕거렸다. 1층 숙소는 누군가 마음만 먹으면 들어올 수 있을 것 같았다. 이곳은 고요만이 공포가 아니었다.

두통이 조금 가라앉았다. 새벽녘에 짐을 풀어 정리하고 씻고, 화장실로 통하는 방문을 잠갔다. 여권이 든 지갑을 품에 안고 다시 침대에 들어갔다. 낯선 곳에서는 깊은 잠을 자기가 어렵다. 불을 끄고 잠을 청하니 어둠 속에서 신경이 더 곤두섰다. 촉이랄까. 어둠 속에서 무언가 움직이는 느낌이 들었다. 그 느낌에 집중했다. 머리맡으로 뭔가가 '스윽~' 지나갔다. 머리카락이 쭈뼛 섰다. 태국 도깨비인가? 그것은 그냥 느낌일 뿐이라고 나를 다독이며 잠이 들려고 애썼다.

잠에 떨어지려는 찰나, 갑자기 머리맡에서 "또깨또깨또깨또깨~~"(소리의 표현이 맞는지 모르겠다) 새인지 벌레인지 우는 소리가 들렸다. 실내등을 켜자 소리가 뚝 그쳤다. 소리나는 곳을 뒤져보고 커튼을 들춰보고 여기저기 살폈다. 아무것도 보이지 않았다. 이 방엔 나 말고 뭔가 다른 게 있다.

다시 잠을 청했다. 몸이 피곤의 사슬에 칭칭 감겨 천 근 무게였다. 당장 태국 도깨비가 놀러온다 해도 무시하고 잠을 자야 했다. 다른 일에 신경쓸 겨를이 없다. 그래도 쉽게 잠들지 못하고 뒤치락거리다 어느새 마법같이 잠에 빠져들었다. 얼마쯤 잤을까. 이번에도 잠결에 바스락거리는 소리가 들렸다. 고요 속에서 선명하게 들리는 소리, 정신이 퍼뜩 들었다. 몸은 가위눌린 듯 마음대로 움직여지지 않았다.

"바스락바스락."

소리나는 곳에다 신경을 곤두세우고 집중했다. 무언가가 과자봉지를 뒤지는 소리가 났다. 치앙마이의 쌀과자가 맛있다기에 휴게소에서 샀던 쌀과자봉지가 생각났다. 호기심에 과자봉지를 뜯었지만, 멀미 때문에 한 조각도 먹지 못하고 책상 위에 두었다. 바스락 소리가 나는 위치는 딱 과자봉지가 있는 곳이었다. 쥐? 쥐를 생각하니 오싹해졌다. 설마 그래도 호텔인데 쥐가 있겠어. 애써 마음을 다독였다. 분명한 건 무언가 있다는 것이다. 쥐? 아니면 무얼까. 쥐가 분명해. 세상에나, 내가 가장 무서워하는 쥐를 호텔에서 만나다니. 쥐를 때려잡지 못할 거면 쫓아내기라도 해야 했다.

내가 헛기침 소리를 냈다. 침입자가 바스락 소리를 멈췄다. 내가 침입자에게 신경을 곤두세우듯 침입자도 내 행동에 바짝 신경을 쓰는 눈치였다. 고요 속에서 우리는 서로 대치하며 신경전을 벌였다. 침입자가 내 방에서 나가주기를 바랐지만, 그는 과자를 양보할 생각이 없는 듯했다. 내가 조용히 있자 그는 다시 바스락거리는 소리를 냈다. 과자봉지에 코를 박고 먹을 것에 몰두하고 있는 것이 분명했다. 나는 조심스럽게 실내등을 켜고 슬리퍼 한 짝을 집어들었다. 슬리퍼를 과자봉지가 있는 책상을 향해 힘껏 던졌다. 명중이다. 과자 맛에 취해 있던 도마뱀 한 마리가 긴 꼬리를 끌며 후다닥 도망쳤다. 약 15㎝ 길이의 도마뱀이 실내등 조명에 미끌미끌한 빛을 내며 달아났다. 난생처음 보는 도마뱀의 출현에 비명을 질렀다. 방에 도마뱀이라니 식겁하지 않을 수 없었다.

웬일인지 침입자는 멀리 도망가지 않았다. 사람을 무서워하기는커녕 무시하는 눈치였다. 도마뱀은 이유 없이 징그럽고 무섭다. 내게 부족한 친화력을 모두 발휘해도 도마뱀과 방을 공유하는 건 있을 수 없다. 오늘 밤 둘 중의 하나는 밖에서 자야 한다. 커튼 뒤로 숨은 도마뱀을 쫓아내기 위해 커튼을 마구 흔들었다. 어느 구멍으로 나갔는지, 커튼을 젖혀보니 도마뱀은 사라지고 없었다. 다행이다. 불을 끄고 다시 잠을 청했다. 도마뱀과 방 쟁탈전을 벌이느라 피곤도 잊어버렸다. 잠은 달아나버렸다. 마침 대보름 달빛이 환했다. 커튼을 젖히자 달빛이 기다렸다는 듯 방안으로 쏟아져 들어왔다. 낯선 나라의 달이 처량해보이는 건 그 달이 처량한 나를 비추는 까닭인 듯했다.

도마뱀이 어디론가 사라지고 방은 온전히 내 차지가 되었다. 새벽 공기가 서늘했다. 다시 침대에 누워 잠을 청하며 뒤척였다. 그때 머리맡에서 또 "또깨또깨똣깨똣깨~~~" 새인지 벌레인지 우는 소리가 들렸다. 그는 뭔가에 항의하는 듯 목청껏 소리를 질렀다. 나는 잠들기를 포기하고 노트북을 열었다.

다음날 아침, 까칠해진 얼굴로 일행에게 밤잠 설친 일을 하소연했다. 가이드는 별일 아니라는 듯 손으로 리셉션 천장을 가리켰다. 끄라비에선 천장에 붙어 있던 도마뱀이 밥 먹는 손등에 떨어질 정도로 흔하다고 한다. 내 시선이 가이드의 손끝을 따라갔다. 리셉션 건물 천장과 벽에 우글우글 붙어 있는 도마뱀들이 보였다. '또깨또깨' 우는 소리도 도마뱀 울음소리라고 한다.

다행히 그들은 독이 없다. 하지만 사람의 팔이나 다리에 붙었을 때 잡아떼면 뜯기지 않으려고 발톱을 세워 살을 파고드는 습성이 있다. 드물게 사람에게 상처 입히는 일이 있지만 해로운 곤충이 아니라며 가이드는 나를 안심시켰다. 그는 끄라비엔 사람 숫자보다 도마뱀 숫자가 많을 거라며 농담을 했다. 그렇구나. 사실 어젯밤 도마뱀과의 신경전도 주객이 전도된 까닭이었다. 도마뱀은 나를 침입자로 알고 자기 영역을 지키기 위해 밤새 항의한 것이다. 낯선 체취를 가진 짐승의 출현에 놀라 그도 간밤의 잠을 설쳤으리라.

저녁식사를 마치고 식당을 나오는 길에 건물 담벼락에 붙어 있는 도마뱀 무리를 발견했다. 그들 중 몇몇은 새끼 도마뱀을 입에 물고 있었다. 나는 도마뱀도 고양이처럼 입으로 새끼를 옮기나보다 생각했다. 그걸 바라보던 가이드가 도마뱀은 새끼 도마뱀을 잡아먹는다고 설명했다. 그러니까 그 도마뱀은 식사 중인데 성찬의 메뉴가 동족의 새끼 도마뱀이다. 그야말로 카니발리즘Cannibalism의 현장이었다. 동족 포식자라니. 잠깐 친해지려고 했던 도마뱀이 섬뜩해졌다. 자연은 이 불합리한 이치를 교화할 능력이 없는 걸까.

끄라비 해변의 요가

나는 툭하면 허리 통증은 겪는다. 평소 건강하다가도 복병처럼 허리 통증이 나타나곤 한다. 구부정한 자세로 오래 앉아 있는 생활 습관이 낳은 병이다. 늘 앉은자세로 무거운 몸을 허리로 지탱하고 있으니 통증은 허리가 내지르는 비명이다.

두 달 전에는 화장실 욕조에서 미끄러졌다. 오른쪽 엉치뼈를 찍었는데 당시엔 별로 아프지 않았다. 심하게 다친 것은 아니어서 허벅지와 엉치뼈에 만병통치약 물파스를 발라주고 방치했다. 며칠 후 타박상으로 멍이 생기기 시작했다. 타박상 자리를 시작으로 허리까지 통증이 올라왔다. 오른쪽 다리가 오그라들며 짧아지는 느낌이었다. 시간이 지나면 괜찮겠지. 하지만 통증은 나아지지 않고 되레 심해졌다. 마지못해 정형외과 병원에 들렀다. 죽을 만큼 아프지 않으면 병원에 가지 않는 내가 제 발로 병원을 찾아나선 것이다.

의사에게 목욕탕에서 넘어진 일과 허리 통증을 하소연했다. 의

사는 내 등뼈부터 허리뼈를 꾹꾹 눌러보더니 엑스레이를 찍어보자고 했다. 방사선실에 들어가 옷을 갈아입고 엑스레이를 찍었다. 세상의 변화가 빛의 속도로 빠르다지만, 엑스레이의 속도는 그보다 더 빠르다. 의사 선생님이 다시 나를 부르더니 이것저것 물었다.

"평소에 운동은 하세요?"

"예, 걷기도 하고 요가는 근 10년째 계속하고 있어요."

"요가를 한다고요?" 의사가 고개를 갸우뚱하며 나와 엑스레이 사진을 일별했다.

"…."

"요가 한다는 건 거짓말이죠?" 그는 거짓을 자백하라는 듯 말을 이었다.

"3, 4번 허리뼈에 디스크가 있습니다. 뼈에 협착이 있어서 허리가 유연하지 못해요." 그는 허리 통증의 원인을 목욕탕 사건보다 불량한 생활습관 때문이라고 지적했다.

"불량한 자세로 오래 앉아 있으면 뼈가 이렇게 굽어요." 그는 책상 끝에 있는 모형 등뼈를 앞으로 꾹 누르며 내 뼈가 변해갈 모습을 설명했다. 이야기를 듣고 있자니 몸이 자꾸 앞으로 쏟아질 듯하고 등이 구부정해지는 것을 나이 탓만 할 수 없었다.

"뼈가 이 모양이면 운동을 슬렁슬렁했다는 소리예요. 허리가 아프더라도 신경써서 운동하세요. 아래쪽 등뼈가 만곡 모양이 되도록 해야 합니다."

운동을 슬렁슬렁한 것 아니냐는 의사 선생님에 말에 나는 진지함 없이 살아온 나를 들킨 듯했다. 늘 '산다는 게 그렇지 뭐!' 하며 대충 살아온 게 들통난 느낌이다. 몸은 내가 누구인지, 무엇을 먹는지, 어떤 생활을 하는지 보여주는 뚜렷한 증거라고 하지 않던가.

끄라비는 태국의 남부 해안 지역이다. 154개의 섬으로 이루어진 군도로 섬마다 석회암 절벽과 눈부신 옥색 바다, 부드러운 백사장을 품고 있다. 예전엔 피피섬으로 가기 위한 교통 요지로 인식되었지만, 지금은 많은 여행자와 은퇴자들이 끄라비를 즐기기 위해 찾아온다. 안다만해 해변에 위치하고 뛰어난 자연경관을 자랑하는 끄라비는 사계절 온화한 날씨와 따뜻한 수온만으로도 매력적인 휴양지다. 카르스트 지형의 석회암 절벽들은 전 세계 젊은이의 놀이터로 알려졌다. 절벽타기 마니아들은 끄라비 해변과 라일 레이 해변으로 와서 절벽타기를 즐긴다. 이 해변들은 끄라비의 프라낭반도를 구성하고 있다. 안다만해와 연결된 강 하구의 담수와 해수가 만나 물이 맑고 따뜻하여 수영이나 스킨스쿠버들이 바닷속을 즐기기도 한다. 끄라비는 천혜의 휴양지이다.

끄라비 해변의 새벽 요가에 참석하기 위해 일찍 일어났다. 새벽 바다에 나가니 동쪽 하늘은 맑은 물에 핏방울을 떨어뜨린 듯 붉게 번져올랐다. 실핏줄 같은 햇살이 바다를 발판 삼아 솟아오르려는 듯 안간힘을 썼다. 멀리 보이는 닭섬이 바닷물에 세수하고 머리를 빗는 듯 바람에 살랑거렸다. 새벽 바다를 쏜살같이 달리는 어선들, 밤새 잡은 물고기를 실은 배가 푸른 물살을 가르고 해변에는 수영을 즐기는 사람들, 연인끼리 가족끼리 해변을 걷는 사람들, 근육질을 뽐내듯 훌렁 벗고 백사장 조깅을 즐기는 사람들이 많았다.

새벽 바다에는 비밀을 품은 듯 고요하고 적당히 따뜻한 바람이 불었다. 한낮의 더위에 맥을 못추던 강아지들이 모여 아침 해변에서 즐거운 놀이를 했다. 이름 모를 새들이 바다의 위아래를 활강하며 날아다녔다. 무엇이든 즐기는 사람이 임자다. 새벽 바다의 풍경도 고요한 아침의 비밀도 그것을 즐기는 사람이 주인이다.

새벽 바다에서 요가를 한다니, 어쩐지 낯설었다. 새벽은 춥다는 통념이 작용했다. 바닷가 바람이 차가우면 몸이 굳어 뻣뻣할 텐데 요가를 제대로 할 수 있을까. 해변에서 그것도 새벽에? 온갖 고정관념이 파고들었다. 그래도 바닷가 요가는 낭만적인 경험이 될 것 같다. 썰물의 해변에는 고운 모래가 굳어 단단하고 매끄러웠다. 누군가 해변의 모래 위에 매트를 펼쳐놓았다.

끄라비의 요기니가 가부좌를 틀고 앉아 명상을 시작하자 나도 명상에 들어갔다. 파도가 밀려왔다 밀려가는 소리가 규칙적이고 잔잔하게 들렸다. 크고 작은 호흡으로 바람과 파도 소리를 섞어 마셨다. 그리고 바람 속에 내 일부를 토해낸다. 상념을 버리고 나의 호흡 하나하나에 몰입한다. 내 안의 저 아래에서부터 가슴까지 물이 차오르는 상상을 하며 호흡을 들이마신다. 물이 가득 찼다고 여겨지면 잠시 호흡을 멈춘다. 이 순간 가장 무거운 나, 내 안에 맑은 물이 가슴까지 차오르는 걸 상상한다. 나에게 집중하도록 우주의 에너지를 끌어모은다. 다시 호흡을 내쉰다. 비우고 또 비우고 나니 바람처럼 가벼워진다. 가만가만 생의 고요를 듣는다. 내 안의 깊이 박혀 있는 부정성을 끌어내기 위해 '옴'을 되새긴다.

나는 생활요가를 오래 해왔다. 하루의 마지막은 요가스튜디오에서 스트레칭과 함께 마무리했다. 요가를 전문가처럼 배워보고 싶다는 생각은 했지만, 막대기처럼 뻣뻣한 장신에 그건 욕심이라 생각하여 도전해본 적은 없다. 그러다 보니 나는 언제나 초보 요기니다. 코로나19 기간은 스튜디오가 폐쇄되어 요가마저 할 수 없었다. 집에 유튜브 요가 채널을 보며 따라했다. 몸의 균형과 감각을 잃지 않으려고 노력했지만 홈트는 한계가 있었다. 힘들면 멈추고 주저앉는 게 다반사였다. 그러니 매트 위에 서면 늘 동작이 새롭다.

문득 요가만이 아니라 내 삶에서 진심은 무엇이었나 하는 생각이 들었다. 좀 더 진지했더라면, 내 삶이 달라졌을까. 매 순간 최선을 다했다고 생각했다. 최선을 다하고자 하여 힘들었던 일이 많았는데, 쓸모없는 성과들을 비우고 나면 남는 건 아무것도 없다. 내 삶에 무엇이 진심이었나.

연장과 취소는 뭐가 다를까?

나는 기록하고자 하는 일이 있을 때 메모를 이용한다. 그 메모에는 어떤 단상이 없다. 물론 구성이나 짜임도 없다. 그냥 중언부언 늘어놓은 글이다. 문장도 제멋대로다. 하지만 그 짧은 메모가 나중에 글을 쓸 때 꽤 도움이 된다. 글을 쓸 때 메모해놓은 걸 바탕으로 이렇게도 써보고 저렇게 써본다. 그러다 지우기를 반복한다. 노트북이 있으니 다행이지, 종이에 쓰는 시대였더라면 내 미숙한 글쓰기로 뒷산 하나쯤은 사라졌을지 모른다. 시대를 잘 타고난 덕분에 그런 불상사는 발생하지 않았다. 꾸준히 습작해도 여전히 나의 글쓰기는 서투르다. 시시때때로 떠오르는 단상이나 감정을 세련되게 표현할 줄 알았다면 나는 아마 시인이 되었을 것이다. 나는 결코 시인이 되지는 못할 것이다.

실수를 저지를 때도 마찬가지다. 실수를 저지를 때 나는 상황에

과몰입되어 무슨 실수를 하고 있는지 잘 모를 때가 많다. 하지만 내 행동을 차근차근 기록해보면 그 안에서 내가 잘못한 일을 발견하곤 한다. 이렇게도 저렇게도 써보고 생각해본다. 그러면 내가 무엇을 잘못했는지, 잘 알지 못했던 게 무엇인지 비로소 눈에 들어온다. 실수를 기록하는 것은 같은 잘못을 반복하지 않겠다는 나의 신념 같은 것이다. 실수는 성공의 어머니다. 그러나 같은 실수를 반복하는 사람은 어리석다. 나는 어리석지만, 가장 어리석은 사람은 되고 싶지 않다.

끄라비에서 국내선 비행기를 타고 방콕에 와서 국제선으로 환승하여 인천으로 돌아오는 비행이 예정되어 있었다. 예정대로 여행을 마무리했더라면 아무 일도 일어나지 않았을 텐데, 방콕에서 며칠 더 지내고 싶었다. 태국에 왔는데 정작 방콕은 잠깐 스치듯 지나간 까닭에 그냥 돌아간다니 아쉬움이 컸다. 아직 갈 곳이 많은데 일부러 방콕을 다시 올 수 없지 않은가.

여행사에 전화를 걸어 귀국 비행기를 사흘 후로 연장해달라고 요청했다. 그때 상담을 맡았던 여직원은 귀국 비행기 요금 50만 원을 입금하라고 했다. 너무 비싸다는 생각이 들었다. 게다가 패키지 요금에 왕복 비행기표가 포함되어 있지 않은가. 단순히 귀국을 사흘 미루겠다는데 50만 원을 더 입금하라니 당황한 것이다. 여행을 연장한다 해도 이후 숙소나 식사 등은 여행사와 관련 없다. 개인적으로 방콕에 묵을 숙소와 이용할 차량을 모두 예약했다. 비행기 삯을 다시 내려니, 비싸고 놀라서 당황스러웠다.

이 문제를 장거리 통화로 해결할 수 없었다. 급하게 구하는 비행기 좌석이 가장 비싸다. 비싼 건 이해가 갔다. 하지만 비행기 삯을 이중으로 지불하는 건 이해할 수 없었다. 내가 결정을 망설이자, 상담 직원은 "그럼 비행기표를 취소할까요?" 말만 되풀이했다. 궁리 끝에 나는 스카이스캐너에서 직접 비행기표를 구매하기로 하고 패키지에 포함된 귀국 비행기 취소에 동의했다. 비용 문제는 귀국 후에 따져보기로 했다. 직원의 떨떠름한 목소리가 취소에 대해 동의하느냐 반복해서 물었고 나는 그렇다고 대답했다. 그때는 몰랐다. 여행사 여직원의 무성의와 미숙함 그리고 나의 무지가 어떤 결과를 가져올지.

끄라비에서 방콕행 비행기를 탈 때 출입국 직원이 내 여권에 '출국' 도장을 꽝 찍었다. 원래 일정대로라면 방콕에서 인천으로 환승이 예정되어 있기 때문이다. 하지만 나는 출국 도장이 찍힌 여권을 들고 인천으로 돌아가지 않았고 방콕에서 내렸다. 사실 무지해서 그 행동이 무엇을 의미하는지 몰랐다. 방콕에 도착하여 환승 통로가 아닌 방콕 입국 통로로 들어갔다. 환승 통로에서 며칠 정들었던 일행들과 헤어지며 가벼운 인사를 나눴다. 그리고 혼자 남았다. 나는 태국에 계속 체류 중이었고, 끄라비에서 오는 길이어서 방콕공

항의 출입국 직원은 별문제 없이 입국을 허가해주었다. 그때 출입국 직원은 끄라비에서 내 여권에 찍었던 '출국 날인'에다 빨간 줄을 긋고 'Cancelled'라고 표기했다. 나는 그걸 출국을 취소했다는 의미로 읽었다.

사흘 뒤, 방콕 여행을 마치고 출국하기 위해 수완나폼공항으로 갔다. 나 홀로 여행이라 마음껏 여유를 부릴 수 있었다. 공항에 미리 도착하여 수화물을 부치고, 비행기를 기다리며 쓰던 글도 마무리하려고 마음먹었다. 태국에 올 때 13kg였던 수화물이 거의 20kg을 넘어섰다. 수화물에 뭘 추가한 것도 아닌데 자꾸만 무게가 느는 이유를 알 수가 없다. 내 수화물에는 열흘 동안 쌓아둔 빨랫거리만 가득 들었다.

출국 인터뷰를 위해 보더에 들어서자 출입국 직원은 잠시 내 여권과 나를 번갈아 봤다. 그는 아무것도 묻지 않고 업무정지 상태로 누군가를 기다렸다. 뭐가 문제지. 잠시 후 경찰 제복의 공안 두 명이 나타났다. 그들은 내게 따라오라고 지시했다. 나는 어리둥절한 채 공안들에게 둘러싸였다. 내 뒤에 줄 섰던 사람들은 호기심으로 웅성거렸다. 공안을 따라 들어간 곳은 조사를 받는 작은 사무실이었다. 그들은 태국어로 뭔가 바쁘게 연락을 주고받았다. 잠시 뒤 내가 부친 수화물이 사무실에 도착했다. 두 명의 공안이 내게 그것을 열라고 지시했다. 공포에 질린 나는 뭔가 잘못됐음을 깨달았다.

덜덜 떨리는 손으로 가방을 열자 이 주일이나 낯선 나라를 헤매고 다닌 흔적이 우르르 쏟아졌다. 빨랫감, 조악한 기념품, 먹다 남은 과자들, 소설책과 시집 몇 권, 싸구려 화장품들 기타 우비와 운동화 등등 온갖 잡동사니가 다 쏟아졌다. 수화물의 물건을 모두 살핀 공안은 내게 소지품을 모두 내놓으라고 명령했다. 배낭에 노트북과 휴대하고 있던 물건들을 모두 꺼냈다. 가방의 먼지 하나까지 탈탈 털고 난 뒤 몸수색을 시작했다. 그제야 그들이 내게서 찾는 게 무엇인지 짐작이 갔다. 여성 공안은 내가 마약이나 기타 위험물을 소지하고 있는지 검사하기 위해 몸을 구석구석 더듬고 샅샅이 뒤졌다.

몸수색을 마친 공안은 내게 최근 사흘 동안의 여정을 설명하라고 했다. 어디를 방문했는지, 어느 호텔에서 머물렀는지 설명하라는 것이다. 나는 머물렀던 호텔 이름과 주소, 방문했던 사원과 박물관 등을 설명하고, 박물관과 사원의 입장표를 제시했다. 다행히 나는 글쓰기 자료로 활용하기 위해 모아둔 사원의 입장표를 가지고 있었다. 공안은 내 설명을 들으며 컴퓨터의 기록과 일일이 대조했다. 컴퓨터에는 내가 태국에서 머물렀던 일정이 모두 기록되어 있었다.

예를 들면 호텔에 체크인할 때 여권을 제시하면 호텔 직원이 여권 내용을 입력한다. 그 기록이 출입국사무소로 통지되는 것이다. 내가 묵은 숙소마다 여권을 통해 내 일정이 기록된다는 사실을 이때 처음 알았다. 내가 서툰 영어로 설명하자, 그들은 컴퓨터의 기록과 내 설명을 대조하여 사실 여부를 확인했다. 그리고 마지막으로 사흘 전에 출국이 취소된 이유를 물었다. 나는 단순히 여행을 연장했을 뿐이라고 설명했다. 그제야 공안은 내가 사무실에 끌려와 조사받게 된 이유를 설명했다. 그런 경우 체류 연장 신청을 해야지 비행기표를 취소하면 안 된다는 것이다.

그제야 사흘 전에 비행기 요금 문제로 아웅다웅했던 'ㅎ'여행사의 여직원이 생각났다. 그녀가 비행기표 취소할 거냐고 반복해서 물었던 이유도 이해가 갔다. 나의 무지와 여행사 직원의 미숙한 업무와 불친절로 겪은 대가가 혹독했다. 공안 입장에선 이미 출국했어야 할 외국인 관광객이 사라졌다가 사흘 뒤에 다시 나타난 꼴이니 체포(?)하여 조사하는 건 당연하다. 나는 약 30분가량 조사를 받았고, 다행히 혐의없음으로 풀려났다. 여성 공안이 나를 탑승장 대기실까지 바래다주었다. 놀란 가슴에 두방망이질이 쉽게 가라앉지 않았다. 우씌!! 하마터면 악명 높은 태국 감옥에 갇혀서 밤 9시 헤드라인 뉴스에 나올 뻔했다.

제5장

북해도

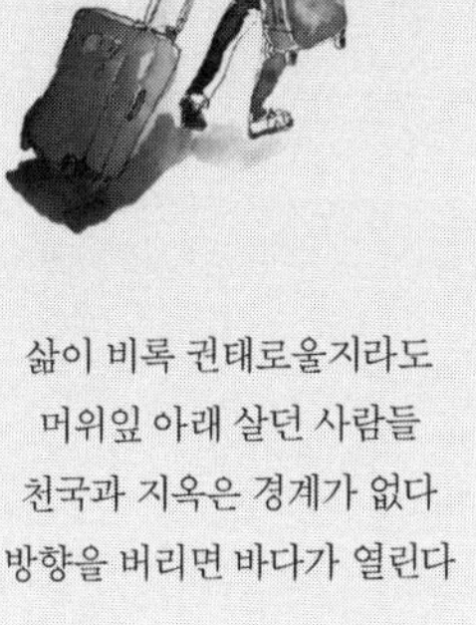

삶이 비록 권태로울지라도
머위잎 아래 살던 사람들
천국과 지옥은 경계가 없다
방향을 버리면 바다가 열린다

삶이 비록 권태로울지라도

고향이 삿포로인 사카모토 선생님은 가와바타 야스나리(1899~1972)의 소설 『설국』을 인용하여 고향의 겨울 풍경을 이야기하곤 했다. 그 시절 나는 『설국』을 교재로 읽었던 터라 소설의 아름다움을 잘 이해하지 못했다. 그러함에도 소설에 묘사된 설원의 풍경은 내 기억에 잠재해 있었다.

해마다 겨울이 되면 그 환상은 마치 어린 시절에 경험했던 추억처럼 되살아나곤 했다. 한번도 가본 적 없는 미지의 설원이 마음속에 둥둥 떠다녔다. 내 안에 가둬둔 환상이 거짓 추억이 되어 나타난 것이다. 내 것이 아닌데 내 것인 양 품었던 환상, 한 편의 소설이 상상 속 이미지로 각인시킨 설원의 풍경을 확인하고자 나는 자주 홋카이도 여행을 꿈꾸어 왔다.

이후 나는 『설국』을 자주 읽었다. 소설을 거듭 읽을수록 주인공 시마무라의 모습이 은사였던 사카모토 선생님과 동일시되는 착각을 하곤 했다. 당시 사십대 후반이었던 사카모토 선생님의 자그마한 체구와 가늘게 뜨던 눈, 오뚝한 콧날, 하얀 피부, 잔잔한 물결처럼 얼굴에 내려앉은 주름, 저음의 목소리는 삶의 무위와 권태 속에서 막연히 미소짓는 시마무라와 무척 닮아 있었다. 선생님은 가고 없지만, 그는 소설 속 시마무라의 모습으로 내 마음에 현존하고 있다. 그것은 돌이킬 수 없는 과거와 현재를 그리고 내 추억 속 사람들과 소설의 상상을 덧입혀 놓은 데칼코마니였다.

북해도 여행은 여타의 나라로 떠나는 것보다 설렘이 컸다. 북해도의 겨울을 여행한다는 것은 내 안의 상상을 펼쳐보이는 일이었다. 한 편의 소설이 내 안에 심어놓은 설원의 풍경이 어떤 모습으로 다가올지 무척 기대됐다. 사실, 소설 『설국』의 공간적 배경은 홋카이도가 아니다. 소설의 배경은 일본 중부 니가타현과 군마현의 중간 지점에 있는 작은 온천 도시 '에치고유자와'이다. 하지만 나는 천지가 눈에 덮인 설원은 어디나 다르지 않으리라 생각한다.

그것은 사카모토 선생님에 대한 아스라한 추억이기도 하다. 선생님은 우리에게 살다가 한 번쯤은 홋카이도에 가보라고 말씀하시곤 했다. 나는 소설 『설국』에 묘사된 설원의 풍경에서 에치고유자와가 아닌 홋카이도를 상상했다. 소설의 풍경과 스승의 기억을 품은 북해도, 그곳은 이상의 세계로 떠나는 여행지였다. 소설 『설국』

의 여주인공 고마코가 밤마다 눈길을 더듬어 사랑하는 사람을 찾아가는 마음 같은 것이었다.

가와바타 야스나리의 소설 『설국』은 현실과 상상, 혹은 삶과 죽음이라는 두 가지 주제를 대별하여 읽을 수 있다. 소설의 첫 문장 "접경의 긴 터널을 빠져나오자 눈의 고장이었다"처럼, 주인공 시마무라가 갓 지나온 접경 터널의 저쪽은 현실세계이고, 지금 막 도착한 이곳은 상상세계다. 소설에서 시마무라와 고마코가 삶의 세계라면 유키오와 요오코는 죽음의 세계다. 시마무라와 고마코의 사랑이 아름답고 생동감 넘치는 삶이라면, 유키오와 요오코는 사랑은 정지된 어둠이며 삶의 끝자락으로 통하는 죽음이다.

소설의 주인공들이 그랬던 것처럼, 우리 삶에는 수많은 불안 요소가 있다. 불안의 원인을 제거하면 권태라는 반갑지 않은 손님이 찾아온다. 삶이 비록 권태로울지라도, 우리는 살아가야 한다. 시마무라가 생의 무료함을 견디기 위해 여행하던 중 우연히 만난 고마코와 아름다운 사랑을 나누듯, 삶의 권태 속에서 생이 반짝 빛나는 순간 우리는 삶을 향해 미소지을 수 있기 때문이다.

머위잎 아래 살던 사람들

북해도北海道(홋카이도)는 일본 최북단에 위치하는 섬으로 도道의 중심 도시는 삿포로이다. 홋카이도라는 이름은 전통적으로 일본에서 사용된 행정구역인 오기칠도五畿七道를 따라 1869년에 '홋카이도'라고 명명했다. 일본에서는 혼슈 다음으로 두 번째 큰 섬이며 세계적으로는 21번째로 큰 섬이다. 북동쪽에는 오오츠크해에 접해 있고 동쪽에는 태평양이며 서쪽에는 동해가 있다. 홋카이도는 전반적으로 냉대기후를 보이며, 내륙에서는 특히 기온 차가 크다. 동해 쪽에는 겨울에 적설이 많고, 태평양 연안에는 여름에 바다 안개가 발생한다. 근해인 오호츠크해 연안에서는 겨울에 유빙을 볼 수 있다.

과거 홋카이도에는 일본인들과 다른 '아이누'족이 거주했으나 메이지시대 이후 본토의 일본인들이 홋카이도로 대거 이주하였다.

북해도의 원주민인 아이누족은 홋카이도와 러시아의 사할린, 쿠릴 열도 등지에 분포하는 소수민족이다. 아이누란 아이누어로 '인간'이라는 뜻이다. 아이누가 민족의 명칭으로 쓰인 것은 19세기 후반 메이지시대부터다. 그 이전까지 일본인들은 홋카이도 지역에 사는 아이누를 이민족이라 여겨 '에조'라고 불렀다.

아이누족이 홋카이도의 선주민족이라는 증거는 홋카이도 각지에 남아 있는 수혈주거적竪穴住居跡을 들 수 있다. 수혈주거는 신석기시대와 청동기시대의 사람들이 살았던 반지하 가옥을 말한다. 원형 또는 사각형 모양으로 땅을 파고 둘레에 기둥을 세웠으며 지붕에는 이엉을 덮은 주거 형태다. 이 주거 형태는 아이누족의 유적이다.

홋카이도 설화에 의하면, 옛날에 코로폭쿠루라는 사람들이 살고 있었다. 조그만 구멍 안에 사는 사람들이었다. 그들은 난쟁이였으며, 10명이 한 무리가 되어 한 장의 머위 잎으로 지붕을 삼을 수 있었다. 그래서 코로폭쿠루는 '머위 이파리 밑에 사는 사람'이라는 뜻이나, 원래는 '땅 밑에 사는 사람' 즉 혈거민穴居民이라는 설도 있다. 그들은 조릿대 잎을 꿰매어 만든 배로 청어잡이를 하고, 바늘에 물고기가 걸리면 5척 또는 10척의 배에 탄 사람들이 달려들어 육지로 끌어올렸다. 코로폭쿠루는 서로 힘을 합쳐 고래까지 죽일 수 있었다고 한다.

아이누는 그 외모나 풍습이 본토 일본인들과 뚜렷하게 구별되어 관심과 논란의 대상이 되어왔다. 그것은 일본이 홋카이도를 차지하게 된 것에 대한 논란이었다. 전통적인 아이누인들은 눈이 깊고 코가 오뚝하여 얼굴의 윤곽이 오목조목 또렷하다. 좌우 눈의 간격이 좁으며, 눈썹이 길고 대부분 쌍꺼풀이 있다. 그들의 얼굴은 광대뼈가 나와 있으며 몸에 빳빳한 직모가 많다. 이렇듯 아이누는 얼굴이 편평한 몽골로이드Mongoloid와 다른 외모로 인해 코카소이드Caucasoid에 기원을 두고 있다는 설이 있다. 코카소이드는 '아이누 백인설'을 말한다.

아이누가 일본인과 인종적으로 다르다는 사고는 메이지시대 이후 일본정부의 정책에도 큰 영향을 끼쳤고, 이는 아이누족 말살정책의 기초가 되었다. 근대 이후 일본정부는 아이누의 문화와 전통을 미개시하고 그들을 일본인으로 동화시켜야 한다는 인식을 지니고 있었다. 메이지정부는 아이누의 전통적 생활관습을 금지했고, 홋카이도 개척과정에서 아이누인들을 강제 이주시키며 그들의 토지를 약탈했다. 이로 인해 오랜 기간 독특한 문화를 가꾸어왔던 아이누의 전통문화는 파괴되었고, 아이누인들은 억압과 차별을 받아왔다.

아이누족은 거주 분포에 따라 홋카이도 아이누와 사할린 아이누, 쿠릴 아이누로 나뉜다. 사할린과 쿠릴열도의 아이누는 북방민족이

나 러시아의 영향을 많이 받았기 때문에 홋카이도의 아이누와는 문화적 차이가 있다. 불행하게도 사할린과 쿠릴열도의 아이누는 강제이주 등으로 오늘날에는 거의 존재하지 않는다. 홋카이도의 아이누도 급격한 인구 감소와 민족 정체성의 상실 위기를 겪고 있다.

천국과 지옥은 경계가 없다

홋카이도의 신치토세공항에서 버스를 타고 노보리베츠로 향했다. 삿포로 시내에 들어가기에 앞서 일본의 3대 온천인 노보리베츠를 먼저 다녀오기 위해서라고 가이드가 설명했다. 치토세를 중심에 두고 삿포로와 노보리베츠는 서로 반대 방향이라 노보리베츠에서 1박을 하고 다음날 삿포로 시내로 들어갈 계획이다. 그렇게 하지 않으면 노보리베츠의 지옥 마을은 영영 가볼 수 없을지도 모른다고 한다. 신치토세공항에서 버스로 약 1시간을 달리자 노보리베츠 마을이 나타났다.

노보리베츠 마을 입구에 구척장신의 도깨비가 왼손에 방망이를 들고 서 있었다. 빨간 고구마 다섯 개를 모아놓은 듯한 오른손은 주먹을 꽉 쥐고 손톱 날을 세운 검지로 지옥계곡으로 가는 방향을 가리켰다. 도깨비의 시뻘건 피부와 퉁명한 얼굴은 손님에게 반갑다는 걸 해학적으로 드러내려한 듯했다. 툭 튀어나온 어금니로 '너는 곧 지옥을 체험하게 될 것이다' 경고하는 듯했다. 도깨비는 일순 지옥을 상상하게 하는 오싹하고도 우스꽝스러운 모습이었다. 마을 입구에 도깨비를 세운 건 이곳을 방문하는 사람에게 지옥을 맘껏 즐기라는 의미일 것이다. 그렇게 생각하니 이 마을에서 어떤 체험을 하게 될지 기대되었다.

그건 그렇고, 이상하게도 일본 도깨비 모습이 낯설지 않았다. 저건 우리나라 전래 동화에 나오는 도깨비와 너무 흡사하지 않은가. 긴 터럭 머리와 우락부락한 몸, 빨간 얼굴과 튀어나올 듯 부릅뜬 눈, 짙은 눈썹, 머리에 커다란 뿔 두 개, 날카로운 엄니와 길게 늘어진 귓불, 호피 무늬 짧은 치마에 새끼줄로 질끈 동여맨 허리띠, 구척장신의 키만큼 큰 방망이를 들고 서 있는 모습은 내가 어릴 적 동화에서 자주 보았던 도깨비였다. 속된말로 '네가 왜 여기 서 있어?' 묻고 싶었다. 남의 나라 마을을 지키고 있는 우리 도깨비 모습을 바라보는 듯 혼란스러웠다. 우리는 일본과 다른 정서를 가졌는데, 너무도 흡사한 도깨비 모습에 뭔지 모르게 내 심보가 고약해졌다.

오후에 일본식 료칸 호텔에 짐을 풀었다. 지옥계곡의 가장자리에 자리잡은 호텔은 한산했다. 몇몇 연로하신 분들이 유카타를 입고 오가는 모습이 보였다. 의사를 만나면 몸이 괜히 아프다고 했던가. 온천에 도착하니 멀쩡하던 몸이 여기저기 욱신거렸다. 사실 나는 허리도 약하고, 다리도 약하고, 뼈도 약하고…, 빨리 물에 들어갈 궁리를 하며 아픈 곳을 세다보니 쭈글쭈글하고 낡고 헌신짝 같은 마음이 욱신거렸다. 낯선 곳에선 덮어두었던 마음의 상처가 더 선명하고 환해진다.

어쨌든 이곳을 '지옥계곡'이라 부르는 건 골짜기마다 유황 온천이 끓고 있기 때문이다. 계곡물 끓는 모습이 지옥을 연상시킨다고 하여 그런 이름을 지었다고 한다. 끓는 물 온도가 400도다. 이곳에선 계곡물에 발 담그는 낭만을 꿈꾸었다간 순식간에 삶은 족발을 맛보게 될 것이다. 지옥의 실체를 구경하기 위해 산으로 올라갔다. 오전까지 눈이 내렸다던데, 눈 덮인 산을 오르는 길이 미끄러워 조바심이 났다. 지하의 끓는 물 때문인지 나무가 자라지 않는 삭막한 산이었다. 하지만 산등성이마다 두껍게 쌓인 눈과 가족인 듯한 사슴 떼가 몰려다니는 풍경은 평화로웠고, 하얗게 쌓인 눈은 햇빛을 받아 눈부시게 빛났다.

발은 눈길에 폭폭 빠지는데, 발 아래에선 펄펄 끓는 물이 솟아올랐다. 골짜기만이 아니라 산등성이의 갈라진 틈새마다 수증기가 피어올랐다. 가마솥 뚜껑의 금이 간 틈새로 김이 새듯 수증기가 폴폴 솟아올랐다. 누군가 땅속의 가마에다 끊임없이 장작을 밀어넣고 있는 듯했다. 그 모습을 바라보고 섰노라니 발바닥이 가려웠다.

도대체 이 땅속에선 무슨 일이 일어나고 있는 걸까. 게다가 코를 찌르는 듯함 냄새도 적응하기 힘들었다. 냄새를 말로 표현하자면 지옥 불이 타는 냄새다. 아니, 나는 지옥에 가본 적 없다. 내 경험에 비추어 대략 이런 냄새들이 풍겼다. 삶은 계란이 썩는 냄새, 성냥개비에 불을 붙이는 냄새, 화약 냄새, 연탄가스 냄새, 마른오징어 냄새, 손바닥을 세게 비벼 코에 대면 나는, 그런 이상한 냄새들의 조합이다. 고약한 냄새가 온 골짜기에 진동했다. 천국 같은 환상의 세계를 찾아왔는데, 나는 지금 지옥 근처를 어슬렁거리고 있다.

계곡엔 어둠이 빨리 내렸다. 오후 4시쯤, 날이 저문 건 아닌데 해가 산을 넘어가자 곧 어두워졌다. 눈이 쌓이고 또 쌓인 데다 여러 사람이 밟고 지나다닌 눈길은 울퉁불퉁 얼어붙었다. 계곡을 내려오는데 발걸음은 더디고 마음이 바빠졌다. 얼음길을 내려오는 길에 사람들이 자꾸만 미끄러지고 넘어졌다. 나도 눈 덮인 언덕길에서 중심을 잡기 못하고 넘어졌다. 내가 미끄러졌을 때 누군가 손을 내밀어 붙잡아주었는데 넘어진 내 꼴이 민망하여 그 사람을 제대로 쳐다보지 못했다.

계곡을 올라갈 때는 낯설고 신기한 지구의 현상에 심취해 얼음길의 위험을 몰랐다. 사람들은 더 어둡기 전에 내려가야 한다며 부지런히 발길을 재촉했다. 정말이지, 난간을 붙들고 뒷걸음질로 엉금엉금 기어서 마을까지 내려왔다. 지옥 입구까지 다녀온 기분이었다. 미끄러져 엉덩방아를 찧은 다리와 허벅지에 멍이 퍼렇게 번졌다.

저녁 식사를 마치고, 호텔 지하의 온천에 갔다. 계곡을 따라 흐르는 온천수 위로 지어진 호텔이라니, 이곳이 이상한 세계라고 느끼는 건 나만 그런가. 푸른 빛과 회색빛을 동시에 띠는 온천수는 물색깔이 다채로웠다. 인공적인 것은 제거하고 자연이 좋은 성분을 넣어 끓인 물은 촉감이 부드러웠다. 맛은 어떨까. 물을 입에 넣으니 미끄덩한 느낌이었다. 역한 유황 냄새를 풍기지만, 부드러운 식감과 약한 단맛이 났다. 펄펄 끓는 유황 온천수와 생활용수로 쓴다는 지하수 찬물의 시원함은 환상적인 조화였다.

노천의 온천물에 몸을 담그고 밤하늘을 올려다보았다. 어둠을 쩍 갈라놓은 듯 초저녁 초승달이 무심하게 떠 있었다. 산속 마을에 깃든 어둠 탓인지 달빛과 별빛이 가깝게 느껴졌다. 서늘한 내 이마 위로 별빛이 아름답게 반짝였다. 차고 날카로운 겨울바람이 콧날을 스쳤다. 추위에 노출된 머리카락이 얼어붙었지만, 뜨거운 온천수의 효과인지 몸과 마음이 풀리고 차분해졌다. 낮에 지옥계곡에서 찧었던 엉덩방아의 통증이 모두 사라지는 듯했다. 이러고도 지옥계옥에 반하지 말라고 하면 억지다.

노보리베츠의 온천수에 몸을 담그면 그 물에 반하지 않을 수 없다. 여기가 지옥인지 천국인지 점점 분간하기 어려워졌다. 결국 어디에 있든 그곳이 천국이라 여기면 거기가 천국이고 지옥이라 생각하면 그곳이 지옥이다.

방향을 버리면 바다가 열린다

그리스 작가 니코스 카잔차키스(1883~1957)가 젊은 시절 성직자가 되기 위해 시나이사막의 수도원을 찾아갔을 때 늙고 병든 요하임 신부는 그를 다시 속세로 돌려보냈다. 요하임 신부의 조언에 따라 속세로 돌아온 카잔차키스는 여행을 통해 세계의 비밀을 찾고자 했다. 이후 그의 삶과 작품에 큰 영향을 미친 것은 여행이었다. 그는 1907년부터 평생에 걸쳐 유럽과 아시아 이집트 등을 두루 여행했다. 그리고 여행을 통해 얻은 경험과 에피소드를 다수의 산문과 소설로 남겼다. 그가 시나이사막의 수도원에서 살았더라면 절대 얻을 수 없는 경험들이었다. 그렇게 태어난 책이 니코스 카잔차키스의『영혼의 자서전』이다.

니코스 카잔차키스는『영혼의 자서전』에서 삶에 대해 이렇게 말했다. "인생은 시원하게 물 한 잔 들이키는 순간과 같다. 인간은 지나치게 많은 욕망으로 늘 갈증을 지닌 채 살아가며 그 욕구를 채우기 위해 부대끼며 살아간다. 돌아보면, 성취한 것으로부터 잠시 목을 축이는 것이 삶이다. 성취는 순간이다. 그러니 기쁨이든 슬픔이든 삶의 순간순간을 즐겨라"라고. 물 한 잔 마시는 순간같이 짧은 생, 이 순간에도 우리는 마냥 주저앉아 어떻게 살아갈지 고민만 하고 있지 않은가? 여행은 세계의 비밀을 찾아가는 길이다. 우리가 살아온 길 속에 살아가야 할 길이 있기 때문이다.

사람이 그렇듯 도시에도 인상이 있다. 도시도 첫인상에 따라 친근함이 더하거나 덜 하기도 한다. 여러 해 전 네팔의 카트만두를 방문했을 때 나는 도시의 인상을 처음 느꼈다. 처음 가본 카트만두는 새롭지 않은 도시였다. 건널목도 교차로도 신호등도 없는 도로를 개와 소와 자전거 릭샤 자동차가 함께 다니고 있었다.

나는 그 도시의 도로에 적응하지 못해 무척 애를 먹었다. 하지만 이상하게도 그 도시가 낯설지 않았다. 지진으로 무너지고 부서진 건물들 사이로 분주히 오가는 사람들은 내가 잘 알던 이웃처럼 느껴졌다. 나는 과거에 내가 살았던 도시를 다시 찾아온 듯한 착각을 일으켰다.

카트만두가 내게 친숙한 이유를 여러 번 생각했다. 왜일까. 그 도시가 내 가난을 떠올리게 한다는 것 외에는 달리 적확한 이유가 생각나지 않았다. 도시 사람들은 처절하게 가난했던 나의 과거와 무척 닮아 있었다. 나는 고개를 갸우뚱하다가 혼자 결론을 내렸다. '전생에 내가 이곳에서 살았거나 여러 번 방문했던 곳이 분명하다. 이 도시와 나는 영적인 연결이 있다. 나는 전생부터 여러 도시를 떠돌아다닌 방랑자였던 게 분명하다.' 하하, 이상한 상상을 하는 건 정말 재미있다.

삿포로 시내에 들어서니 튼튼하고 세련된 빌딩과 조형물들이 어디선가 본 듯했다. 어쩌면 정형화된 대도시의 모습이 대개 비슷하다는 점에서 그런 느낌이 들었는지 모르겠다. 나는 이 도시에 와서 무엇을 하는가. 그리고 도시는 나에게 무엇을 줄 것인가. 신박한 경험을 선물로 줄지도 모른다. 하지만 낯선 도시를 헤매는 기대만으로도 나는 이미 선물을 한 보따리 받은 셈이다. 눈 덮인 삿포로는 온통 새하얗고 투명한 빛으로 반짝였다. 집집마다 지붕 위에 푸짐한 백설기를 이고 있는 모습이 위태롭고도 평화로웠다. 눈의 무게를 견디고 있는 나뭇가지들이 아슬아슬하다. 나는 길고 추운 겨울을 견디는 일이 언제나 힘들었다. 겨우살이가 버거운 것은 나만이 아니라는 걸 알았을 때 잠시 숨을 죽였다.

저녁 무렵, 버스가 일행을 삿포로 중심가에 내려놓고 맘껏 놀다가 각자 알아서 호텔로 귀가하라고 했다. 무엇을 하든 내일 아침 9시까지 집합 장소에 나타나면 된다는 것이다. 차에서 내리니 함박눈이 쏟아지고 있었다. 도시의 화려한 불빛에 가려 밤하늘은 보이지 않는데, 솜덩이 같은 눈이 도시의 거리를 차지하고 있었다.

이 도시의 겨울은 매우 건조하여 겨울에는 습기가 없는 가벼운 눈이 내린다. 그래서 홋카이도에 눈이 끝도 없이 쌓인다고 한다. 바로 그 눈이었다. 아기 주먹만 한 눈송이가 가볍게 살랑거리는 모습은 여행자의 발걸음을 더디게 했다. 늘 휘몰아치는 눈을 보아왔던 까닭일까. 가볍게 내리는 눈발이 사랑스럽다. 도시의 밤거리엔 사람들이 몰려다녔다. 눈발이 살랑이니 마음도 살랑였다. 삿포로의 번화가인 스스키노 거리에는 많은 사람이 들끓었다.

나는 도시의 미로 속으로 들어섰다. 도시의 육중한 무게를 느낄 때, 나는 홀연 육신을 벗어버리고 빌딩 숲을 헤맸다. 마음이 네온사인 화려한 빌딩 사이로 하느작하느작 날아다니는 눈송이처럼 가벼웠다. 이 가벼움이 홋카이도의 매력은 아닐까. 가볍게 살랑거리는 눈발 바라보며 저절로 미소짓게 되는 도시, 익명의 사람들이 친근하게 느껴지는 도시, 너나없이 방향을 잃고 헤매는 도시, 나는 눈 내리는 도시를 한없이 거닐었다. 어디로 가는지 모르지만 낯선 도시의 밤거리가 두렵지 않았다.

도시와 나는 어느새 벗이 되어 숨바꼭질을 즐겼다. 함박눈이 내리고 바람이 자주 방향을 바꿨다. 주먹만 한 눈송이가 술래의 머리에 어깨에 살포시 내려앉았다. 살랑이듯 춤추는 눈발이 나의 발걸음을 이끌었다. 나는 마치 눈의 히메에게 홀린 듯 허청허청 도시를 서성거렸다. 흩날리는 눈발을 따라다니다 길을 놓치고 삶의 바깥을 향해 걸어나갔다. 문득 정신을 차렸을 때, 내가 서 있는 지점이 어디인지 몰라 두리번거렸다. 길을 잃었다는 생각이 들자 두려움이 밀려왔다.

살면서 나는 자주 길을 잃었다. 길을 잃을 때마다 가야 할 방향을 몰라 불안해하고 허둥거렸다. 많은 시간이 지나 되돌아보니, 그건 길을 잃은 게 아니었다. 길을 잃었다고 생각될 때마다 방향을 바꿨을 뿐이다. 그렇게 새로운 방향을 찾아 걷다보면 또 다른 벽이 나타나곤 했다. 삶이 표류하는 곳, 그곳엔 언제나 내가 있었다. 과거도 미래도 아니고 서 있는 그곳에서 불안하게 흔들리고 있었다. 그곳이 때론 낯선 도시였고, 넓은 들판이었고, 숲속이거나 사막이며 망망대해 표류 중인 바다 한가운데일 때도 있었다.

삿포로에서 길을 잃고 두리번거리던 나는 마음을 다잡았다. 어느 길이든 일행과 만날 집합 장소를 찾아가면 그뿐, 정해진 방향은 없다. 우리 삶도 그렇다. 어떤 목적이나 방향을 두고 집착하기보다 방향을 버리면 마음에 큰 바다가 펼쳐진다. 길을 버리니 사방이 내가 갈 곳이었다. 내가 어디론가 돌아가야 한다는 건 단지 밤이 깊었기 때문이다.

도시가 그의 폐부에서 두리번거리는 술래에게 물었다. 너는 이 도시에서 서성거리며 어디로 향해 가는가? 나는 사방을 휘둘러보았다. 나는 그저 방향을 버리고 흩날리는 눈송이를 따라 발길닿는 대로 걸었다.

여행, 기록, 소설 쓰기

장영우/ 문학평론가, 동국대 명예교수

여행의 계절이 돌아왔다. 여행을 하는 데 적합한 시기가 따로 있는 것은 아니지만, 여행하기에 가장 좋은 계절을 봄에서 여름으로 넘어가는 4~6월로 꼽는 것은 세계인의 공통된 인식인 듯하다. 코로나COVID-19 여파로 몇 년간 움츠러들었던 여행열풍이 세계를 흔들고 있다. 서울 곳곳에서 마주치는 외국인이 날이 갈수록 늘어간다. 심지어 지방에서도 심심치 않게 외국인 여행객과 옷깃을 스친다. 우리만 하더라도, 지난해 해외여행을 떠난 한국인이 3,374만 명에 이른다고 한다. 이 수치는 4,621만 명에 달했던 2019년의 약 70%에 해당한다. 이제 우리 국민의 해외여행은 '유행'의 수준을 넘어 '일상'으로 밀착해 있다는 느낌이다.

나도 지난 1월, 아내와 여행을 했다. 스페인 알함브라궁전에 갔을 때, 그곳 관람객의 상당수가 한국인이어서 무척 놀랐다. 대충 눈짐작만으로도 20%는 넘는 것 같았다. 귀국하는 비행기 승객도 80% 이상이 한국인이었다. 외국 항공기를 탔는데도 그 정도이니 국적기는 거의 우리나라 사람으로 만석滿席이었을 것이다.

해마다 수천만 명의 한국인이 해외여행을 떠난다. 그러니 이젠 해외여행 다녀왔다는 얘기는 특별한 화제도 못 된다. 늘 마주치던 지인을 일주일 이상 볼 수 없다면 그가 해외여행을 떠났다고 봐도 크게 틀리지 않는다. 그것은 우리 삶이 그만큼 권태롭고 무미하기 때문일 터이다. 그들은 짧게 사나흘, 조금 길게 열흘이나 보름 동안 이국의 낯선 풍경과 풍속 등을 둘러보면서 무기력해진 삶의 생기를 되찾으려 고생을 감수하는 것이다.

여행은 일상으로부터의 탈출이며, 미지의 세상에 대한 탐구다. 우리는 그날이 그날인 일상적 삶에 짜증과 무기력을 느낄 때 문득 책과 사진, 영화에서나 보았던 이국의 낯선 풍경과 음식, 우리와 전혀 다른 삶의 방식을 그리워한다. 여행은 많은 시간과 경제력이 필요하고, 일상적 생활의 단절을 요구하지만, 기회가 되면 그러한 어려움과 불편을 기꺼이 받아들인다. 때로 낯선 곳에서 예상치 않았던 일과 마주쳐 고난을 겪기도 하지만, 그것들은 내 정신의 어딘가에 차곡차곡 저장되어 진부한 일상을 견디고 성장할 자양분이 된다. 그래서 사람들은 오늘도 고생할 게 분명한 여행길에 오르는 것이다.

『방향을 버리면 바다가 열린다』는 차미란의 아시아 견문기다. 에세이의 필자인 차미란은 동국대학교 문예대학원에서 소설 공부를 하여 몇 군데 공모전에서 좋은 평가를 받았다. 그리고 수필로 등단한 현역 작가이기도 하다. 『방향을 버리면 바다가 열린다』는 그의 첫 번째 책으로, 글에 대한 열망과 글솜씨, 세상을 바라보는 안목과 성정이 잘 드러나 있다.

이 책에 실린 글은 라오스, 대만, 인도, 태국, 일본 등 주로 아시아 국가 몇몇 도시를 여행하며 보고, 듣고, 느낀 것을 기록한 수상隨想이다. 차미란은 주로 혼자 여행하며, 틈틈이 책을 읽고 순간순간의 단상을 기록한다. 숙소도 독방을 쓰는 경우가 많은데, 이 모든 게 하나의 목적을 위한 것이다. 여행이 삶이고 글쓰기라 생각하는 필자에게 독방에서의 독서와 메모는 한 가지라도 빠뜨릴 수 없는 중요한 일과와도 같기 때문이다.

단독 여행을 하기 위해서는 무엇보다 가족과 주위의 이해와 동의가 필수적이다. 그리고 그만한 시간과 비용, 소통이 가능할 정도의 어학력과 든든한 배짱이 뒷받침해야 한다. 이 모든 것이 충족되더라도 단독 여행을 실행하기란 결코 쉽지 않다. 그런데 차미란은 용감하고 다소 무모하게 라오스, 인도, 네팔, 태국의 오지 여행을 결행했고, 곳곳에서의 견문과 느낌을 글로 남겼을 뿐만 아니라, 여행지에서의 단상을 갈무리해 몇 편의 소설까지 썼다. 그 결과물이 바로 『방향을 버리면 바다가 열린다』인데, 이 정도면 그의 여행은 꽤 성공한 셈이다.

『방향을 버리면 바다가 열린다』는 아시아 여행기이면서 필자의 글쓰기 수련 과정에 대한 고백록이자 독서 감상문이다. 앞서 말한 것처럼 그는 여행하면서 읽을 책을 늘 가지고 다니는데, 여기서 소개된 책만 하더라도 『생존 시간 카드』(마르셀 에메), 『당신을 위한 것이나 당신의 것은 아닌』(정지돈), 『굶주림』(크누트 함순), 『변신』(프란츠 카프카), 『불안의 서』(페르난두 페소아), 『내가 틀릴 수도 있습니다』(아잔 나티코), 『어느 작가의 오후』(스콧 피츠제럴드), 『제7일』(위화), 『Way of Seeing』(존 버거), 『설국』(가와바타 야스나리), 『영혼의 자서전』(니코스 카잔차키스) 등 10여 편에 달한다.

> 여행 갈 때마다 나는 책을 가지고 간다. 여행을 떠나기 전 여행지에서 짬짬이 읽을 책을 고르는 것도 하나의 설렘이다. 좋은 사람과 여행할 수 있다면 좋겠지만, 좋은 사람이 아니어도 좋아하는 작가와 함께 할 수 있다.
>
> —「자기 연민의 깡통을 들고」 중에서

> 나는 여행할 때 숙소를 혼자 쓴다. 친구나 가족을 동반한 경우가 아니면 낯선 사람과 숙소를 공유하지 않는다. 여행에서 숙소를 공

유하는 건 비용을 줄이기 위해서다. 비용을 아끼면 여행할 기회를 더 가질 수도 있다. 하지만 내겐 여행지에서 그날 분량의 글쓰기에 집중해야 할 시간과 공간이 필요하다. 글이란 게 떠오를 때 써두지 않으면 순식간에 사라져버리기 때문이다. 쓰지 않으면 여행의 이유도 없다.

—「무당이 되다」 중에서

여행에서 독서와 메모를 빠뜨리지 않는 것은, 글쓰기에 대한 필자의 오랜 염원과 무관하지 않다. 대부분의 늦깎이 글쟁이가 그렇듯이 차미란도 소녀 시절 문학에 흠뻑 빠져 지금까지 그 지독한 고질병에서 헤어나지 못하고 있는 전형적인 '문학소녀(?)'다. 문학소녀라면 중고등학생 때 백일장에서 상장 한 번 안 받은 사람이 없으려니와, 필자 역시 그런 황홀한 기억이 있지만, 아버지의 반대 때문에 문학과 거리를 두고 살아야 했다. 당시 우리의 어버이들은 남자든 여자든 한 가지 기술이라도 있어야 먹고 산다는 신념을 가지고 있었는데, 필자의 부친 역시 그런 분이었던 모양이다.

그녀가 문학에 다시 관심을 두게 된 것은 중년이 넘어서였다. 그는 시공부를 하기 위해 어느 시인이 운영하는 시교실에 참여했으나, 그 시인은 인간과 자연에 대한 사랑이 아니라 증오와 모멸 의식만 심어주었다.

시인은 끊임없이 면박주고, 망신주고, 인격적 모욕을 가하며 자존심을 깔아뭉갰다. (…) 그 시인에게서 내가 배울 것은 좌절밖에 없었다. 그 시인은 말했다. "시는 가장 위대하다. 세상엔 시를 쓰는 것만큼 위대한 일은 없다."

—「자기 연민의 깡통을 들고」 중에서

아버지가 백일장 상패와 상장을 아궁이에 던져넣은 것이 문학수업의 첫 번째 난관이었다면, 시교실 체험은 그보다 몇 배나 고약한 덫이었다고 할 수 있다. 그런데 필자는 용하게 그 덫에서 빠져나와 나름의 글쓰기 수련을 계속했다. 지금까지 살아오면서 정작 자신이 하고 싶었던 일이 무엇인지 몰랐던 그녀는 "소설을 잘 쓰고 싶다"는 게 자신의 욕망임을 깨닫는다. 그 뒤 차미란은 "삶이 불안하고 흔들릴 때마다 심장발작을 일으킨 것처럼 한 바구니씩 글을 토해놓곤 했다. 무언가 써놓고 나면 백 년 묵은 아기를 낳은 것처럼 후련(「생존 시간 카드」)"해지는 경지에 이른다. 차미란은 비로소 제대로 된 글쟁이가 될 정신적 준비를 마친 것이다.

하지만 글쟁이로서의 새싹을 틔웠다고 해서 금방 작가나 시인이 되는 건 아니다. 글쓰기를 좋아하는 것과 실제로 글을 쓰는 것은 전혀 다르기 때문이다. 글쟁이가 되려면 책을 읽고 비판적으로 사고하고 글을 쓴 뒤 끊임없이 고치는 고된 노력과 인내의 과정이 필요하다. 그것을 차미란은 페르난두 페소아의 말을 살짝 비틀어 "소설에 대한 애정은 식을 줄 모르고 써야 한다는 강박에도 시달린다"고 요약하고 있다. 이렇듯 글쓰기 욕망이 강한 필자는 대만의 인기 여행지 가운데 한 곳 스펀까지 가 "소설을 잘 쓰고 싶다"는 소망을 적은 풍등風燈을 날린다.

> 풍등에 소설을 잘 쓰고 싶다는 소망을 적었다. 그것이 내게 과욕임을 안다. 이제는 마음에서 그 소망을 꺼내 풍등에 실어 날려버리자, 하늘 멀리 날려버리자, 이제는 글을 잘 쓰려고 하지 말고 그냥 쓰자, 많이 쓰자.
>
> —「잘 쓰지 말고 그냥 쓰자」 중에서

"글을 잘 쓰려고 하지 말고 그냥 쓰자, 많이 쓰자"는 말은 소설에 대한 열망이 얼마나 간절하며, 당당하게 내세울 작품을 쓰지 못한 자신이 얼마나 왜소한 존재인가에 대한 진실한 고백이어서 안타깝고 아프게 다가온다. 좋은 소설을 쓰려는 그의 뜨거운 염원이 데일 듯 느껴지기 때문이다. 중국 송나라 구양수歐陽脩가 말한 좋은 글쓰기 세 가지 원칙三多을 모르는 사람은 없을 것이다. 글을 많이 읽고 비평적으로 생각하며 많이 쓰다보면 좋은 글이 된다.

처음부터 좋은 글, 뛰어난 글을 쓰는 사람도 없지 않으나 그런 재주와 능력이 부족하면 부지런하기라도 해야 한다. 하지만, 이 간단명료한 일을 성실히 수행하는 사람은 많지 않다. 말로는, 혹은 생각으로는, 글을 써야지 하면서도 원고지 앞에 앉기를 두려워하는 사람이 의외로 많다. 차미란은 여행을 하면서도 책을 읽고 글을 쓰는 자기만의 규칙을 지켜나간다. 그런 그녀의 글쓰기가 앞으로 더욱 나아질 것이란 점은 두말할 필요조차 없다.

여행은 늘 우리를 흥분과 긴장, 놀람과 자기 연민에 빠뜨린다. 여행지가 미지의 장소거나 오지奧地, 또는 간절히 가고 싶어했던 곳이라면 여행자의 흥분과 긴장은 더욱 가파르게 상승할 것이다. 하지만 그런 여행일수록 전혀 예상하지 못했던 부주의나 실수, 혹은 현지 사정에 대한 무지 때문에 좌절하거나 자책에 빠지는 경우도 많다. 그런 황당한 사태를 겪은 당사자로서는 뒤늦게 생각해도 등에 식은땀이 흐를 만큼 아찔한 일이지만, 그 사건을 글로 읽는 독자로서는 그것만큼 재미있고 실감나는 여행담이 따로 없다.

『방향을 버리면 바다가 열린다』에도 가볍게 웃으며 지나칠 수 있는 실수담과 독자 입장에서도 '큰일날 뻔했네!'라고 가슴이 철렁할 사건이 가득하다. 대만 타오위안공항에서의 현지 카드 사기 사건이나, 끼니를 놓쳐 헤매다 결국 백화점 음식점 코너에서 비빔밥으로 간신히 해결했다는 이야기는 그저 웃으며 넘길 수 있는 해프닝이다. 하지만 태국 끄라비에서 애초의 여행 일정을 바꿨다가 방콕 수완나폼공항에서 겪은 사건은 언어 소통이 얼마나 중요한가를 알려주는 범례範例라 할 수 있다. 여성 혼자 공항 직원들에게 심문審

問에 가까운 질문에 시달렸을 그 상황을 상상하면 불쌍하기도 하고 흥미롭기도 하다. 이런 내용은 직접 읽고, 들어야 더 실감나고 재미있으므로 길게 서술하지 않는다.

이에 반해 인도에서의 구걸 소녀 이야기는 현지 사정에 대한 몰이해, 또는 일상적 동정심이 유발한 불의의 사건이다. 볼품없이 깡마르고 초라한 차림의 어린아이가 손을 내밀고 구걸하는데 냉정히 그 손을 뿌리칠 사람은 그리 많지 않다. 하지만 외국 여행에서 그런 아이들에게 적선했다가 낭패를 보았다는 이야기는 너무 흔하고, 가이드들도 귀에 못이 박히도록 주의를 주기 때문에 여간해선 사건에 휩쓸리지 않는다. 그러나 필자는 이곳저곳에서 그런 일을 겪었고, 그 일을 자세히 서술한다.

라오스 현지 가이드 덩샤이가 칠순이 넘은 남자 여행객을 '오빠'라고 불렀다가 야단맞은 에피소드는 우리 모두에게 반성할 거리를 제공한다. 어느 한국 관광객에게서, 한국에선 '남자는 다 오빠'라고 한다는 말을 듣고 그런 말을 했겠지만, 생판 모르는 여자가 낯선 남자에게 써서는 안 되는 단어인 것은 알지 못했을 것이다. 실제로 우리는 외국인에게 너무 쉽게 은어나 욕설, 일부 젊은이들이 쓰는 줄임말을 알려준다. 하지만 한국어 욕설이나 은어를 알아듣고 기분 나쁠 사람들은 현지인이나 다른 외국인이 아니라 바로 우리 한국인이다. 요즘은 한국어나 한국문화를 배우려는 외국인이 많은데,

그들에게 아름답고 기품 있는 한국어를 알려주도록 노력해야 할 것이다.

차미란은 라오스에서 일본 북해도까지의 아시아 여행을 통해 많은 것을 배웠다. 그 가운데 가장 인상적인 것은 "소설을 잘 쓰려고 하지 말고 꾸준히 많이 쓰자"는 것, 그리도 다른 하나는 "방향을 버리면 바다가 열린다"라는 깨달음이다. 이 책의 제목이기도 한 이 명제는 그녀가 북해도의 삿포로 스스키노 거리를 헤매며 통찰한 것이다.

> 도시와 나는 어느새 벗이 되어 숨바꼭질을 즐겼다. 함박눈이 내리고, 바람이 자주 방향을 바꿨다. (…) 나는 자주 길을 잃었고, 길을 잃을 때마다 불안해하고 허둥거렸다.
>
> 삿포로에서 나는 마음을 다잡았다. 어느 길이든 일행과 만날 집합 장소를 찾아가면 그뿐, 정해진 방향은 없다. 우리 삶도 그렇다. 어떤 목적이나 방향을 두고 집착하기보다 방향을 버리면 마음에 큰 바다가 펼쳐진다. 길을 버리니 사방이 내가 갈 곳이었다. (…) 나는 살면서 자주 길을 잃었다고 생각했지만, 따지고 보면 나는 삶의 길을 잃은 적이 없다. 길을 잃었다고 생각할 때마다 방향을 바꿨을 뿐이다. 삶이 있다면, 그곳엔 언제나 내가 있었다. 과거도 미래도 아니고 내가 서 있는 이곳에 삶이 있다.

—「방향을 버리면 바다가 열린다」 중에서

여행을 잘하기 위해서는 철두철미하게 계획을 세워야 한다. 출발일과 귀국일, 비행기 표와 숙박업소, 그리고 어디서 무엇을 볼 것인지 일정을 짜는 것이 즐겁기도 하지만 보통 어렵고 짜증나는 일이 아니다. 그렇게 계획한 '길' 따라 돌아다니면 안전하고 성공한 여행이라 할 수 있다. 하지만, 매사가 마음먹은 대로만 진행된다면 얼마나 지루하고 따분할 것인가. 우리가 여행을 떠나는 것은 그런 진부한 일상에서 탈출하기 위함인데, 그곳에서조차 계획한 일정에 따라 기계처럼 행동한다는 건 모순이 아닐 수 없다. 그렇다고 마음 내키는 대로 계획을 바꾸면 감당하기 어려운 불상사와 마주칠 위험을 감수해야 한다. 하지만 때론 그런 의도한 일탈, 또는 뜻밖의 상황을 즐길 줄 알아야 진정한 여행가라 할 수 있다.

'길 없는 길'이란 말이 있다. 소설가 최인호의 장편소설 제목으로 잘 알려져 있는 이 구절은 진정한 수행자는 옛사람이 간 길을 따르지 않고 제 길을 만들어 가야 한다는 뜻으로 풀이된다. 잘 포장된 탄탄대로를 가는 것과 인적 없는 길을 헤쳐가는 것은 단순 비교가 안 될 만큼 판이한 일이다. 그런데 길 없는 길을 헤쳐가다보면 문득 광활한 신천지가 눈앞에 전개되는 황홀경과 마주하게 된다. 그것은 누구도 경험하지 않은 오직 나만의 길이요, 새로운 세상이다. 삿포로 스스키노 거리에서 방황하던 그녀는 그 어떤 여행에서보다 값지고 소중한 교훈을 얻은 것이다.

화자는 귀국길에서 "나의 여행이 소비적 유희에 그치지 않기를 바라는 마음"으로 여행을 되돌아본다. 그것은 마치 하루의 생업을 마치고 손익계산을 하는 영업인처럼 기계적으로 보이기도 하지만, 그만큼 그녀의 확고한 가치관을 방증하는 자기만의 원칙일 수 있다.

> 삶은 여행이라고 할 수 있다. 삶은 시간과 공간을 이동하며 시시때때로 모든 것이 변하고 달라지기 때문이다. 변화하는 것을 느끼고 관찰하는 우리는 모두 여행자이다.
>
> —「2023. 1. 31. (화)」 중에서

이 에세이를 읽다보면 삶에 대한 작가의 만만치 않은 사유와 성찰에 공감하게 된다. 그것은 그가 지금까지 삶을 헛되이 소비하지 않았다는 가장 확실한 증거다. 그리고 글쓰기에 대한 열망과 지속적인 노력이 뒷받침되었기 때문에 그런 여행과 성찰이 가능했다는 사실을 알게 된다. 『방향을 버리면 바다가 열린다』는 여행기이면서 좋은 소설가가 되고 싶은 필자의 내적 고백록으로 보는 것도 그 때문이다.

이 글을 여행기 감상이 아니라 '글'에 대한 비평으로 쓴 이유도 다른 데 있지 않다. 차미란의 글은 상당한 수준에 올라 있다. 문장은 크게 흠잡을 데 없이 안정되어 있으며, 군데군데 보이는 세상과 자아에 대한 비판적 성찰도 녹록지 않다. 그의 소설이 아직 신춘문예나 유수의 문예지 심사위원이나 편집자의 선택을 받지 못했으나, 이 정도의 글솜씨와 사유체계를 더욱 절차탁마해 나가면 좋은 소설가가 될 것이라 믿어 의심치 않는다.

또 이 책에 실린 글들은 여행기를 쓰려는 독자들이 참고해도 좋은 여러 장점을 두루 갖추고 있다. 필자의 여행기에는 그 여행의 의미와 가치를 충분히 고민하고 성찰한다. 여행 중 틈나는 대로 독서와 메모를 하고 한 편의 글로 정리하는 것은 스스로가 정한 여행의 목적임을 잊지 않는다.

차미란의 첫 수필집 상재를 축하하며, 더욱 용맹정진하기를 기원한다.

차미란 에세이
방향을 버리면 바다가 열린다

지은이_ 차미란
펴낸이_ 조현석
펴낸곳_ 북인
디자인_ 푸른영토

1판 1쇄_ 2024년 08월 25일

출판등록번호_ 313-2004-000111
주소_ 121-838 서울 마포구 서교동 460-34, 501호
전화_ 02-323-7767
팩스_ 02-323-7845

ISBN 979-11-6512-093-1 03810

책값은 뒤표지에 있습니다.
저자와 협의 아래 인지를 생략합니다.